S.

Ordesa

Manuel Vilas

奥德萨

【西班牙】曼努埃尔·比拉斯　著

张雅惠　译

作家出版社

感谢生命，予我丰足。

赠我欢笑和泪水。

如此我能明辨幸福和苦难。

两者交织出我和

你们的歌声，同属欢唱。

这也是众人之歌，属于自己的歌。

——比奥莱塔·帕拉（Violeta Parra）

1

多盼望人们的苦痛可以用数字来衡量，而非仅能用模糊的话语来诉说。多盼望有种方式能知道我们受了多少伤，一切的痛苦都可以量化和具象化。我们一天天虚度光阴，只能目睹自己在尘世中轻如鸿毛的足迹。有的人可以忍受这种空虚，可是我无法接受。

我绝对不接受。

我望着这座城市，望着马德里（Madrid）的街道、房舍和居民，一股不真实感弥漫全身。

我已经遍体鳞伤。

我曾经质疑生命。

所有和他人的对话都化作平淡无奇、缓慢与痛苦。

只要一和他人交谈，我就感到难受。我始终明白人与人的对话是没用的，永远都一文不值。即使是正在进行的一场对话，也不过是一段将被遗忘的记忆。

堕落前的堕落。

空无的交谈，浮夸的语言，虚假的应答。各种妥协下的虚华构筑了这个世界。

与此同时，我再次想起我的父亲。我记起几次和他的对话，那是我生命中最有意义的交流。我回到了这些对话中，期盼在世界大萧条中偷得如同晕厥般的片刻休息。

我大脑僵化的问题，已非简单的脑部手术可以治愈了。我试着把汽车号牌数字化，可是这个数学运算更令我坠入悲伤的深渊。我开口说西班牙语的时候，还犯了几个错误。我费了好些劲才勉强组织出一个句子，再不然我就是保持沉默，默不作声。和我谈话的对象总是以同情或者不屑的眼神看着我，然后说出我完成不了的句子。

我有口吃的毛病，一句话都会重复上几百遍。说话结结巴巴或许也会有种激情的美感。我会打电话给父亲来交代生活琐事。我时常思考父亲的生平，试图在他的生命轨迹中找到自己的生存之道。就这样，我成了一个胆小却有远见的家伙。

我盯着镜中的影像，丝毫没有察觉到自身的老态，而是发现世上其他人衰老的痕迹。我望着逐渐年迈的父亲。只要我看向镜中的自己，父亲的面容就会油然浮现，接着，我就能完美地回忆起他的身影。这就好像是某种未知的宗教仪式，或者是巫术的神秘仪式，又或倒置的神学仪式。

和镜中的父亲重逢，我感受不到丝毫的喜悦或幸福。取而代之的是，再次扭曲的痛苦，更深一层的堕落感，还有人们口中提到的两具冰冷尸体。我看到的东西，本该保持无形。对我而言，死亡应是万事万物的广袤和基础，但我却看到所有东西的失重。我在阅读圣女大德兰（Teresa of ávila）的自传的时候，发现在她身上发生的事情，好像也在我身上发生。只是她以某种方式称呼这些事情，而我则用其他表达方式。

我开始写作，只有通过写作，我才能抒发各种阴暗的信息，各种来自人类、街道、城市、政治、媒体，还有我们的信息。

我们是伟大的幽灵，与自然分离的建筑。这是个成功的幽灵，因为人类坚信它的存在。我的问题就是从这里开始的。

2015年，悲伤笼罩着世界，像是病毒一样入侵了人类社会。

我去看神经科医生，做了脑部扫描。医生身形肥胖、秃顶、指甲光滑，白色长袍下面挂着条领带。他替我做了几个检测，然后告知说我的脑部无恙，一切正常。

于是，我开始写这本书。

我想自己灵魂的深处，仍然怀着对西班牙北部的模糊记忆，那是一个名为奥德萨（Ordesa）的地方。奥德萨位处群山环抱之中，这个城镇名字充满了黄色，代表黄色的记忆。1969年夏天，在奥德萨的背后描绘出我父亲的形象。

心态：一个地方，奥德萨。心态：颜色，黄色。

一切都转黄了。物体和人变成黄色，表示他们前后不一致或是怨恨。

痛苦是黄色的，这就是我想说的。

我在2015年5月9日写下这些字句。七十年前，德国签署了无条件投降的文件。再过几天，希特勒（Hitler）的照片将被斯大林（Stalin）的照片所取代。

历史也是充满遗憾的集合。我今年五十二岁。我是自己的历史。

我的两个儿子刚打完网球返家。炎炎酷暑，源源不绝的热量降落到人类身上，遍及整个地球。

人类自身的热度也在增加。不仅是全球暖化的问题，而且是历史的提示，是旧神话对新神话的复仇。气候变化不过是行动中的启示。我们都喜欢启示录，所以将大灾祸的景象保存在基因之中。

我的公寓脏乱不堪又灰尘漫天。好几次我都有动手打扫的念头，但是这是不可能实现的。我根本不会干打扫的活，再说我压根一点兴趣都没有。还是我身上遗留了贵族的基因，不过这也只是痴人说笑罢了。

我住在拉尼亚斯大道（Avenida de Ranillas），那是一条位于西班牙北方城市的街道。我已经记不清那个城市的名字，印象中那里只有漫天尘土、炎炎灼日和成群蚂蚁。前不久我的房子才被蚁群突袭，我用吸尘器将它们扑杀殆尽。几百只蚂蚁被一网打尽，而我认为这是场合情合理的大屠杀。我看着厨房的平底锅，还有锅面上一层厚重的油垢。我应该把锅清洗一下。要煮什么食物给儿子们吃我也没有想法。都是些喂饱五脏庙的琐事。从公寓的窗户望出去，那里矗立着一座教堂，正无畏地吸吮着光线，一种无神论的火光。神直接从地上发射光线，有如一颗漆黑肮脏而又微不足道的球体，也可以说是腐败不堪的垃圾。你们没见到那个毫无用处的炎炎烈日吗？

街上空无一人。事实上，空荡荡的不是街道，而是人行道，到处满布尘土与蚱蜢尸体的人行道。市民都已经度假去了，他们正徜徉在海水和沙滩之间。死去的蚱蜢也建构起自己的家庭，它们一起欢度佳节，圣诞节和庆生会等等。我们都是可怜人，一头栽进生命的隧道里。存在不过是种道德的范畴，它促使我们去做任何事情。

若要说从生命中领悟到什么，那就是无论男女，我们都仅是个单一的生活形式。有一天，这个形式会以一种政治的姿态重现，那就是我们往前跨出一步的时候。此时此刻我正在观望一些东西，也或者我永远不会发现某些东西。

我一直看到某些东西。

我一直和死者对谈。

我看过了太多的事情。最后，未来就像我的邻居，甚至是我的友人一般同我说话。

我说的是那些人、幽灵、死者、逝去的双亲。我对他们的爱，一种永不消逝的爱。

没有人知道什么是爱。

2

离婚后，我再次成为多年前的那个男人。也就是说，我必须采买拖把、扫帚，还有各式各样的清洁用品。题外话，我在一年前离婚，日期已经不可考了。具体来说，与其说是一个日期，倒不如说是一个过程。不过，就离婚协议的生效时间而言，那确实是一个日期。不管怎样，我们都要留意好几个重要的日期：第一次有这个念头的日子，第二次……第 N 次。一连串的分歧、争执和心碎，都印证了当初的想法是对的；接着是离家出走，正是这种贸然的离弃导致了婚姻的破碎；最后，更致使这件事以司法作结。或许法律能作为一种科学观点，类似于悬崖边的罗盘。没错，有时候我们需要这种科学方针，才能保持理性与原则。

小区的门房在我公寓的门口徘徊一会儿之后，我同他聊了一点足球。那时，我也思索人生。门房是厄瓜多尔人，不过他有东方血统。他在西班牙已经生活了好一阵子，对厄瓜多尔也早就没有印象了。其实，我知道他是打从心底羡慕我这间公寓。无论你的生活多糟糕，总是会有羡慕你的人存在。这是一种宇宙的讽刺。

儿子帮我打扫了房子。家里的邮件堆积成山，满布灰尘。当你拿起一个信封的时候，都常常可以感受到手指尖上的尘土飞扬。

褪色的旧情书、甜蜜而天真的童年信笺，或者我儿子的母亲——同时也是我的前妻——所写的信件。我告诉儿子将它们全部放入存储盒中，同我父亲的照片和母亲的钱包放在一起。那是回忆的坟墓。我无法或者不愿意直视这些东西，只能带着爱和痛苦触摸它们。

我问儿子说："你不知道该怎么处理这些物品，对吧？"

我接着说："还有其他东西呢！发票、保险单据、银行的通知等等，都是些貌似很重要的东西。"

银行在你的信箱中塞满了令人沮丧的消息。成堆的对账单让人感到紧张不安，因为那是在告诉你你是谁，还会强迫你去反思自己在世界中的虚无缥缈。

我坐下来看银行对账单。

儿子问我："为什么你要把空调温度调得这么低？"

"我怕热。我父亲也是。你还记得你的祖父吗？"

这是一个令人不安的问题，因为我的儿子认为当我在问这种问题的时候，我是在寻求某种优势，也是在从他身上找寻某种仁慈的对待。

我儿子坚定而勤奋。他不懈地帮我整理公寓。

猛然地，我意识到这个公寓的价值远不及我之前为买下它所付出的钱。这种念头源于资本主义的压力之下，是人类智力成熟的最好证明。但是，也正是因为资本主义，我才有了这个家。

一如既往，我陷入有关经济崩溃的沉思。本质上，人类的生活是在免于经济破败。不论一个人从事什么工作，破产都是一个巨大的失败。如果你没有能力养活自己的孩子，就意味着你没有任何理由在社会中生存。

没有人知道，如果远离社交，我们会怎么活着。他人对你的评价是个体存在的唯一佐证。

这种合乎道德的情绪，和你存在的价值与观点相契合。也是这些观点定义了你在世界中的位置。这是一种斗争，一种你和他人身体搏斗时所体现的意义。如果人们渴望你的存在，这一切都是对你有帮助的。

但是死亡——疯狂的社会病态——会通过肉体的自体腐败，使所有社会和道德判断都变得平淡无奇。人们谈论很多有关政治或道德败坏的话题，但却很少关注因死亡而造成的肉体腐败，更遑论是那肿胀、恶臭难闻又腐烂发臭的尸体。

我的父亲很少提到他的母亲，他只记得她的厨艺精湛。祖母在 1960 年代离开巴尔巴斯特罗（Barbastro）之后，就再也没有回去过了。大约是 1969 年的时候，她带着女儿离开。

巴尔巴斯特罗是我出生和成长的小镇。在我出生的那个年代，巴尔巴斯特罗的居民只有一万人，现在则有一万七千人了。随着时间的流逝，这个小镇同时肩负宇宙和私人命运的力量。将抽象概念变成确切人物的想法，在过去被人们称作"寓言"。对每一个人来说，过去种种凝聚成小说中的人物。

我记起一张旧照片。那是一张在 1950 年代拍摄的照片，父亲坐在一台西亚特（Seat）600 的车上。我不太能认出他来，不过那确实是他本人。这是一张相当陌生、只属于那个年代的照片。全然崭新的街道，背景是一台雷诺汽车（Renault

Ondine）和一群妇女。照片里她们背对着镜头，手提包包。她们现在应该已经不在人世，或是垂垂老矣。父亲坐在车里面，那是一台带有巴塞罗那车牌的西亚特 600。他从未跟我提过他第一台车是带有巴塞罗那（Barcelona）车牌的西亚特 600。似乎不是夏天也不是冬天。从照片里女人的穿着来判断，拍摄时间可能是九月底或五月底。

　　无法述说所有一切逐渐毁灭的情况。不过，必须要着墨一下我对西亚特 600 这台车子的迷恋。当时它是上百万西班牙人快乐的泉源，无神论者和唯物主义者的希望之源，未来个人交通工具的信仰所在，探索地方和城市的理由，思考地理和道路的谜题，抵达河流和海滩的方式，也是将自己与世隔绝的小空间。

车牌是在巴塞罗那注册的，号码现在已经不可考了：186025。这个注册记录应该在某个地方可以找到，我始终抱持这个信心。

我们永远不会忘记什么是阶级意识。我的父亲用尽全力在西班牙求生存：找工作、干活、结婚生子，然后两脚一蹬。

面对这些事，他没有其他的选项。

家庭是一种证明幸福的形式。根据调查，决定保持单身的人，注定不会长命。绝对没有人想提早离世。因为死亡没有任何趣味可言，甚至还有点过时。对死亡的渴望完全不符合潮流。这是我们最新的发现。西方文化的新发现：最好可以长生不死。

无论如何，不想死只要有一个简单的理由就够了：没有必要。一个人根本没有必要死。人们曾经以为死亡是必须的。

从前，生命比较廉价。现在，它有价值多了。财富的创造和优裕的物质让饥寒交迫的人们热爱生命。题外话，这些人在数十年前都曾经视生死同为一物。

在西班牙的二十世纪五六十年代，中产阶级传递给后代更复杂的期许。

我不清楚祖母去世的年份。可能是 1992 年或 1993 年，或者 1999 年或 2001 年，也可能是 1996 年或 2000 年。那时，我的姑姑打电话向我的父亲告知祖母的死讯。父亲当时没有亲口和姑姑说什么，只在答录机上留了言。我听到了他的留言。他说，尽管他和姑姑处得不好，但是毕竟是出于同源。没错，他们有着同一个母亲，而这个原因已经足以使他们修复关系。听到这则信息的当下，我感到有些困惑。父母亲的房子总是光线充足。光线比任何人类的行动都要强大，让所有事物不再牢固不移。

我的父亲坐在一把扶手椅上。那是把黄色的扶手椅。他不打算去参加葬礼。他的母亲在一个遥远的城市去世，一个距离巴尔巴斯特罗有五百公里远的城市。也就是说，父亲收到祖母的死讯，他们之间有超过五百公里远的距离。于是，他决定不去葬礼了。他也不想去。这么远的车程。要是搭巴士也要好几个小时。更何况他还要先找到巴士才行。

这个决定导致了其他一连串的事情。我不想评论过去，只想单纯地说说或者再次欢度。任何事情的道德性都是一种文化的建构。事实本身确实且自然地存在，不过对事实的解读则带有政治性。

我的父亲没有去参加祖母的葬礼。他和自己的母亲关系如何呢？没有关系吗？当然有关系。他们的联系从 1935 年或 1940 年的时候就开始了，只是后来消失殆尽、不复存在了。我认为父亲理当去参加祖母的葬礼。这不是为了他死去的母亲，而是为了他自己，也为了我。拒绝参加葬礼的行为意味着拒绝接受普通的生活模式。

最深处的秘密是我的父亲深爱他的母亲。他之所以不参加葬礼，是因为他的潜意识抗拒自己母亲的遗体。再者，无以复加的惰性滋养了他内心的自我意识。

我的脑袋里萦绕着一千个关于贫穷的故事，以及贫困最终如何引导人们渴望致富的梦想。贫穷如何导致行动不便，如何打消驾车五百公里的兴头。

2008 年资本主义在西班牙瓦解了。我们迷失了，不再知道我们应该追求什么。当经济衰退袭来时，一场政治喜剧自此揭幕。

我们甚至羡慕亡者。

我父亲的遗体是在柴油火化炉中火化的。他从未提过想要我们以什么方式处理他的遗体。像其他人一样，我们最后摆脱了死去的父亲（那时曾是躺卧的身体，而现在我们不知道变成什么了）。也像未来其他人会对我做的一样。当某个人死亡的时候，我们着魔似的把尸体从地图上抹去，消灭尸体。但是，为什么我们会这么焦急呢？害怕肉体的腐败吗？不是的，现在的太平间已经有非常先进的冰柜。是因为我们害怕尸体，我们害怕未来，我们害怕那些未来我们也会变成的东西。而这个我们和尸体的联结让我们恐惧不安。我们惧怕所有和那具尸体有关的往事，所有和他一起经历过的时光：去海滩、吃午餐、旅行、吃晚餐，甚至同眠。

在生命的尽头，唯一真正的问题是如何处理遗体。西班牙有两种可行的方法：土葬或火葬。这两个字的拉丁语字源都有很美的含义，分别是化作泥土或灰烬。

拉丁语赋予死亡崇高的殊荣。

2005 年 12 月 19 日父亲火化。现在我后悔了，或许当时的我做下了一个太过匆促的决定。从另一方面来说，父亲没有去参加他母亲——也就是我的祖母——的葬礼，可能和我们决定他的火葬有关。这里，我想更明白地说明我们的亲属关系，

"我的祖母"指的就是父亲"他的母亲"。我的父亲没有参加祖母的葬礼，而这个事实与我们如何处置他的尸体息息相关，与我们决定火化他的遗体脱不了关系。这无关乎爱，而和后来所发生的一连串事情有着密不可分的关系。这些事情导致其他事情：生命如同瀑布，奔流不息，同时我们也为之而疯狂。

此刻，我意识到自己的生命中还未发生过任何大事，然而，我的内心仍然饱受折磨。痛苦不是快乐的障碍，或许是我了解痛苦，对我而言，它是强化意识的一种方式。它意味着意识的延伸，从过去到未来。它是对万物的友好。和善地对待历历往事。优雅总是从友好与和善中油然而生。

这是一种普遍的良知。痛苦仿若一只摊开的手掌。可以说是对其他人的和颜悦色。表面上我们在微笑，内心里却无力瘫软。若是我们选择微笑以对，而不是坠落在大街上，那都是因为我们的优雅、温柔、和气、对同胞的爱，以及对他们的尊重。

我甚至不知道如何建构和定义时间。2015 年 5 月的午后，我回到此时的住所，大量的药物杂乱地撒落在床上。各种药丸：抗生素、抗组胺药、镇静剂、抗抑郁药。

尽管如此，我依旧欢度浮生，而且我会永远这么做。父亲的去世粉碎了时间的概念。好几次我很难记起时间过了多久，不过这也不会让我难过。父亲迈向解体的旅途中，我和弟弟是仅有的两个会怀念他的人。真令人难以置信。

我的母亲在一年前去世。当她还在世的时候，好几回我想跟她谈谈父亲，不过都被她拒绝了。和我的弟弟也是一样，无法谈论太多父亲的事情。这绝不是在指责他们。我理解他们的不快，因为某些文化，至少是我身在其中的这个文化，认为谈论死者是一种极为不敬的行为。

就这样，我和父亲共生。或许我是世上唯一的一位——我不确定弟弟是否也是如此——每天都会想念他的人。我每天看着他一点一点逝去，直到变得干净透明。我并不是每天都遥想他，而是因为他永远留存在我体内。为了腾出空间给他，我已经从自己的身体中撤退了。

我的父亲应该不希望为我而活。我要说的是我不愿意揭示他的人生及其意义：没有任何一个父亲想成为为儿子而生的男人。我的过去全部石沉大海，只因为母亲和父亲做了同样的事：死亡。

3

我的母亲在睡梦中离世。她厌倦了自己的步履蹒跚，因为
她失去了行动能力。确切来说，我不知道她患了什么疾病。她
说话毫无章法可言，尽管我也是如此。我叙事混乱的能力是从
母亲那里继承的，而不是从任何古典或前卫的文学传统习得。
政治堕落引起的精神堕落。

我的家人没办法准确地描述自己的所见所闻，而我也无法
陈述自己的遭遇。母亲为诸多疾病所苦，她一再地叙述那些叠
叠重重的症状。我们无法替既有的事情排序。最终，我打破了
这个念头：我想在她的故事中涉入一种个人的志忑，也从她对
我的倾诉中找到些许意义。在解读她的字字句句之后，最终也
只是趋向静默。我早就不记得她几天前说的细枝末节，那一点
都不重要。

她习惯控制大大小小的事情，这是害怕的心态所导致。她
担心事实的发展不如预期，不过除了她本能的欲望和感官之
外，她从未弄清自己的兴趣是什么。

母亲漠视对自己没有帮助的一切。我在讲述事情的时候
也继承了这个特色。这无关谎言。简而言之，这是一种来自害
怕出糗和犯错的恐惧，因为其他人会依照人类社会中不可理解
的法律来判断你的所作所为。我和她都未曾理解一个人的义务

所在。此外，为母亲看诊的医生和老年学家也从未通过治疗的手段，将她拉离混乱失序的现实。反之，她始终将医疗逻辑逼到绝境，然后将其推入深渊。她问医生的问题总是令人瞠目结舌。有一次，她设法让医生坦承自己并不知道病毒性流感和细菌性流感有何不同。怀着道德错乱和对健康的渴望，母亲直观而富有远见的观察，创造了比医生的解释更使人津津乐道的结果。她把人体看作是一条充满敌意又残酷的毒蛇，而血液循环则是其中最关键的。

她是个戏精。她的戏剧诠释能力更胜医生的耐力，因此医生们都拿她无可奈何。她小腿的骨头在髋关节置换手术后并发感染问题。我们从电视报道得知，她恰恰与西班牙国王胡安·卡洛斯一世（Juan Carlos I）同一天手术。这常常成为我们口中的玩笑话。最终，医生无法移除受到感染的髋关节，因为这意味着患有多种心血管疾病的母亲需要接受更多的手术。

无数的旧疾缠身。她会细数所有的疼痛，都是出于剧烈的痛苦。

她独处在寓所，巨细靡遗地罗列出种种不幸。

除了哮喘和焦虑症，她视自己的身体为疾病的大全，并把小毛病转变成一种生活意识。那些都不是致死的疾病，而是身体日以继夜不停复发的小病痛。只是小病痛罢了。

她住在一个出租公寓，五十四年来始终如故。年轻的时候她就是个老烟枪，一直抽到六十岁才戒烟。我不知道她确切从什么时候戒掉的。

我可以粗估她戒烟的时间。应该是 1995 年左右。也就是说，她当时是六十二岁。

她吸烟的方式很时髦，而且抽烟的行为使她在同辈的妇女中脱颖而出。我记得各种品牌的烟草围绕着我的童年，这些烟草既艳丽又神秘。例如，肯特牌（Kents）的香烟让我迷恋不已，尤其是它美丽的白色烟盒。母亲抽温斯顿（Winston）和L&M的香烟。我的父亲不常抽烟，他只抽云雀（Lark）。

屋子的餐桌和边桌上散布的烟盒将父母和他们的青春联系在一起。那时我的家里充满了欢乐，年轻的父母吞云吐雾。我牢牢地记住这种喜悦，1970年代的喜悦，确切地说是七十年代初期的喜悦：1970年、1971年、1972年，直到1973年。

他们抽烟，我看烟，好几年就这么过去了。

父母亲从未抽过杜卡多斯（Ducados），这个牌子吐出来的烟是黑色的。这就是我始终对杜卡多斯这个品牌毫不迷恋的原因。在我看来，这种香烟肮脏而又丑陋。父母亲从不抽这个牌子的烟。我将它黑色的烟草与污秽和贫穷相连接。即使还是有一些富裕的人抽杜卡多斯，但是那毫不动摇我对黑烟抱持的轻视和恐惧的心态。后者的心情多一点。至少对我这样的人来说，恐惧与求生的精神息息相关。你越害怕，生存的机会越大。我一直怀着恐惧。但是恐惧并未真正地让我远离麻烦。

我看到一个巨大的裂口。回忆父母亲香烟的牌子，我从他们生命中挖掘出了意想不到的乐趣。

我想我要表达的是，他们过得比我更幸福。即使最后他们对生命大失所望。或者，他们对身体的日渐衰弱感到力不从心。

他们不是一般的父母，怪僻也是其来有自。我真的相信这一点。他们很古怪；他们也不像正常人，做了很多不寻常的事。他们的怪僻性情——或者说是从儿子的角度来看——源自爱的奥秘。我的父亲出生于 1930 年。我的母亲——这是一个假设，因为她时不时调整自己的生日——出生于 1932 年。我认为母亲比父亲年纪小两到三岁。有时候母亲坚持自己出生于 1936 年，那么，他们年纪就会有六岁之差。她会这么做是因为在陆续听到有人提起那个年份之后，她就去考察那年的历史，而发现到其重要性。

实情是，她出生于 1932 年。

4

　　我的母亲来自一个农村家庭，她在巴尔巴斯特罗附近的一个小村庄长大。我的祖父从商。内战后，他被指控为共和党员，并被判处十年徒刑。不过基于健康因素，他无法服满期刑。他在萨拉曼卡（Salamanca）的监狱待了六年的时间。我对这些细节不太了解。父亲有时会提到我祖父对民兵很友好，看来他在人民阵线中有朋友。民族主义者进入巴尔巴斯特罗之后，祖父因被人举报而锒铛入狱。父亲知道是谁告发了他，但是那人已经死了。父亲没有继承任何仇恨，取而代之的是缄默。我不了解这种沉默的本质，但是我想这绝非政治实质的沉默，而是放弃表达意见的形式。如同寡言的祖父一样，父亲把沉默是金当成一条生存之道。

　　我之后离世的时候，会带着父亲和祖父是否曾经聊过天的疑惑入土。可能他们从来没说过话，因为他们被与生俱来的惰性所束缚。我合上眼的那一刻，可能还是不知道父亲是否曾经吻过祖父。答案应该是否定的。他们应该没有互相亲吻过，因为这个动作足以意味他们摆脱了惰性。前人的惰性是美妙的。我不认识祖父和外公，也没有他们的照片。我还没出生的时候，他们就撒手人寰了，也没遗留下任何照片，连张让人感伤的画像也没有。母亲不曾谈论过外公，父亲也不会说到祖父。沉默具有煽动性。虽然没有什么值得提起，但是那个无名氏消失的时候，我们就会不停地提起那个无名氏。

5

　　和所有同学的父母不同,我的父母从未去过教堂。这让我感到困惑,甚至在朋友面前我都会感到不自在。他们不认识上帝。并不是说他们是不可知论者或无神论者,他们什么也不是。他们从没想过这个问题。他们从来没有在家里提到宗教。现在我写下这个回忆,连自己也感到震惊。我的父母可能是外星人。他们也不会表现不恭敬,只是他们几乎没有提过上帝。就好像天主教完全与他们的生活无关,这点对身处于西班牙的两人来说无疑是个不可言喻的成就。对父母亲来说,宗教不存在,也不可见。他们的道德世界没有包含善恶的拜物教。

　　在二十世纪六七十年代的西班牙,他们应该要去做弥撒。在西班牙,去教堂是件值得嘉许的事情。

6

母亲抽烟，这导致我也跟着染上这个习惯。最终，我们唯一会一起做的事情就是抽根烟。她没有意识到自己跟我转介了这个恶习。她总是无法判断事情的轻重：有时候过分在意无关痛痒的事，反而忽略真正重要的事情。她一辈子与香烟为伍，直到某天有人说我们已经彻头彻尾地毁了。因为她老是要我去买烟，就这样，我认识了巴尔巴斯特罗所有烟草店的店员。

亡灵不会抽烟。

有一次我在抽屉里找到一根肯特的烟，是根三十多年的老烟，默默地躺在那里。照理说应该把它塞到骨灰坛里去。

我试图在虚无中寻找意义。每个人都会失去父母，这是再单纯不过的生物学了，但是我对过去的消逝及其无意义的结局深有感触。我理解时光飞逝。过去是我们生活的一部分，已经委托给默默无语的圣职。过去永远不会弃我们而去，它可以随时重返。它回来的话，就是永远回来了。过去充满欢乐。过去是飓风。它对人们的生活至关重要。过去是爱。极端迷恋过去的生活会使你无法享受当下，但是只享受眼前而不眷恋过去的当下也绝非趣事，反倒是一种疏离的形式。过去不曾远离。

7

他们似乎还活着，但是他们确实走了。

我猛然记起他们初识的那天，是 1958 年 4 月的一个周六下午。对那个午后，我记忆犹新。那个下午的情景背后隐藏了另一个更遥远的回忆。

死亡是真实的，并且合法。死亡合乎法理。有哪个国家曾经宣布死亡是一种犯罪行为吗？国家的法律覆盖到死亡的合理性，如此我感到心安理得。死亡不是颠覆的行为，甚至自杀也不是。

我的父母亲在世时都做些什么呢？他们都在试图逃脱死亡的合理性。有一件事很清楚，他们并没有完全死掉。我经常看到他们。我在刷牙准备就寝的时候，父亲会突然现身。他站在我身后，充满好奇地看着牙膏的品牌。我明白他想问些有关牙膏牌子的事，但他已身不由己了。

我在谈的不是记忆本身的问题，而是他们在我的记忆中长存。这与他们现在所处的地方，以及灵魂如何受苦息息相关，也和不幸的死亡和美好的人生脱不了关系。

他们在那里。而且，在某些方面，他们是惊人的幽灵。

父母离世后，我的记忆变成一个躁动、恐惧且愤怒的灵魂。当过去从尘土间被拭去时，整个宇宙也被抹去了，全然是种羞辱。世界只有虚无缥缈和灰茫茫一片，没有其他任何令人不快的东西了。抛弃往事使人惆怅。父母的离开令人悲痛不已，真相是一场赤裸裸的宣战。

年少时，由于性格缺陷或者害羞的原因，我不知道如何与同学或其他人正常相处。那时，我总是会想到父母亲，因为我坚信他们一定会替我的社交障碍找到一个合理的解释。他们是我的守护神，保守我的秘密，一个自己觉察不到，但存在的意义。

父亲的过世是所有混乱的源头，因为认识我和对我的出现及存在负责的人已经消逝不见。这很可能是我生命中最原始的事情。你在世界上存在的一个确定的理由是父母亲的意愿。你就是那种意志的体现，而他们的心愿转化为亲情骨肉。

那个意愿的生物学原理不带有任何政治特色，这也是我对其深感兴趣的原因。如果没有政治特色，就说明它几乎是千真万确的。自然以一种猛烈的形式展现真实。政治是商定的秩序，一切都很恰当，但这不是真实。所谓的真实是你的父亲和母亲。

他们创造你。

你来自精子和卵子。

没有精卵结合，什么也不会存在。

接着，你的身份和存在继续在政治秩序下运作，这也无法否定任何政治秩序前的意志原则。生物学是必要的原理。尽管政治秩序可以很好地满足你的所求，但这并不是必须的。

8

我后悔选择了火化。我的母亲、我的兄弟和我想忘记一切，摆脱躯壳。我们满怀恐惧、全身颤抖不止。为了假装可以控制大局，我们试图对周遭各种滑稽的细节哈哈大笑，只求可以让我们免除害怕。坟墓的发明为生者提供一个收藏回忆的地方。因为骨灰很重要，即使我们不曾亲眼得见，只要靠想象知道它们在那里就足够了。但是西班牙没有坟墓，我们只有一个一个的墓穴。坟墓很崇高，而墓穴则卑下、昂贵却丑陋。对西班牙的中下阶层来说（更确切的是偏向低下的阶层），任何东西都是丑陋，但所费不赀的。"中下阶层"这个词是个不幸的发明、谎言的产物。

我们处于下层阶级，但是父亲在世时总是衣冠楚楚、穿着整齐。他知道如何展示品位。虽然从外表无法辨认，但是他确实是个穷人。他之所以不像贫民，是因为他代表上世纪七八十年代西班牙社会经济体系的逃犯。没有人会因为"很穷也要时髦"的风格而锒铛入狱。同样地，没有人有权力把你关进监牢，只因为不想看到贫民的穷困。

父亲是位艺术家。风格不俗。

在火化前，我们先把他的尸体安置在殡仪馆几个小时。陆陆续续有人来见他最后一面。突然，来了一个面熟的男人。他不是我父亲的朋友，他们最多只见过几次面。那个男人意识到自己的存在是不合理的，于是他走过来对我说："我和你父亲同辈，我只是来看看以后自己会变成怎样的尸体。"他语带严肃，说毕，瞧了瞧父亲的遗体，就离开了。

后来我听说这名男子在父亲离世后两个月也走了。我记得他的表情，甚至是语气。我记得他透过棺材的小玻璃窗看着父亲的样子，他用想象力把父亲的脸置换为自己的脸孔，猜想自己往生的时候会是怎样的妆容。

我当时也望着死去的父亲。他正在离开这个世界。他曾经是我童年的守望者、看守员和指挥官。当时我正在考虑整个人类的瓦解。尸体的出现。失重降临。疯狂。尸体全部的奥秘。

9

突然，我从梦魇中惊醒。我已经服了几颗抗忧郁药丸帮助入眠。那天，我配酒吃下超乎标准分量的抗忧郁药。当时是2006年，我第一次用如此激烈的方式吞下药丸。我遭遇了婚姻危机，因为我有外遇。那个女人不是一般的情人。她很独特。我和她一起生活。或许，在爱情里一厢情愿是不够的，还需要征询另外一方的意见。这点只有我不晓得罢了。生存的意愿一向是模糊不清的：欲望始于欢愉，终于庸俗的闹剧。我们都是低俗的人。有人不承认自己的粗野，只能说他们低俗的程度有过之而无不及。承认粗俗是朝向卓越超群的第一步。从那时开始，我的婚姻危机伴随着酒精和药物。如果没有酒精催化，你会感到恐慌，那么，你就会需要服下大量的抗忧郁药物。

归根结底，资本主义的唯一最大敌人是毒品。

那是个使人沉重的梦魇，我拖着疲惫而憔悴的身心从梦里走出来。梦里有一间卧室，那是我不久前的房子。

那天我不得不做很多事情。先喝了杯咖啡，接着淋浴。我时常会犹豫要先做哪一样：先喝咖啡再淋浴，或者先淋浴再喝咖啡。那天，我既紧张又兴奋，因为我要着西服去和西班牙王室一起用餐。我曾想先吃个药再去和国王打招呼，不过这个举动应该会有革命性的价值。婚礼后，我已经有好一段时间没有穿西装了。离婚的时候没有穿西装的必要。

我不会打领结，所以我的弟弟给了我一条已经打好的领带。当天我穿了一套海军蓝的西装。西装穿起来蛮好看的，再搭配上白色衬衫，我看起来还挺帅气。在一段时间的饮食控制之后，我清瘦了不少。虽然食物使人愉悦，不过减肥成功也有同等效果。我觉得快要迟到了，但是其实时间还不算晚。

于是，我坐在椅子上，感受领结的束缚力：那个领结已经绑上好几天了。我想起父亲。他很会打领带，甚至闭着眼也能在几秒钟内就把领结打好。

系领带的男人自然而然地老去。

我开私家车去赴王室的午餐之约。几天前，我已经先把车牌号码跟王室注册了。

寻找武器广场（Plaza de Armas）的入口花了我一点时间。

我感到加倍紧张。

然后，当我的脑袋几乎要炸裂的时候，我听到一个声音："冷静下来，同志。一切都准备就绪了。你不过就是去吃个饭而已。再说，你穿西装很好看。你的父母都已经过世了，而你还活着。你还有一台不错的车。你看起来也很年轻。有什么好在意的，不过就是人生中多一顿饭或少一顿饭的事情。"

每当那个声音乍现的时候，我就会安心许多。这是我内心蹦出的声音，但似乎是其他人发出来的。这个其他人就在我的心里。

我驾车途经马德里，车轮触及这座城市。我摸了摸领结。搜了一下导航。交通堵塞。我的导航陈旧，功能不佳。不过，我不想更新它的系统，还要花五十欧元呢。从这个细节，我们可以观察到马德里人的富裕生活。

10

马德里是座美丽的城市。

这里代表西班牙，什么都有。我的父亲来过好几次。每个省份的西班牙人都会拜访这座城市好几次。也因为如此，马德里是一座残忍的城市。所有外地的人都曾因为它的幅员广大而吃惊不已。

但是，它其实没有这么辽阔，例如，它的规模不如伦敦或巴黎。也许是世界差距越来越小了。"每个省份"这个用词带有轻蔑的口气，荒谬至极。起初，马德里的君主制超越各省的贵族制度，接着出现佛朗哥（Franco）制度。但这些都无所谓。

一切都不重要，因为历史已如过眼云烟。人们意识到历史讲述的内容已不复存在，而他们也无心继承历史的重担和虚拟时代的包袱。

一名警卫跟我指引停车场的位置。接着，另一名警卫再给我指示方向。风度翩翩的警卫。马德里皇宫（Palacio Real de Madrid）的警卫。

宏伟的皇宫阶梯在我面前伸展开来，两侧伫立的卫兵配备齐全，长矛闪闪发光，但无杀伤力。我想他们应该百年来都不曾磨利过矛尖。阉割的长矛，只具历史意义，而毫无用武之地。

我走上阶梯，目光射向卫兵，直视他们的眼睛。

我觉得卫兵很像知道我的过去。或许他们也可以立即辨认出我是不是冒名闯入的骗子。或者他们认为我应该要身着华丽制服，拿着长矛与他们并肩而立。他们工资多少？我估计大约一千四百五十欧元，幸运的话可以领到一千六百二十九欧元吧，最多不超过一千七百欧元。我们隐藏收入，这也是我们唯一承认的事情。当你知道某个人工资多少的时候，你就已经把他看透了。

皇宫那扇大窗依旧，看尽百态，透射世纪以来积累的日光。

宾主尽欢。

马德里如同野兽的心脏一般。

11

君主制度令人惊艳，但也不能免受谴责。费利佩六世（Felipe Ⅵ）和他的妻子莱蒂齐亚（Letizia）女士在那里。没有人会对西班牙王室做任何要求，而两位皇室成员也明白要求是多余的；因为历史是一系列令人恐惧的政治演习，最好不要涉入无底深渊。费利佩六世和莱蒂齐亚至少是可信赖且稳定的解决之道，其他的替代方案都是不确定、不安全，并且容易遭到毁灭、死亡和痛苦的。王室夫妇为国家提供客观、可衡量、计数、测量的服务——金钱。他们签订多个国际协议，其他国家和国际企业纷纷在西班牙投资。没错，感谢国王和王后。他们激发了国际投资者对西班牙的信心。信心变为金钱，还有走出失业问题的国民。

尽管如此，人们最终还是会组织起来，所以必须保持警惕。费利佩六世有不为人知的一面，而他的妻子的背景会引起流言蜚语，这就是费利佩六世和他的妻子行事必须要小心翼翼的原因。皇宫营造这种道德空间，将其定位为"洁白无瑕"的政治圣殿。

我对婚姻关系极富同理心，特别是对已经累积多年夫妻关系的婚姻。因为我们都知道婚姻是人类制度中最可怕的一种，这种关系需要牺牲、放弃、拒绝本能还有一而再、再而三的谎言，进而达成社会和谐与经济繁荣。

莱蒂齐亚女士略胜丈夫一筹，一脚迈入更为舒适的历史区，几乎无罪释放。她怀着具有启发性的念头，试想："没有人能责备我。任何事情都不可以。"他们保持缄默。我看着他们的沉默，只有偶尔以单音节的肯定音打断沉寂。

有人曾对她说："永远选择'是'。"

皇室主持塞万提斯奖的正式餐会，并授奖给一位才华横溢的年长作家胡安·戈伊蒂索洛（Juan Goytisolo）。他写了多部广受好评的书，每一本都是那个年代最杰出的西班牙语作品。人们并非刻意提起作家的国籍。西班牙始终都是个随时准备说"不"的国家，也正因为如此，莱蒂齐亚女士曾被告知，如果可以的话，请始终回答"是"。

2015 年 4 月 23 日，马德里春天的早晨，外面的温度为十六度。宾客们聚在一起，和气融融地互相寒暄。每个人谈话有礼，气氛轻松，拿捏合宜。所有来宾都知道他们组成一个共同框架、一张全家福照片或社会学现实的一部分。以上种种可以称之为"西班牙文化，2015 年的文学圈"。

一张照片里，时间可以让死人的骑兵出动。这时我自觉到自己是一个系好领带的男人，只是领结出自另一个男人之手。我像极了骑士小说中的某个宫廷人物：一个系领结的男人，但这个领结是另一个男人打的。

我可以悠游自得地和不同的圈子的人闲谈，甚至还可以穿梭在不同的朋友圈，用友善和亲切的态度招呼每个杰出的作家。穿着西装的我优雅从容，尽管在内心深处，恐惧不曾停歇。

我很害怕。我害怕权力和国家，我害怕国王，我无能为力。

事实上，恐惧无所不在。那些胆大包天的人，例如西班牙王室诸位成员，或许也怀有畏惧之心。对其他客人而言，特别是王室的常客，惴惴不安的感觉早已因习惯和常规而烟消云散。

这些经验老到的宾客泰然自若地身处其中。最大的新闻：胡安·卡洛斯一世不再当政，取而代之的是他的儿子。但除此之外，餐会模式一如既往。

我将自己转化为第三人称，给自己起了个绰号：错系领带的男人。

最终，我将自己视为第三人称。

幽灵现身。我已化作幽灵。

错系领带的男人是第一次造访的宾客，这是他首次和王室的餐会。

他忐忑不安，担心礼数不周。因为他不属于西班牙文坛上流阶级，只能说是隐晦中产阶级中的一员。你想想看，一个那种类型的中产阶级作家，他很快就因为"这个男孩做得对"而失败，除了这个男孩已经五十岁了。但是同样地，由于整个世界（现在是全球性的）正朝着毫无意义的方向发展。这个新的地方阶级制度弥漫着变幻无常，充斥悲惨、了无生机、死气沉沉的氛围。

阶级制度已毁坏，而古代的志业已破败。历史就像洪水一般，往人们最不期望的方向奔流不息。

事物不再具有明确的含义，而转有颠覆性的、解放性的意义。

在场的宾客多已年过五十，甚至六十岁，或七十岁。这类餐会的与会者平均年龄大约是六十五岁。事实上，最年轻的人是西班牙国王。

皇室规约的智慧曾经发现过这样一种方法，即两个人可以有序且一致地与一百个或两百多个人打招呼。这是革命性和民主的想法：每个人都有受到接待的权利。

主人会招呼所有的宾客。

这似乎是个绝妙精湛的想法。

本身就是精心杰作。

西班牙王室成员们在隔壁的厅房里伺机而动，那是一个不可预知的角度。他们仿佛从昏暗处现身，又或者从天而降。每位宾客在与国王合影的时候，都享有长达六秒钟的与王室面对面接触的机会。

这个男人的粗脖子上系着领结，酝酿出一个时代动荡的方程式。他偶尔会冒出超越自己身份的念头，一种不受控制的才气纵横。历史偶尔会喜欢这种神来一笔：与祖先毫无渊源的人会发表一些出色的意见。

一个男人和他悲凉的领带。题外话：悲惨的是领带，而不是男人。领带之所以悲惨是由于它系在一个不合美学规范的胴体上。领带的命运可以和亚洲象的命运相媲美。这个男人想要使用才刚问世的新型武器，一种政治武器。他从裤兜里拿出手机——三星Galaxy，然后调整到计时器选项。这是一种革命性的技术选择。

男人用计时器测量西班牙国王的寒暄持续多久时间。结果是六又九十二分之一秒。那是分配给每个宾客的时间。

12

他不懂问候"下午好""晚上好""早上好",甚至也没办法向两位国王中的任何一个说声"您好,今天过得如何呢?"他的愚蠢是正常的:他出自伊比利亚农民,那个面包和肉欲的贪婪夜晚,那个疯子和弱智者的夜晚,而在他们的基因中,只有恐惧、痛苦和错误。

面对光明与财富,面对国王散发出的安全感与爱心,他只有不安与痛苦。

两位国王相距一米的微笑是我们国民看过最有趣的奇景了,因为在他们之中有数以百万计的西班牙人的生活已经毁灭了,而两位王室成员的历史尊严让他们只适合于此微笑。当国家开始有政治性勾结的时候,一切就寄托于这个会心一笑。数百万条点燃的蛇在边缘筑巢。

蛇燃烧起来了。

屡获荣衔的作家,一位缺席的长者,一个模糊的男人,另一个时代的存在者,与王后并肩同行。王后不畏鞋跟折磨之苦,在胡安·戈蒂索洛几近光秃的头顶上伸出双手。错系领带的男人打量王后对脚施加的酷刑,并观察她的脚后跟(骨头的拉伸和变形、关节疼痛、关节炎、变形和骨头塌陷)。接着,男人推测获奖作家的各种想法,应该有相当的不适感和粗糙度。大部分在场的宾客可能都没有读过戈蒂索洛的作品；即使有人已经读过了，也无济于事。按照这个情况来看，应该没有很多人读过他的书。这里感受不到爱，无处可寻。所有人都明白这点，也可以欣然接受。如果不热爱文学的话，那这个作家也只是轻如鸿毛。错系领带的男人认为对文学应该要有爱，只要有了爱，意义就会涌现。爱在哪里，哪里就有所为。如果他无法在这里找到爱的话，父亲就会在他的脑海中浮现，因为先父的生活也是在某个踏着高跟鞋的女人所象征的秩序下应运而生的。

父亲若见到儿子和国王在一起，一定会感到与有荣焉。父亲一定会期待听儿子述说王宫里的奇人逸事。或许也是由于这个原因，系着领结的男人带着父亲的爱，翩翩离去。王后和戈蒂索洛沿着桌边轻挪脚步，其他的宾客并立在其左右。王后和作家手挽着手，徐步向前。她刻意放慢脚步，以适应作家疲软的步态。

这时，系领带的男人再次听见内心的呼唤："你看到了吧，这就是西班牙大作家的结局。以这个礼节来体现——挽着王后的胳膊，漫步在宫殿之中。这个礼仪或许可以让作家的母亲诧异不止，因为人生空幻不实，浮名虚利罢了。"

系领带的男人从来没有见过这么大的桌子，至少可以坐下一百多人。他幻想和祖先们的亡灵围坐，包括父母亲、祖父母、曾祖父母和曾曾祖父母，一起在这里欢度平安夜。

如果祖先真的曾经存在的话，男人渴望和曾曾祖父母对谈。从生物学的角度来看，一个人可以被称作是祖先，并且按照世代推算可以被视为曾曾祖父，但是他本人不见得有想过自己会成为别人的曾曾祖父。

无亲无故。

空无一物。

君主制是一个链接。国王祖先们的肖像悬挂在普拉多博物馆（Museo del Prado）里面，他随时可以去见曾曾祖父，或者与他谈天。

黄澄澄的一片。君主制的黄颜色。王室代表万中选一的家庭，布满黄色记忆的家庭。那是数以万计的西班牙家庭所匮乏的记忆，在疲惫不堪的历史长河中消逝的记忆，在饥荒、战争和苦痛中抹去的记忆。

这个系领结的男人永远无法在博物馆找到弗朗西斯科·德·戈雅（Francisco de Goya）替他曾曾祖父母所绘制的肖像。然而，只要有一个家庭可以办到，这样就够了。此为君主制的道德奥秘所在，也是一种象征、一项伟大的发现。

系着简陋领带的男人想知道自己是否和曾曾祖父有几分相似：举止动作，身体特征，任何有关联的东西，一个含义，一种赋予当代史、生物学和遗传基因存在的解释。

当所有的宾客都将目光转移到王后和年迈的作家身上的时候，紧系领带的男人有机会可以观察被那个大家冷落的餐桌。

巨大的桌面，功能齐全，它可以作为一件家具置放在那里，完成西班牙史上一项令人垂涎的任务：忍气吞声只求达成职责。

这位屡获殊荣的老人脸上的表情怪异，有种欲言又止的表现。他鼻子的线条类似幻想中悲恸的断崖。他紧握西班牙王后的手，这是一个激烈的画面。一个美丽而高贵的女人，沉默寡言又傲慢自大。根据西班牙民主预设，这两个鬼魂依序行走，而这对安详离世的结局毫无帮助。

民主制度无益于个人的善终。

人类的一切都无助于个人的善终。只有国家垄断的药物才有助于平和地离世。国家是什么？是疲顿意志的黄色主导。人们不再思考，几十年前他们就放弃思考了。而惰性——也称作智慧之母——则永垂不朽。

13

时间回到 1991 年 10 月 1 日，错系着领带的男人刚通过资格考试，他获得一个初中文学和语言专业的教师岗位。中学坐落在伊比利亚半岛（la Península Ibérica）的北部。二十四年后的今天，他坐在国王附近，但已经不愿再回忆起当时任教的中学校名。

那时候，这个男人——其实也就是我本人，曾有过经济荣景。

我甚至几乎要相信上帝的存在，祂将要守护我在人世间的行迹：我会获得一份稳定的工资。

当时的男人内心充满喜悦。二十四年后他脖子上系着领结，坐在西班牙国王附近，并非紧贴着国王的距离。他的脖颈子因领带紧勒而赤红。

当时二十九岁的男人，变成现在的我，也算是另一个人了。个体会在另一个人或几个人的基础上建立。二十九岁是世界上最大的杀人机器。二十九岁的人不会明白要即时享受青春年华。那个年龄的年轻人都渴望拥有一份稳定的工作。这也是西班牙自民主转型过渡时期走出来的一种执念。

我被分配到一所名为帕布罗·塞拉诺（Pablo Serrano）的中学任教，校名取自一位雕刻家的名字。我买了一辆福特嘉年华（Ford Fiesta）的车。每天我都开车去学校上课。那所中学现在仍在原地屹立不摇。

幸运的是，学校有一个树林郁郁葱葱的停车场供教师们使用。树木的阴影可以笼罩车辆。我把车子停在阴凉处。一生的痴迷使我无法自拔。我从父亲那里继承了一种停车的执念。因为父亲总是把汽车放在阴凉处，如果他不能做到这点，他就会生闷气。我和母亲还有年幼的弟弟都无法了解那是种什么样的执着。于是，我们去哪些地方取决于该地是否有阴凉处可以停车。在1960年代末期1970年代初期的时候，如果父亲手头还算宽裕，他会带我们去海边过暑假。

我们总是要早起去海滩，因为如果我们迟些，就不能把车停在桉树下的阴影了。我当时还小，不懂为什么明明在放假，学校也没课，我们还必须早上七点起床。最后，我找到原因，原来是桉树的影子。就这样，我一直望着树丛，瞬间把阴影内化为奇妙且神圣的物质。如果父亲不把车停在树荫下，他会心情郁闷，甚至感到锥心之痛。几年后，桉树都被砍掉，海边的人行道拓宽了。这些树也不复存在。

今天，我已经明白了把汽车停在阴凉处的渴望，因为这种痴迷在我心中，深深埋藏在我的脑海。我在意这种执念，因为这是父亲的遗产。如果车停在阳光底下，那就够父亲煎熬的了。他用真切的态度对待所有的事情。

在那个年代，初中的职业培训教育依旧存在，我投身为西班牙的教育大军的一员。而1991年停车场的树荫使我重回了1971年桉树的记忆中。

身为一名菜鸟老师，我被分配到学校里最差的班级任教。学生是一群大约十四岁的小伙子，全部都是电学专业的。没有人在乎他们，于是国家就把他们送到了所谓的职训中心，也就是极负盛名的"职中"。另外，还有一个理发专业和一个行政助理专业的班级也分派给我。那时候我费了一天的时间解释变音符号规则。事实上，任何一个小学毕业的西班牙人都应该可以区别代词的"你"和所有格的"你的"。"你认为"的"你"和"你的想法"的"你的"是不一样的字。在第一种情况下，你是代词而且带有重音符号；而第二种则是固定性的且不带重音符号。

而这就是彼时我教学工作的内容。我花了二十三年的时间考虑那该死的"你"或"你的"的用法。这也是他们付工资给我的原因。我整天都在教有关"你到来"和"你的到来"的不同。荒谬至极，特别是事实上根本没有人会来。我做这些只是因为一份还不错且稳定的工资。学校要我担任电学组一年级学生的班导。西班牙公共教育系统中的导师需要负责一群学生的学科和教学状况，不过我很快意识到这仅是一个假象。我在十月中旬进入教室，当时天气仍然很热。一位行政管理专业的三年级学生向我询问了一个刚刚在美国发生的事件。我成长了，这个问题事关重大。

1991 年 10 月 16 日，乔治·汉纳德（Georges Hennard）在得克萨斯州（State of Texas）基林市（Killeen）谋杀了二十三个人。

我做了一场有关这起暴力事件的讨论，但没有一个学生在听我说话。我的学生不听我说话。所以，我让他们发表意见。

"那个家伙拿着一把连发步枪，扫射了几百颗子弹。电视上还看到一个被子弹射爆的头骨。实在太厉害了。"卡斯特罗（Castro）说。这是班上最多话的学生。卡斯特罗接着说："他被指控杀了二十三个人。阻止他继续杀红眼的原因，是最后一个受害者还没完全断气。"

卡斯特罗语毕之后，全班哄堂大笑。突然，我听到一股声音，可能是第一次在我心底乍现的声音："他们不认识受害者，不能对死亡感同身受，也不明白什么是谋杀，朝向另一个人的身体开枪代表什么。他们蒙昧无知。你自己也什么都不懂。的确，你不知道你是否在意遭流弹袭击而支离破碎的 23 具尸体。你有为五斗米而拒绝暴力的职责。你从事眼前这份工作，正是因为学校月底所支付的工资。你是一个老师，那么，就有责任用合理的价值观来教化学生，要让他们知道这类的屠杀是不被允许的。不过，当你要用道德启发这群小伙子的时候，他们却都昏昏欲睡起来了。该死的老师，你编个故事啊！我理解你只想着工资的发放。你认为要是你和这群年轻人如出一辙的话，学校就会解雇你。也就是说，月底的工资就泡汤了，你也没办法生活了。人们总是只相信自己的工作。这绝对不是精神错乱，因为有信念就有助益，可以改善人类的生活。但是，从一开始，母亲遗传性和历史的病毒就在你体内筑巢：这种不满的情绪像浮油一样散布在世界的海洋表面，这个情况一直持续且不可遏制。"

当时的我是个菜鸟老师，能做的只是盯着卡斯特罗，然后比画出一把枪的手势。

我瞄准卡斯特罗，接着发出"砰！砰！砰！"的声音。

我说道："卡斯特罗，我打爆了你的头。"

所有的学生鸦雀无声。

下课后，我扬扬自得地离开了。

"哇，你做到了。"一个发自内心的声音响起。

几个星期过去了。电学专业有一位一年级的学生时常缺课，导致几乎没有人对他的脸有印象。那天，他突然在教室的门口出现，而当时身为菜鸟老师的我不免大吃一惊。

那个学生道："不，我不是来上您的课。我是来咒骂那个混蛋的。"他用手指向一个同学。

他指的是马拉兹（Maraéz），外号是"花椰菜"的一个男孩。

"'花椰菜'之前在英国宫（El Corte Inglés）行窃被逮，那个卑鄙小人对保安说他没有带身份证在身上，但是可以给他们住家地址。结果，他给了我的地址和名字，昨天有人来我家找我。我家老头用汤锅把我打了个脑袋开花。"那个叫奥尔卡斯（Horcas）的学生说完，露出他头上化脓的伤口。

"花椰菜"在旁窃笑。所有人哈哈大笑起来。身为菜鸟老师的我盯着奥尔卡斯的伤口。

直到今日，我还记得那个伤口的轮廓，还有被它触动而燃烧的熊熊怒火及阴郁的心痛。现在，我的脑海里闪过一个阳光的词："善良"。我们都应该要再多点仁慈之心。那时，我还认为必须动笔写一本名为《善良》的书。我幻想把拳头塞入那个伤口，不停地搅动扩大伤口，一直到奥尔卡斯大量失血而死。然后，我在绝望中温柔地将他的鲜血一饮而尽。

这种深沉的绝望感伴随在我的生命之中。我不知道这些情绪来自何方。百感交集、暴力、忧郁、狂喜。我认为这些感觉出于远在天边的祖先。尽管情绪上扭曲和恶化，我的内心也摆脱不了某种使我坚忍不拔的东西；否则，我不会在这个世界上苟活。

顽强地抵抗生物细菌和社会细菌。

我说："好吧，既然你来了，进来上课吧。"

奥尔卡斯进入教室，口中不断喃喃："'花椰菜'，下课时间我要吃了你的肝脏。"

内心的声音再度响起："你听到了吧，他想吃'花椰菜'的肝脏。十四岁男孩的肝脏尝起来的滋味如何。瞧，摊在你面前的是西班牙的底层阶级。很少人有入场券可以欣赏这个历史奇观。这些孩子就像年轻又廉价的鲜血大河，住在简陋的公寓里，睡在晦臭的床铺上。而他们的父母一文不值。他们的母亲可能不是身体健全的人，父亲也缺乏专业技能。并非人人都有门票可以欣赏这个奇景。你手上握有入场券，可以看他们如何互相残杀。这是一张包厢票。你是位作家，或者最终将会成为一位作家。不可挽回的西班牙。学校付钱给你，要你废话连篇，例如解释重音的规则。如此一来，学生们就不会搞混西班牙作家贡戈拉（Góngora）和奎韦多（Quevedo）。不过，这些魔鬼会在乎谁是贡戈拉，谁是奎韦多吗？当然不一定是这两位已经作古的作家。反过来说，谁在乎你说的这些胡言乱语，还强迫他们认真熟悉西班牙文化中的贵族人物。这些人物都和你或这些被社会抛弃的人群扯不上任何关系。不过，他们还是要知道贡戈拉和奎韦多是谁，因为如果有人不得不伸出援手，就只能把死去的作家扔给他们。贡戈拉和奎韦多好像是非政府组织一般，对于有需要的人来说，非政府组织最终都会成为丹青。换句话说，底层社会的人除了可以史上留名以外，什么都没有，所以你将不得不为那些身无分文的人写下历史。"

多年后，我在报纸上读到"花椰菜"的死讯。他驾车冲撞墙壁。那是一辆偷来的旧车。"花椰菜"本可以偷台新车，而非一台中古车。不过，他始终风格独特，幽默感十足。我肯定这个混蛋偷的是奥尔卡斯的车。

"花椰菜"在二十七岁时离开了这个世界。

可怜的"花椰菜"，他的生命就这样转瞬即逝了。没有人认识他，包括他自己。也因为这样，他的人生拥有超乎意料的纯洁。纯粹和悲惨交织为婚姻，而傻子"花椰菜"的短命人生坐落在其中。

我喜欢用傻子"花椰菜"这个名字来缅怀他。"傻子"一词暗喻和平、荣誉和圣洁。

我会认出"花椰菜"是因为刊登在报纸上的姓名：伊万·马拉兹（Iván Maraéz）。

是他，"花椰菜"。

他胖了很多，可怜的"花椰菜"。我所有的学生都圆润不少，可以说，他们都成了胖子。

有史以来最伟大的西班牙混蛋："花椰菜"。

而且，"花椰菜"，你的父母在你出生时给你起了一个好名字，听起来充满动力。我的意思是，他们绞尽脑汁起名，你的名字很重要。

他们叫你伊万。

这一定是你生命中最美好的一天，因为父母决定要为你起个名字。但是你不可能对那个时候有印象，因为没有人会记得父母为自己起名的那刻。那一定是你生命中最美好的一天，只是你不知所以然，没有感受到或真正享受到它的美好。

好吧，"花椰菜"，我相信在接受洗礼的那天，你是被宠爱的。

我不知道。的确，伊万这个名字展现一种美感、一点点愿望、一个对你存在于世上的期盼。

或许那天你的父母在闹脾气。

或许那天你的祖父母替你安排洗礼的各项事宜。亲爱的"花椰菜"，基于某些可笑和无关紧要的原因，你以伊万这个名字接受洗礼了。

至于你为什么有"花椰菜"这个名字，理由就带到坟墓里去吧。

嘿，"花椰菜"，我必须告诉你一件很有趣的事情：1991年教你西班牙语的那个男人现在坐在西班牙国王附近。没错，距离是不算太近。

嘿，"花椰菜"，你有什么想法？并不是不重要，而是你不在了，事事都微不足道。可是当你在世时，却又时运不济。

这并不重要，但很可笑。

真有趣，这一定会把你逗乐。

因为在某种程度上你是整个历史秩序、阶级体系和生物学决定论的受害者。而我则是西班牙新闻的官方持有人、邮递员或者公证人。正因为如此，多年后有人让我向西班牙国王靠拢。就算感觉不适，但似乎最后都有其意义。

嘿，"花椰菜"，你的骨灰已经入土了，应该有五年时间了吧。我认为你的父母（如果他们仍然活着的话）不会再替你付下一个五年的公墓费用。

嘿，"花椰菜"，1991年的那个圣诞夜我和父亲提起了你，他对你满是疼惜。在我跟他说你的为人之后，他对你满是好奇。父亲总是吸引世界上无穷无尽的烦恼。记得你在英国宫被逮捕时，把你朋友的名字提供给警方的往事吗？老人家曾经因为这个故事而捧腹大笑。这是我第一份严肃的工作，所以他总喜欢听我说一些工作上的琐事。"花椰菜"，你在我父亲的记忆中存在。"花椰菜"，你知道吗？我父亲在巴尔巴斯特罗受到病人、智障、穷人、疯子和倒霉鬼的爱戴，他对痛苦一向来者不拒。他是从哪里得到这个难得的长处？这个优点源自看着他呱呱坠地的那片土壤的深处。从那里，从那片土地，从索蒙塔诺（Somontano）。很奇怪，为什么傻子总是接近我的父亲或者与他攀谈呢？我认为这是因为父亲是个心善之人。

他的善良称得上是传奇了。

1991年的平安夜，父亲坐对着母亲烹调的散养鸡，喃喃说道："再跟我多说些'花椰菜'的事情。他真是个好孩子。"

"花椰菜"，我的父亲喜欢你。

可是我不喜欢。

当时不喜欢，现在喜欢了。"花椰菜"，此刻我记起你炯炯有神的双眼。厄运永远不会远离。当我们凝视天际，感谢能够看到上方被束缚的人们，听到其长声叹息。

14

1983年8月，我和另外两个朋友一起到萨拉戈萨（Zaragoza）合租学生公寓。我还记得房东展示给我们的那些房子。

我认为公寓的月租应该落在两万五千比塞塔（西班牙货币单位）。我们要找三房两厅的公寓。有一些一万八千，甚至一万五的房子，但都离市中心太远了。

突然，眼前乍现了一间奢华又相对便宜的公寓。

我们是三个穷苦的学生，奖学金不多，心地善良。也许我们三个都貌不惊人，或者我稍微帅一些，不过我们对未来都满怀希望。

最后，我们租了一间月租两万八千比塞塔的公寓。其实，这远远超出了我们的预算，但我们喜欢住在市中心。这条街叫潘普洛纳·埃斯库德罗（Pamplona Escudero），紧邻大学，只有五分钟的路程，要到那里也很方便。

还有，我了解到萨拉戈萨的市长的名字叫作潘普洛纳·埃斯库德罗。我想他应该很享受市长这个职位吧。我想过母亲对公寓的看法，她是否会同意呢。我确定她一定不喜欢这个公寓，因为她很少对其他人的房子有好感。另外，我想她不会明白儿子在这里做什么，还有我为什么要住在一间这样的公寓里。

1983 年的西班牙，每天都有民警丧命。一个濒临死亡的国家。不过，拥有自己的公寓是快乐的泉源，而现在我在重新定义生命中那些可以使我满足的持有物。

我对那个公寓怀有畏惧之心。对那个城市的恐惧，如同面对瘟疫一般，层层堆叠。女朋友在你脑中挖掘你的担忧，若是你没有女友的话，那就是他本人在天马行空。最终，恐惧变成了绝望的男朋友，这是一种在堕落和疯狂的基础上建构起来的女性化。

那是我另一面人格的基本特性：我一生都伴随着濒临疯狂的恐惧，不知道该怎么合理化我身上的事情，混乱会带我前进。母亲是我的翻版，她对我的父亲感到绝望，父亲总让她怒不可抑，而我则继承了喧闹和愤恨的宝座。无非就是砸东西、打破窗户、扯衬衫、摔盘子、摔门、踢家具，最后自己陷入一片虚无之中。

天哪，万念俱灰，绝望至上。

15

　　母亲每天都在逆境中看到魔鬼的手。每次她在家找不到东西时，她总会说："魔鬼在这间房子里。"接着，她喊道："魔鬼不在这房子里是不可能的。"她要的东西就在自己面前，但是她没看到。我继承了母亲的痴呆症，有着相同的症状。我现在要找近在眼前的东西，例如书、信件、毛衣、刀、毛巾、袜子或银行的纸，可是我却视而不见。母亲确信魔鬼跟她隐瞒一切，而这个魔鬼应归咎于小小的挫折。她疯狂地度过了这个家庭的所有变故。现在我是她，魔鬼无非是一种遗传性神经变性，它触及视神经并转化为无光泽或不稳定的化学连接波。在这种现实传播的静电恶化现象中，细菌得以孵化精神病的发生，以及在意志的有机形式在社会世界中异化的腐烂中，我成了一座干燥、沉默、孤独、自杀、耳聋和痛苦的博物馆。

　　对母亲和我来说，生命自始至终都没有情节可言。

　　什么都没有发生。

16

1980 年代初期，父亲到萨拉戈萨出差的时候，我们常常一起用餐。有时候他的几个朋友会跟我们一起享用午餐，不过每一次我都感觉自己像个外星人，不知道要聊些什么。他的朋友很亲切，但是我就是不想和他们一起吃饭，我觉得很无趣、很疏远。那个年代的餐厅很有魅力。有一个那时候的谜团未解。我们总是约在复古的餐厅，我不晓得这些地方有什么魔力，每一间都有萨拉戈萨的吸引力。接着，我就成了这个城市的专家。那时候还没有谷歌呢。父亲还常常打电话到我的邻居家，一开口便说："我是你的爸爸。"当时我们的学生公寓没有电话。

他老是那样，用戏剧性的音调说："我是你的爸爸。"这个举动也是我们唯一的共同点：普世的肯定语气。现在我打手机给孩子的时候，也会说一句："我是你的爸爸。"一句令人心惊胆战的话。句子的含义不为人所知，但却令人恐惧而坚强。它像万事的根基，貌似一朵云彩，一片满布血亲良知的云彩，也像世界的起源一般。父亲习惯直接告诉我用餐的地点。每一次和他的朋友吃饭，都是一番大快朵颐。有一次，我和父亲约在马德里大道的餐厅。以前我从来不曾想过那个人也会出现在那里。我一踏进餐厅，就看到父亲，还有他身旁的巴尔巴斯特罗市长和另一个男人。他们三个人在那里，开心地聊着天。

三个男人一边抽雪茄，一边啜饮茴香酒咖啡。谈天说笑，气氛愉悦。他们已经用餐完毕了。三个满足的男人，生于同一个城镇，相似的年纪，雷同的生活经历，出于同一条街道，同一棵树木的果实。也因为这样，本是同根生的兄弟情谊油然而生。这三个男人象征着根源所在，而这就是我今天所拥有的。他们来自阿尔拓阿拉贡（Alto Aragón）的一个小镇，并以一种生存的方式扎根。为此，他们知足地开怀大笑，根深而蒂固。

我以前总要父亲去看看我的公寓，但是他没有来过。在我的求学时期，他不曾到访过我的住处。我不知道他认为我的公寓是怎样地不堪。他为什么不来。也许是我当时没有持续要求他的缘故。

也或许是现在的我需要当时的父亲来看看我的公寓，但那时候的我没有眼前的这个需求。例如，我那时没有跟他说："爸爸，我想要你来看看我住的地方。"没有，我没有跟他说过这些话。如果我现在跟他说呢？那时候他也没有对我说："我想看看你的公寓。"我们似乎是为彼此而生，因为我们都没有跟对方说过这些话。

现在我让父亲说："儿子，我想看看你的公寓。"他以前从不在意我住在哪里，但随着时光流逝，他也忽略自己的住所了。

事情都无关紧要。

父亲是个沉默的艺术家。

但是，他曾给我一件长袍，那是一件礼物。当我把长袍放到地上时，我放声大哭。很明显长袍不是父亲买的，而是母亲买的。她的柔情都覆盖在那件冬衣，一件海军蓝的棉质长袍。

那件长袍象征根源所在。但是我不得不把它放在一个奇怪的房间里，一个充满敌意的地方。

号啕痛哭的我。

我试图将长袍放在一个地方，避免碰触到那个房间的物质元素。那间房里的一切都不纯净。我凝视着长袍，就像看着挚爱一般，或者像在看着一个受到威吓的爱人。

我知道母亲在跟我说再见。一种非语言的道别。我们一生的时光已经在不同的旅程中分道扬镳。

临别时分。

我再也不会感受到那种柔情了。无关紧要，现在我感受到了。无所谓了，那就是生命的伟大之处。没有哭泣或谴责的理由。把我和母亲紧紧相连的一直都是个无解的谜，或许在离世前的一秒钟我才得以解码。

我想重温那种母亲的柔情。1980 年到 1982 年间，我离开巴尔巴斯特罗到萨拉戈萨，母亲为我收拾行李的温柔。她放进箱子里的行囊，她如何帮我收衣服，她如何将食物收贮在玻璃罐中。我屏气凝神地盯着那些东西，形单影只的情绪涌上心头。

事实上，这些都和贫困有关。正因为贫困——我们多么贫穷——我心惊胆战。这种恐惧，我称其为温柔。

如果我们是有钱人，一切都会比较好。但是父母亲身无分文，一丁点儿钱都没有。在西班牙承认贫穷似乎是不道德的，是应受谴责的侮辱。但是，这几乎是我们所有人的生活写照。

虽然我们很穷，但是我们很可爱。

17

1962 年，我出生于一个名为巴尔巴斯特罗的西班牙小镇，这是其他人告诉我的。可以确定的是，这是美好的一年。我深深地质疑自己是否真的生于 1962 年。关于出生地，我毫无疑虑，但是对出生年份则有所怀疑。每个人都应该质疑自己的生日，因为这是第一个我们所继承的事实，但我们却无视、无感且无法证实它的真实性。你可以信任他人所言，相信你的生日组成的意义非凡。

你绝不是自己诞生的见证人。对其他事情而言，你都可以见证：婚礼，如果你结婚的话。你的孩子出生，你也会是见证人。对了，你也不会是自己死亡的见证人。

你不会是自己生和死的见证人。

我经常怀疑自己的生日，或许疑惑起于身心问题，或者来自身体和时间产生的碰撞感，或者这种碰撞必须有个日期。实际上，日期仅是个名词，属于那个碰撞感的命名。

每个人都应该要对自己的生日抱持疑惑。那个日期不是真实存在，它鲁莽地定义了你，而你，倾向赋予它一种崇高的重要性。这个决定不是由于你的意志，而是来自你存在之前的社会契约，一份你不在世或尚未出世、尚未碰撞就决定的契约。

那么，我是一个错误的受害者。我的母亲总是记忆力很差。1960年代的记忆稀稀落落。我最初的记忆是发生在1970年代的事情。啊，除了一件事外，那一定是在1966年夏天前发生的。那是有关母亲怀了弟弟的记忆。一场充满虚幻的景象。它不是真实的记忆。我和母亲在厨房里，她身着白衣坐在椅子上，指着腹部对我说："你的弟弟在这里。"接着，她把我的手拉向她的肚子。我吃惊极了。然后我看到一束光穿透厨房的长廊。那是来自星星的光。我望向窗外，看到甜蜜而遥不可及的距离。这是我有史以来的第一个记忆。我不了解为什么，也不知道那是什么。这是我不断尝试复原的记忆，而我恢复的是一种平和的感觉。我想死后也是这样的感觉。

18

我在浴室里刷牙。身后紧跟的是自己的脚步声。死去的父母也在后头，他们与我的孤寂紧紧相依，深埋在我的发丝里，微小的幽灵分子跟随着我的四肢在浴室里游走。他们在我的身旁握住牙刷，观察我的刷牙姿势、牙膏的牌子还有毛巾。他们也触摸我在镜子里的影像。在我准备就寝时，他们站在床边。当我熄灯时，我听到他们絮语不绝。然而，并非总是如此，他们可以和病恹恹的、肮脏的、吓人的，愤怒的、邪恶的或善良的鬼魂同来。这倒无所谓，因为灵魂可以克服善与恶。

西班牙历史的魂，也是鬼魂的一种。

他们在我入睡时轻抚我的发丝。

19

我的父母亲不在了，但是我还活着。那五分钟后我也要离开了。脑海中多次闪过这个念头："五分钟后我要离开。"模模糊糊。我用那五分钟来衡量只有自己明白的时间。这五分钟可以是五年或五千年，或者就是五分钟，甚至五秒钟。这似乎在说明我不介意马上断气，也是在宣布无论哪一天我都有赴死的意愿。因为我不在意死亡，也就遑论现在或五十年之后的两脚一蹬。我是时间的主人翁。最后死亡会以一种戏谑的方式到来，玩弄不该玩弄的东西。但是，我们能拿死亡怎么办呢？如果不这样的话，我们玩弄某些类似的东西，无内容可言的东西，这会是一切的结束。这样一来，靠近死亡的人开始将其整合到自己的游戏和思想之中，最终会赋予它意义。不过，这不代表任何价值，平和或休息才是最妥善的解释。大家都需要喘口气，也需要睡一觉。临死的人关心那些留下来的人，担心怎么对他们只做出最轻微的伤害，从而使一切都得到解决。把东西完好如初地留给孩子，离开，然后消失。如果把一切都留给孩子之后，平和地消失了，这就代表一种善终。

20

我喜欢老人。我也快要成为老人了。

我将会是一具有编号的僵尸，躺在一所无名医院里的老年病房。例如，七号医院。是的，现在我常想到老化的事情，当我不再能自理生活，必须依靠某个看护的愤怒和慈悲。此刻我看清生命的真相。我已然拥有看清生命的才能。

我在修道院学校读到七年级。那是一所教士的学校，也是当时唯一的一所。1971 年的某天，一位神父要我参加学校的合唱团。我当时八岁。神父叫作 G。没错，现在还是有人记得他，虽然为数不多。我走进教室。阳光洒进窗子。我记得那件神父服，一件腹部臃肿的长袍。神父们都是胖子。那个神父温柔地跟我说话。佛朗哥时期有很多低能的神父。他摸摸我的头发，然后握紧我的手。我不懂发生什么事情，一点都不明白。毫无头绪。

三十年后，我在小镇报纸上看到 G 的讣闻。他死了。我抽了根杜卡多斯。他的死讯没有带给我丝毫的喜悦之情。我随即陷入沉思。我想他当时什么都没做，但是我也记不清了。如果要说是什么救了我一命，应该是洒进教室的那一片阳光，在那片金黄之下这个低能儿也会害怕自己的所作所为。也许我的大脑磨灭了这些记忆。我不知道。我不知道事情到哪一个地步。

不记得了。我只是不记得了。我只知道我在走廊上，走进教室，他站在那里。一件肿胀的神父服。我笑了笑，接着就是一阵不知道如何解读的轻抚。我凝视着神父长袍，古怪的黑色，象征性的深沉。这种穿着代表什么？接着，眼光落到袍子的腰带，我不了解它的作用。我将它与皮带相比，但它不是皮带，没有扣环或孔。它更像装饰品，但是它装饰的是什么，为什么要把装饰品放在那里？也许与圣诞节以及神童的诞生有关。我是神童吗？这就是这个将吊饰挂在肥肚上的男人叫住我的原因吗？我的智力崩坏，记忆力暂停了。我不知道那是什么，是好是坏。时光荏苒，没有任何孩子知道。我一次又一次地回到那个记忆里，试图找出发生了什么，但是脑袋一片空白。爱抚之后，是一片空白。

我的目光落在腰带的高度，看着腰带，试图解码。当时我不知道是否要告诉父母，最后并没有说出来，因为我想错应该是在我身上，是我的责任。父母会不会不再爱我，因为我是个坏孩子。因为我不够爱父母，所以这件事发生在我身上。

邪恶的问题在于如果它碰触到你，它还会让你感到内疚。这就是邪恶的巨大奥秘：受害者总是以内疚感作结，而认为自己是邪恶的。受害者永远都是污秽不堪的。旁人为受害者模拟同情心，但心里面有的只是鄙视。

受害者总是无法回头的。

我的意思是，低劣的。

人们热爱英雄，而非受害者。

21

 2015 年 4 月 29 日午后，我决定去参观一个西班牙宗教文学女作家的肖像展。展出地点在西班牙国家图书馆（Biblioteca Nacional de España）。我早已饥肠辘辘，因为我几乎没有吃什么东西。走进展览室，那里有好几幅貌似圣女的肖像吸引我的目光。我注意到每一张画作里没有一个相同的女人，也没有任何一模一样的脸庞。仿佛那里有好多个女人，但其实一个也没有。没有人知道她的容颜和脸部特征。画家们是一群伪造者。她的特征、双眸、鼻型、颧骨虚无缥缈。无疑，我们不知道她的长相，因此，她可以有任何面孔，或者一个也没有。为她作画的人都是根据传闻一笔一画勾勒出来的。

 此处空空如也。

 我看到画家作品的手稿：大量墨水仿佛是从地狱一跃而出的书法。很少人会谈及写作的实质意义，这是相对文学影响和上帝显灵更关键的话题。打字的感受可以大相径庭，例如，用这个键盘或另一个键盘；在笔记本电脑的屏幕或大屏幕上；在矩形或正方形屏幕上；在高脚桌或低脚桌上；在带轮子的椅子上或在没有轮子的椅子上等。

 写作的本质即是手写。事实上，圣特雷莎（Saint Teresa）修女之所以写作是因为她的手已经厌倦了将笔放在墨水瓶中，因此她的笔迹不情愿、混乱、凶猛和不良。如果她有一支 Bic 圆珠笔，她的作品风格应该会有所不同。

所以她对上帝的视角是写作的物质视角。

书写是一只在纸、羊皮纸或键盘上移动的手。

疲累不堪的手。

用手、纸、原子笔、钢笔、打字机记下一件事情或者另外一件。文学和所有的东西一样只是物质。文学是记载在纸上的文字，是身体的劳动和汗水。绝不是什么精神。不屑地称其为物质就足矣。

摩西（Moisés）写了《十诫》，因为他厌倦了錾刻巨石。他满头大汗，筋疲力尽。他可能有十五个或二十五个诫言要写，如果只有十个，那是由于在石头上写书劳力又费劲。整个西方历史上经常出现理想主义，对事物的不同看法从未停止，尤其是最简单的方式，一种记住问题的方式，以及虚荣的现实。

圣特雷莎修女引起我的兴趣。很多人都会称她作"母亲"。她可以是所有人的母亲：这意味着什么？她可以成为我死去的母亲吗？死亡无处不在，母亲也是。人们向圣特雷莎祈祷。她激发了奉献精神，从这个意义上说，她似乎是一个永恒的幽灵。这个灵魂比母亲的灵魂好吗？现在有人向她祈祷，阐述自身的遭遇和不幸，并请求她的帮助。这些人相信另一边有人，圣人在听他们说话。根本没有人在听。好极了！数百万个单词被扔进了我们大脑壁的黑洞之中。这和我跟亡母说话的情况一样吗？天差地别。我的母亲在这里，因为我就是她。

在五世纪的时候，众人对这个女人铭记于心，可是她已经死了。她是一个有世俗经验的亡灵。并非所有死者都相同。死者之中留有遗迹。这个女人每天散发爱意，我想她恋爱了。她住在这个国家。我看了一下她的传记：她生于1515年3月28日，就像从未出生一样。那一年不可能对2015年有什么意义。文件、文学、画作、教堂和城堡证明这个年代已经有人类的存在了。1515年。五百年前，她出生在戈塔伦杜拉（Gotarrendura），那是个荒凉的地方。一个婴儿，将被取名为特雷莎·德·塞佩达（Teresa de Cepeda）。我脑袋里浮现一个愚蠢的念头：皇马和巴塞罗那足球俱乐部是重力系统和西班牙生命的引力质量，不过它们在1515年的时候都还没个影呢。也许这个想法一点也不愚蠢。她是创建修道院的女人。如果她今天还活着，她会录唱片，还会从修道院的大门出来呢。还是她会创立足球俱乐部。我就是圣特雷莎，痛苦把我和她凝聚起来。她把灵感称作上帝，而我将它称作X。至少，她以她的热情和宏愿而得名。而我，则名不见经传。

没有人知道圣特雷莎的真实面貌。没有人给她照过相。不过，我死去的父母有留下照片。

我应该要毁掉那些相片，好让我的父母和圣特雷莎修女一样。

如果皇马和巴塞罗那足球俱乐部消失的话，西班牙将成为一个黑洞，因为我们国家的重点在于这两个足球俱乐部。

22

 母亲一直很喜欢殖民地，父亲也是。他们把这个偏好传递给我，基本上这不过是我们打从心底渴望撇开未来肉体的腐败。恶臭引发的恐惧不是因为它的臭味（不存在难闻的气味），而是因为它会在我们的肉体分解时一呼而出。

 几天前我在巴尔巴斯特罗——一座父母亲生于斯死于斯的城市，我思考导致离婚的原因、各种行为和举止的联系、言行之间的牵连。母亲不懂我的离婚并非偶然发生。如同历史在操纵我的时代之前，我已经感受到了一只巨兽的手。梁龙。霸王龙。迅猛龙。棘龙。似鸡龙。它永远在那里，人类天花板的滤镜。伪装使徒的行为和不可能净化的事实，都使人无法平静地生活。

 婚姻破碎把我带往人类灵魂中从未思量过的角落。离婚重写历史，我对发现新大陆和工业大革命都有了崭新的解读，它烧毁了过去的时间或将其抬升到断头台，每天都在斩掉记忆。

 我意识到，即使是沉默不语的生存也价值千金。我很难与不认识我父母的人对谈，也就是说，我和我遇到的大多数人都不太够交谈。那些没见过我父母的人浇熄我的热情。

 我看到恐怖中的欢乐。

 当生活让你看到吓人的婚姻还掺杂着愉悦的时候，你就该准备放手了。

 战栗的是看到世界的侧影。

23

　　我当时十七岁，每次回家的时候，父亲总是不见踪影，或者我不知道他有没有在家。我想，父亲手边的事情很多，但这不应该包括他的沉默寡言。现在，我悔不当初，我应该要多观察他的生活，多了解他的生活细节。

　　我应该要每天看看父亲的生活，多对他付出关心。

24

离异后，我买了一间小公寓。

我倾向称之为"套间"，但是这个单词在西班牙不具任何意义。这里使用"公寓"，这是唯一存在的表达方式。公寓有大有小，仅此而已。"套间"的想法远远超越了西班牙房产文化的复杂度。父亲从未见过我的公寓，他早在我买房的九年前就过世了。好久好久之前了。他没有看过我那形单影只的住所。也就是说，他没有看到我现在的成就，也不知道我的飞黄腾达。换句话说，他的儿子已经死了——他所认知的儿子——儿子的位置已经被一个陌生人所取代了。他会怎么看待我的公寓呢？应该没有想法，因为他在离世的前几年，已经什么都不认得了。他游荡在生命中，没有人知道他究竟在等待什么。他鲜少抱怨，他怨叹的不是自己的病痛，而是生活中微乎其微的不适。他似乎丧失记忆力了。一如既往，他不曾提到自己的父母亲。也从未谈论自己的生活。父亲似乎是自然而然地来到世上。母亲也是。她没有过去、现在和未来。仿佛他们签了盟约。那么，结盟的时间点为何？或者是口头协定呢？

母亲不曾提过往事。她不知道过去的存在，不懂时间的意义。她的意识里不存在历史范畴。对母亲而言，那是一种罕见的创造美学，如同历史的耻辱感已经消灭殆尽了。她耻于提到自己的父母吗？母亲从来没有反思过自己的生命，这都是本能所致，一种隐藏挫折的本能。好几次，她提到母亲的时候，忽略该字的重读规则，而将其读作"吗吗"的声音。这种"吗吗"的发音特色源自巴尔巴斯特罗的索蒙塔诺村。年少的母亲对自己万事俱备的生活感到心满意足。我记得自己小的时候，每逢周末都会出门玩耍。那么，我想她也会和朋友一起吃晚餐吧。我说的是1960年代的中期和后期。

父母亲把年幼的我托给瑞美（Reme）阿姨照顾。有时候，我会专注地想象他们去过的餐厅。白色的桌布、甜点布丁、装在宽口杯里的香槟酒。宽口杯也就是所谓的敞开型酒杯，不过现在已经没有在使用了。我们现在用的是叫作"笛子"的高脚香槟杯。为什么不再使用宽口杯来喝香槟呢？为什么现在使用高脚杯呢？我想这与多变和反复无常的"优雅"定义有关。宽口杯香槟也以"蓬帕杜杯"的名称而闻名遐迩。在蓬帕杜杯和笛子酒杯之间有一个过渡杯，也就是俗称的郁金香杯。1960年代逐渐远去，我的父母用蓬帕杜杯喝香槟，不复存在的蓬帕杜杯象征庆祝和欢乐。

我将对火化父母的行为永远后悔莫及。

25

戒酒之后，我成了和以往截然不同的人。有时，我会抓挠手，用指甲掐手指，借此克服无聊和空虚。如果你不喝酒，世界的运转就会缓慢下来。酒精是速度，而速度是空虚的敌人。

离婚唤醒内疚感，因为良心不安无非是一种解脱，释放在平滑的地面上。

人的生命是解脱的架构，以致死亡和时间最终都呈现为质朴与坦率。解脱之道是发现没有两个全然相同的人。从这里衍生了混杂的期待。所有的女人都不一样。这个观点与柏拉图式的爱情背道而驰。以我的年龄来看，我不会说性爱不重要，但是，你突然在性爱中发现了一种不属于身体层面的东西，那并不是严苛的自由。是的，那是爱情，一种精神的秩序，基于你钟爱的那些细节所激发的爱欲，将你引向至美。就好像，你漫步在茂密的树林，从情欲走向至美，而这些草木都是你的年岁，一年又一年，一岁又一岁。

这样一来，我也同其他人一样，柏拉图主义和混杂在生命中斗争。苦不堪言。最终，资本主义下的婚姻破碎，并沦为货币分配的战争。因为金钱比生死和爱情更强大。

金钱是上帝的语言。

金钱是历史的诗句。

金钱是众神的幽默感。

真实是文学中最有趣的部分。谈谈我们在世时所发生的一切吧！不是谈生命，而是谈真实性。真实是一种观点，本身就可以熠熠生辉。大多数人在没有见证真实性的情况下经历出生和死亡。最奇怪的是人类不需要真实性，因为它只是道德饰品。

没有真实性依然可以生存，因为它是最崇高的虚荣心。

26

　　有时我会把离婚与丧偶混为一谈，不过我认为后者更糟一点。离婚时，你的过去变得难以重建，难以记忆，难以确定或难以拥有；要重建过去，那么你必须转到文档：照片、信件、证词、文件。这就像一个历史时代的终结。为了保存记忆，只能调用历史学家。懒散的历史学家，他们正在呼呼大睡，没有劳动的欲望。他们只想晒个日光浴。

　　或许，罪恶感是历久弥新的形式。也或许，良心不安最终会在罪恶中看到永垂不朽。我曾经以为上帝或机运会让我比前妻更早离世。在分居期间，时间是决定性的因素。两年的分居可以是无害的，但是三十年的分居就是整个历史年代了。例如，文艺复兴、启蒙时期或浪漫主义时期一样。作家亚历杭德罗·甘达拉（Alejandro Gándara）最近告诉我，需要五年时间撑过离婚的煎熬。我同意他的说法：五年足矣。

　　日渐枯竭的温柔特别让我受伤。她说的短语充满了善意。然后我知道一段关系的死亡实际上是一种秘密语言的气绝身亡。一段恋爱关系的消亡导致语言的枯萎。作家约迪·卡里昂（Jordi Carrión）在脸书上表示："每对夫妻坠入爱河、闲逛、一起生活、彼此相爱的时候，会创造出一种只属于他们两个人的语言。充满新词、变形，语义领域和理解的私人语言只属于两个发言者。当他们分开时，语言迈向死亡。当两个人找到新的伴侣之后，他们会发明新的语言，跨越忧伤，置死地而后生。有数百万种死亡的语言。"

父母亲之间也有他们自己的语言。父亲如何叫妈妈的名字呢？我几乎没有印象了。他如何叫她？如何改变发音？确切来说，我只记得一件美妙的事情：父亲曾发明一种吹口哨的技法。那是一个秘密的声音，只有我的父母才知道。一个密码。我可以重现那个哨音，可是我是在什么时候、如何学习吹哨音的呢？不记得了。也忘记父亲是从哪里学会的。父母亲在街上找寻对方的时候，就会用这种口哨交流。特别是在巴尔巴斯特罗九月初的庆祝会，街道上被挤得水泄不通。巨型人像、大头像、花车和乐团都上街了。巨型人像把我吓傻了。那时父亲找不到母亲，他吹了吹哨音，好让母亲知道他就在不远处。年轻的父母被那个声音引导向前。

我再也听不到那个哨音了，甚至也不再有类似的声音了。

27

　　印象中我六七岁时，晚上会因为怕黑而号啕大哭，常常无法入睡。这时，母亲就会来房间陪我睡觉，或者她睡在我的床上，而我去和父亲同睡。莫名其妙的是她会在就寝前祷告。迷信、童年阴影和宗教教育的影响交杂在一起。不过，现在我知道那些祈祷赦免了死者的灵魂，他们时时在垂涎着可怜孩子的纯真。我也明白我一直长不大，保有孩子的自私心态。被迫成为男人的男孩永远不会有罪。当我上床睡觉时，我知道父亲在身边。我感到被保护了，全身放松了，获得平和、安宁和幸福感，旋即进入梦乡。

　　当时我七八岁，躺在父亲身边呼呼大睡。或者说，在一个死人旁边。现在我年逾半百，每当我上床睡觉的时候，那个死人还是在原处不动。

　　父亲不曾消失。

　　任何年过五十的男人或女人都有一个谜样的过去。谜题不可能解开，只能爱上它。

28

亡父和我睡在一起，他说："来吧，现在就来。"亡者孤苦无依，他们要你和他们一起去。但是要去哪里？没有容身之处。他们不知道自己在哪里。他们无法说出他们所在位置的地名。但是父亲的遗体是我在这个世界上保存且拥有的一切。现在就在我身旁。他的尸体控制我的身体，在我生命中遭遇困难的时候予以指引。黑暗中，他的身体深深地鼓舞了我，给我一盏明灯。他的尸体也是一位大师，教导我的躯体持续在忐忑的喜悦中生存，无论是在奥林匹克地区赛、冠军区域联赛、冠军联赛，或者毫无时间和历史的情绪，还是心如止水却顽强的情绪都始终如一。

我在处理任何事情的时候，父亲会通过气味、图像或任何物体乍现。那时候，我的心扑通一跳，罪恶感涌现不止。

父亲会来握住我的手，好像我是迷途羔羊一般。

29

　　也许我的父母是天使，又或者在我的眼中他们的死亡让他们幻化成天使。究其原因，在他们死后，他们之前生活的种种情境历历在目，这不正是幻术的效果吗？其实，这个效果是在母亲过世后才出现的。

　　天主教的基础是父子之间的无止境的对话。我们发现的唯一反抗真实的形式是：父子关系；因为父亲召唤他的后代，那是继之而起的生命。

　　君主制的规范有异曲同工之妙：父亲和儿子。二十一世纪社会也是一样：父母和孩子。没有别的了。除了那个谜题，所有的一切都会消失。这是人类意志的奥秘，自我个体之外的意志：这个奥秘构建于父子关系和母子关系的基础之上。

30

　　我的父母可能不是真实的。可以证明自己真实性的人越来越少。他们的尸体不复存在，因为现代西班牙火葬场已经将它们吞噬了。那么，在没有尸体的情况下，死而复生或羽化为天使的念头都显得困难重重。没有退路的火化仪式，阻断了重启尸体的任何可能性。

　　尽管如此，还是有曾经见过父母亲的人热情地见证他们的存在。数月前，一名七十多岁的婆婆告诉我："巴尔巴斯特罗名气最响亮的佳偶非你的父母亲莫属。他们是一场传奇。"是的，我感受到了。他们在 1960 年代很有名。没错，他们是帅哥美女。父亲是个高大英俊的男人。母亲年轻时是个美丽的金发女郎。我还是个孩子的时候就明白这点了，所以我喜欢他们带我出去溜达。我想要大家看到我是他们的儿子。如果是我的叔叔和阿姨带我上街的话，我很难忍受，因为他们没有那么英俊和标致。我想，社会虚荣心初次在我身上表露无遗，表现出令人垂涎的占有欲。因为父母很特别，我得到其他人的羡慕、尊重还有赞美。这么一来，我可以挽救内心深处的一种感觉，因为很早以前人们就不再期待通过父母的手看到我。找到这些记忆后，一股惊讶和恐惧之情迎面而来。好像地质学家突然在数百万年前参加了地球形成的展演，发现地球的诞生没有任何意义可言。如同汉娜·阿伦特（Hannah Arendt）所言，不是邪恶的平庸，而是物质和记忆的平庸。

父母亲是俊男美女。毋庸置疑。正因为如此，我提笔写下这本书，因为我正看着他们。

彼时，我看见的父母，一个潇洒，一个动人；这时，我看见的他们，已经是两具尸体了。

拥有俊男美女的父母，这是我此生经历过最美好的事情。

31

任何一个新生儿都是兴高采烈的。这是来自青春的欢愉，无与伦比的时代。我看到那个在这张照片正中央的男人，他注视着自己的双手。举止优雅，静止不动，冻结般的优雅视觉享受。

他手上拿根香烟，聚精会神，和周围的闲谈保持距离。来来往往的男男女女。相片中的人物都已经不在了。他们是医院里痛苦不治、突然死亡或葬礼的主角，一个接一个的悲悼，伤心欲绝或掉几滴泪的差别罢了。不过，这些人物都比我还要早认识父亲，可以从容地与他对话，知道一个永远被我偷走的谜团，一个奥秘。所有人都被埋藏在这张相片中了。每一个人都看过父亲，也与他相处过。只有我是在父亲成为我父亲之后才认识他。如果我早就认识他，我就会知道自己的缺陷，还有一个没有自己的世界。如果你不在世界中，则可以享受更多。那些欢愉是来自天使的滋养吗？

如果没有人知道你的存在，那么你可以好好地死去。如果没有人知道你还活着，那么你的死会更好，你的死讯不会造成谁的负担，更不会与文件、泪水、葬礼、魔鬼或者罪恶感有任何干系。那些死得较好的人是生前不知道自己活着的一群人。生命若不是社会性质，就是自然界的，而后者不存在死亡。

死亡对文化和文明来说，无足轻重。

照片捕捉到的人物当时都不知道自己即将死去，也没有任何一个活生生的人会清楚这点。真要明白的话，只有看到死者的活人才能体会到这个层面。

这张照片是在哪一年拍摄的呢？我推测是在 1950 年代后期吧！它偶然流转到我的手上。这是一个私人收藏的照片，不是我家里的东西。我的弟弟从那个特定收藏者处取得这张照片，之后把它给了我。父亲留存这张照片的心情说不上特别，甚至他也没有想起这个留念。照片中，父亲还没成为父亲，没有孩子、妻子或者说是没有根的男人。一个与我毫无关系的男人。他不但没有给我看过照片，也没有说过"我会把这张照片保存好几年，如果我有孩子的话，也许会留给我的孩子。不过我不这么认为"。一个单身的男人，不存在任何亲属关系。因此，我不知道那个男人是谁，也不会有人知道。

最终，这张照片回避了血缘关系，我们俩都解脱了。每个父亲和儿子都将永远追寻血缘关系的终点，还有父子关系的破散。以死亡作结，这是对自由的追求。如此一来，所有亲属关系和血缘的联系烟消云散，尽管无尽的爱存在于这些关系之中。父亲在身为父亲之前的照片里面，那是我缺席的时刻，而我为自己的不在场感到兴奋不已。因为照片中的那个男人，身着双排扣西服，戴着翻领的围巾，专注地直视双手，无意寻找我的踪迹。他的生活和我毫无干系。

照片里他看起来活像个独行侠，不过当天他是会场的主持人。他在做什么？只有他本人在那一刻才知道答案。那他想要做什么呢？那一刻可以给他带来绝对幸福的是什么？

一位父亲在成为父亲之前，他代表一种力量。父亲提示孩子的到来，通知你的来临，但你却尚未来到世上，这就是奇迹所在：你还没出生，不过在此张照片里面，你可能永远不会到来。这是美丽和至美的可能性。

你能想象一个有父亲在场，而孩子却缺席，且他也没有期待你的来临的世界吗？

将你带入世界的男人，他的生活对你来说即是最大的奥秘。

照片里我的存在一点也不重要。这也是为什么我喜爱这张照片的原因，因为它内含了我的奥秘：我不是我自己。照片里的父亲不想结婚，也不想有孩子。他没有这个规划。大家会跟他开这种典型的玩笑："我们来看看谁会捕猎到你。"或者"你什么时候要结婚？"不过，他丝毫没有放在心上。他是酒吧的主人。一间在市中心的酒吧，也是他生活的中心。

我不属于那里。平心静气。

力求回到没有存在的和平。

32

距离酒吧拍照多年之后，父亲找到伴侣；随后，我诞生了。他一定知道我存在的原因，因为我是他的儿子（即便他已经离世，我仍然是他的儿子）。他把原因带到了亡者的国度。我们父子俩都热爱高山：西班牙失落的城镇坐落在虚无而荒凉的比利牛斯山脉（Pirineos），残破的小镇总能让我们从厄运中获得平静。白雪、巨石、饥渴的树林、神秘的阳光和山谷的沟涧。山脉巍峨耸立，展现始终如一的默然和天生的冷傲。高山的稳健使我们着迷。山"在那里"。它的在那里指的不是形体，而是位置。我们的生命也在那里。父亲的生命证明了"存在"可以超越"形体"。

父亲与我同在，而这是一切的泉源。我们同在。他在我的生命中占了四十三年的时间。不过，他已经离开我十年了，这就是我一生中最大的道德问题所在。十年来的日子里，我遗失了父亲的凝视。

天主时时要求父亲的眼神。即便耶稣基督的小说是畅销书，和我的小说也毫无干系。基督受到父亲的关照。要是他的父亲不重视生命的话，基督的生活就是虚伪不实的。你的父亲赋予我们虚幻的世界意义和价值，不论是工业区、高速公路、机场、大型购物中心、地下停车场、环城公路、大道、住宅区，还是酒店房间。

也许人类唯一的空间是浪漫的教堂或家庭公寓：它们一模一样。

一切的一切集结为一个名词，一个地名：奥德萨。因为父亲对奥德萨的比利牛斯山谷有虔诚的奉献，这个小镇有一座知名而美丽的小山，名为"迷失之丘（Monte Perdido）"。

父亲做的不仅仅是死亡，而是彻底消逝，一去不回。他成了迷失之丘。

无影无踪。消逝不见。我印象很深刻：他想走，想逃离。

他自现实潜逃。

找到一扇门之后，他头也不回地走了。

33

我写作的那张书桌布满灰尘。如果它是张玻璃桌的话，灰尘的模样可以在阳光下反射出来。屋里的东西和灰尘好像结为连理似的，密不可分。

烤面包机的金色机体边上也有灰尘，清晰可见。在某些地方，灰尘不会影响视觉，而那也是你可以擦净它的地方：摧毁殆尽，将其从我房子的表面删除。我既没有能力，也没有意愿把灰尘擦干抹净，面对这个情况，我感到绝望和神经兮兮。更夸张的是，浴室的毛巾架中也满是灰尘，热度和灰尘融合在一起，就像在策略婚姻一样，或者说是像十六世纪西方文明构建下的王室婚姻一般。

我永远不会适应可怜。我把无依无靠叫作可怜。两者界限不明，因为它们有相同的含义。但是可怜是一种道德状态，一种物质意识，一种不必要的诚实形式。放弃投入对世界的掠夺，在我认为是种可怜的行为。也许不是出于善良、道德或者任何崇高的理想，而是出于抢夺时的无能。

父亲和我都不曾掠夺过世界。这样说来，我们是默默无闻的行乞修道士。

34

我好久没有喝酒了。

我以为自己戒酒无望，但我做到了。有时候我真的很想喝杯啤酒或者一杯冰凉的白葡萄酒。酒精害人匪浅，我强迫自己去寻找它的终点。要采取行动。现在我仍苦不堪言，但我已不沉迷于酒了。

由于饮酒过量，我还曾经进了两次医院。烂醉如泥的我跌坐在街上，警察来了。

每一位酒鬼都必须选择继续畅饮还是继续生活。只有一种选择：要么留下酒，要么留下命。事实证明，你最终会爱上自己的生活，尽管它平淡无奇或悲惨不已。即使有些人不会如此，因为他们不出门，或是已经一命呜呼。酒精或多或少都和死亡有关。经常喝酒的人都知道，酒精是一种可以打破很多枷锁的工具。你最终会看到更好的结果，当然，如果你知道如何摆脱困境的话，那就更好了。

以前我认为喝酒比生活更重要，因为酒是天堂。

饮酒使世界变得更美好，而且永远都会如此。

我记得离婚后隔天，一家银行向我发放了我公寓的抵押贷款。我记得有人问我是否身体健康，我回答"是"。后来，从银行拿到抵押贷款的时候，我去了分行旁的一家酒吧。时间约莫下午一点半至两点。我在那里不停地灌酒。畅饮不止，开心得不得了了。我离开酒吧，走到银行的后面，在那里，在广场上，我摔倒了。我躺在贷款旁边不省人事。警察来找我，因为总是有人会报警。在急诊室苏醒、恢复意识之后，脑海里第一件想到的事就是，有人看到我在银行那里跌倒的话，会不会有人偷走我的贷款。过分至极。幽默感十足。我带着稀有私章、永久喜剧和母亲的遗产。我的母亲也是如此。

亡母来观看我的戏剧，一出喜剧。我不知道自己的两个孩子是否会像我爱父母一样。当我偶然穿过萨拉戈萨的时候，心中会闪过倏忽而荒谬的疑惑。母亲爱这个城市，因为我当时住在购物中心附近。同我一样，我的母亲热爱购物，她爱极了香水店。我们之间有不下几次激烈的争辩。她去了购物中心的一家香水店，买了一瓶三百欧元的面霜，但是最后是由我和弟弟买单。她不能理解如果自己没能力付钱的话，为什么要在孩子面前拿下那罐面霜？内心深处她是对的。我们没有办法摆脱中下阶层，也许充其量就是我们从下层阶层过渡到中层阶层。

有时我认为完全贫穷是可取的。因为如果你是低下阶层，代表你仍然希望无穷。成为乞丐就是一扇希望之门，热情不减。

警察把我带到奇隆（Quirón）诊所，我在那里醒来的时候还略带醉意。精神的缺陷让人沮丧。我不知道发生了什么事。我只担心，刚给我三十年贷款的银行经理有没有在签约两小时后看到我醉倒在路边的丑态。我不知道。下午两点之前，我签署完成抵押贷款，而后四点左右就跌了一跤。银行的员工通常工作很多，可能是那天他们比较早下班。我对银行职员的上下班时间满是疑惑。

急诊科主任是个女医生，她对我态度轻蔑是因为我不是病人，而是个肮脏的醉汉。她要我立即离开诊所，但我站不起来，还呕吐不止。我看着呕吐物，那真是纯净的葡萄酒。接着，我考虑过再次把它一饮而尽，因为它是再生的、活生生的或真实的葡萄酒，可以重新使用且品质优良的葡萄酒。就像呕吐物是从瓶子里倒出来的酒，而不是从肚子里吐出来的秽物。急诊室主任怒气冲冲地看着我，因为我不离开那里。她说我在那里喧哄，干扰其他患者。当时我的身旁有很多长者。我告诉那个女人，世界卫生组织将酒精中毒视为一种疾病，因此，我应该被当作病患，而不是变态或者"恶毒的混蛋"。她要我走开，因为我安然无恙，什么病也没有。

我试图坐起身子，但又突然开始呕吐。这次我没有吐在盆里，而是吐在身旁的一个老妇人身上。急诊科主任禁不住向我辱骂。我告诉主任，该负责任的人是她，我要求写抱怨信。那时候，我成了急诊室的瘟疫，大家对我都避之唯恐不及。我想这就是西班牙酗酒者的待遇。我向那个老妇人道歉，不过，我突然意识到自己是在自言自语，因为她早就死了。护士告诉我："不用担心，她听不到您的声音。您现在可以走开了。"

我回到家，吞了三颗安眠药 Tranxilium 15。焦虑、绝望、害怕和内心死寂的感觉迎面袭来，接着我沉睡。凌晨三点，我带着无法形容的惊恐清醒，然后又服用三颗安眠药 Tranxilium 15，再次入梦乡。

2014 年 6 月 9 日，我戒了酒。

35

要戒酒的话，你必须远走他乡。善与恶是我们文明建构中最好的虚构。没有善良，何来邪恶。我心中想到了无政府主义，善与恶消散，生命无属性地回归。随即，我坐上车，上山去了。途经松波尔特（Samport）港口，直到法国。城镇穿梭间分秒必争。经过乌尔多斯（Urdos）、贝迪斯（Bedous）和莱斯坎（Lescun）的村庄，驶过这些道路的任何人都知道这些地方与五十年前一样。我发现在比利牛斯山脉的山谷中，不存在社会生活，时值六月，我看到了解冻的河流。

我进入莱斯坎的一家酒吧，那里人们畅饮啤酒。

我进入坎弗兰克（Canfranc）的酒吧，看到人们小酌红酒。

然后我喝拿铁或苏打水。我看着苏打水，盯着玻璃杯中的气泡。你不喝酒的时候，日子会更长一些，想法会更加踏实，地方会变得更稳固。你不会忘记酒店房间中的任何东西，不会剐花车子，停车时不会撞破后视镜，也不会将手机忘在车内，手机不会掉进马桶，不会认错人们的脸。

我迈向森林，再次感受生活。我去了奥德萨，专注地望向那座山。清楚地看到了我一生所犯的错误，并尽我所能原谅了自己，但并非全部。我还需要时间。

36

老化是我们的未来。我们喜欢用"尊严""宁静""诚实""智慧"之类的词，但是只要你暂停老化五年甚至五个月，任何老人都会放弃这些词。母亲从未接受衰老。我不知道我会成为什么样的老人，我不在乎。我在衰老到来之前死亡是正常的。人们总是会死，我们都会死。因此，地球上的所有失败，所有穷人和文盲，都对那些积累了成功、力量、知识、文化和智慧的人心怀怨恨。

衰老等同于医药丧葬服务社。那个场面非常有趣：没有道德内涵，更没有宗教信仰，那只是一个意想不到的画面，十分刺激且令人着迷。世界和自然消除了他们随机创造的掠食者。当下笼罩着我们，当下狂妄的能力使我们相信生活具有一致性。我们必须珍视当前的这些努力，以及它们伟大的文明热情。这就是我们所拥有的。我们还有更多东西：杏仁，我崇拜杏仁。还有另一件更令人不安的事情：橄榄油。它造就我现在的情绪激昂。

物质而已。

我的意思是，每次想到母亲的灵魂，橄榄油就会浮现在我的脑海里。

可能是有机物质与母亲的身体关系密切。母亲一直在做饭。如果你一直在做饭，会想到什么：面粉、面包、鸡蛋、蔬菜、肉、米饭、酱汁，抑或是鱼？

不是。

是在橄榄油里面。

母亲的生活总是与橄榄油为伍。

她向我传授了一种高雅的、尚未言语化的橄榄油崇拜。我认为橄榄油是一个虫洞，是时间的流逝，它使我直接来到了祖先身边。后者看着我，接着我就知道自己是谁了。你知道我渴望爱。血亲的爱。

我不知道为什么我不得不如此对待衰老的人类。

若我是衰弱的长者，我会想要被爱，然后有人会记住我的一字一句。然而，书中的字句是一回事，生活的谈话是另一回事。

它们是两个不同的真理，但它们都是真理：书中的真理和生活中的真理。

它们组成谎言。

37

母亲为世界施洗，未经由她命名的事物正威胁着我。

父亲创造了世界，没有他认可的世界是不安全和空虚的。

因为我再也听不到他们的声音，所以有时我拒绝理解西班牙语，好像这个语言屈服了，像拉丁语一样只是死的语言。

我听不懂任何人的西班牙语，因为世界上再也没有我父母的西班牙语。

这是哀悼的一种形式。

38

　　我服了一颗感冒药以舒缓头痛的不适。自觉地，我认为我的头痛是脑瘤进入体内的症状，一种我永远不知道的致命性肿瘤，像一块岩石或陨石一样的肿瘤。那里浓缩我所有的过去和我全部的生活，包括我生活中的特定场景和行为。一旦检查、分析和研究它，所有人的面孔一览无遗，我的家人、朋友、同事、敌人、匿名生物等，当然也包括各个城市和毫无意义的生活。这本我正在撰写的书适合这个肿瘤，是你的肉体和灵性所创造的伟大艺术作品，除了最后会置你于死地之外，你会惊喜地发现它也是你渴望的一切，因此将它记录下来。一颗伊比利亚半岛的肿瘤在一个并非西班牙的国家构建而生，就好像它也是历史的创造物，是值得钦佩和爱戴的物件。我期盼肿瘤诉说且构筑关于我生活的全新叙事空间，其中，也包括我打开那扇白色大门的时刻。这是马德里一家医院的门，神经内科主任坐在最里面的地方。你可以看到一个态度冷淡的男人，他把手放在桌子上，打手势要你进来。肿瘤也包含这个男人的一字一句，这些话恰恰是在说自己，也就是肿瘤本身。医生的话赋予这团细菌或病毒（某些相似物）杀害我的意义。除此之外，那个肿瘤适合我坐在床角的那个场景，我思考着神经科医生为这个黑色突起物所下的诊断。我还清晰记得这些肿瘤的场景，不过，它已经无处可存了，必须体会失踪的恐惧，因为它刚刚离开自己赖以生存的房子。

忧郁症也存有美丽。每个人在活了大半辈子之后，都会利用时间（也许在夜晚入睡前，或者乘坐公共交通工具旅行时或坐在医生办公室时），幻想什么样的疾病将把自己推离世界。假装并策划有关自己的死亡的故事，从癌症到心脏病发作，从猝死到无尽的老年。没有人知道他将如何死亡。我们担心的是忧郁症。郁郁寡欢的传统应该回到世界。这是一个没有人使用的词。现在，忧郁症被称为强迫症。我的母亲忧郁，她的一生都被忧郁症所困扰。

她去世了，却不知道自己快死了。她不知道她已经死了。只有我知道。

她不知道。

39

当我开车时，母亲很像坐在我身边。我听到副驾驶座的安全带发出咔嗒声。在马德里开车是件享受的事。母亲和我从未一起在马德里生活，不过，我知道她很想和我一起待在马德里。我希望我的父亲能死而复生，坐在我旁边：我们将花一天的时间在马德里近郊开车。

我父亲喜欢马德里市，他多次谈到这个城市。这就是我喜爱马德里的原因。因为父亲的缘故。

如果他回来，坐在副驾驶的位置上，我们还是不会交谈。

他充其量只会说"当心，有个家伙从左边过来了"，或者"那条街上有禁止进入的标志"，或者"你看得出那是胡说八道的，他是如何在不打闪光灯的情况下从右边开过来的"或"你开车技术很好，天气很好"，或"或者他有一位来自马德里的裁缝朋友，但他已经过世了。他的名字叫鲁菲诺（Rufino）"。鲁菲诺，是的，我希望我知道他住在哪里，能够去他在马德里的公寓，要求避免死亡和无家可归的庇护。

40

　　我熨了几件衬衫。父亲有很多西装，不过我不知道该如何处置这些衣服。他把西装通通收在一个红色的衣柜里，我猜原本衣服可能会被丢到下水道吧。为什么衣柜会被漆成红色呢？肯定是母亲的点子，她热衷于布置居家环境。好吧，至少在她决定要给衣柜上漆的那天，她的内心是满足的。

　　我真的不晓得该把这旧家具送到哪里。父亲的衣服意味着什么呢？西装是他最爱的打扮，也是他一生的杰作。有时我会打开红色的衣柜，探头往里看：一字排开的西装，象征一位有实力的男人。每一件西装都熨烫工整，挂在衣架上。一年后，我再去看看父亲的西装，再次感受他的视觉表象，他的社会可见度，他进入世界的方式，他生活的光辉，他的青春、成熟、冷漠和与生俱来的不同风范。

　　父亲以前老是沉着地细察自己的西装。那是二十世纪六七十年代，在佛朗哥政权时期，中下层阶级的民众都拥有一套西装：白衬衫、领结、三色长裤和西服外套。

41

1960年代末期，父亲带我们去一个山区小镇哈卡（Jaca），我们夜宿在当地的一间宾馆。因为他以前在旅行社工作，所以他清楚这家宾馆的条件。他说那里的伙食不错，满怀期待地要带我们去尝一尝。这次，不同于以往独自在这里过夜，父亲和家人们同住，向我们分享他的发现。

他习惯如此：和我们分享新发现和胜利。

的确，宾馆的料理很好，他们制作了精致而令人回味无穷的法式煎蛋，至今我再未尝到过那种美味。那时候，我只有七岁，约莫是1970年。那几年的回忆暗示着一种无形的扭曲：我看到闪闪发光的东西、黄色的灰尘、大而旧且有着不真实的形状的复古家具。嗅觉上，有清新的味道，也有恶臭的气味。我认为，古老的气味比较宜人。不过或许没有好与坏的分别，只是古老的味道更自然。

宾馆饭厅维持着十九世纪的风格特色，我至今还记忆犹新。柔软而洁白的桌布、通往房间的木质楼梯、高大的房门，以及使人心惊胆战的床。作为晚餐甜点的手作布丁滋味很好，令人大快朵颐。宾馆的服务员允许我进厨房看一看。在此之前，我从未去过餐厅厨房。我对它内部宽敞的空间感到诧异，里面有那么多锅碗瓢盆，还有这么多人奔波劳动。我们在哈卡度过一段假期。虽然城市风光宜人，但是那里却没有海滩。我不明白为什么我们不到海边度假。之后，母亲带我去市政游泳池，我在那里吞了好几口水后，终于成了池中蛟龙。那些年里，市政游泳池的建设蓬勃发展，所有人口超过一万的城镇都从河流中解放出来。

西班牙政府拼命盖市政游泳池。逐渐地，我们将河流抛诸脑后，而川流都成了垃圾的栖息地。

多年前，这间宾馆倒闭了。我不知道那些白色的桌布、平底锅、床、家具、餐具和床单会何去何从。

物品也阵亡了。

物品的生死事关重大。因为物质会消失，我们有了微不足道的物质陪伴，生活才得以圆满。

42

我尝试打开各个器皿。我想,这些物品一定是出自魔鬼之手,否则它们不会那么难以打开。

就这样,我企图将所有东西都扔进垃圾桶,以便清除障碍。眼不见为净。这是一场让物品都远离视线的战斗。垃圾桶是个好去处,是我的盟友,这也就是为什么我喜欢大容量的垃圾桶。我热爱废纸篓,所有阻挡你直视空气和干扰空间的物件,都可以丢到那里。

我喜欢垃圾桶满溢的模样。

我喜欢扔掉里面的内容物,包括罐子、罐头、塑料等所有东西。

我喜欢盯着超市里的垃圾桶。我喜欢将垃圾袋打结,束紧袋口,好让废物和杂物无处可逃。

43

熨烫衣物是个谜题。我的眼光再次落到熨斗上面。父亲以前常常熨烫衣服，因为他喜欢让西装以笔挺的方式现身。人们通常不知道熨斗的价值所在，特别是男人。我也是很晚才学会熨烫衣服，不过现在已经驾轻就熟了。我享受抹平衬衫和裤子上的皱褶。内衣裤就不需要熨烫了，因为没有人会注意到它们。生存在黑暗中的物品不值得关注。我从不熨内裤。其实，并非每个人都熨烫衣服。如今，我热衷于询问其他人是否熨烫衣服，然而，人们却不知道这个问题的意义为何。熨烫衬衫不容易。相反地，牛仔裤熨烫起来却轻而易举。

熨烫使人放松。

把衣物重新建模。你将目睹软趴趴的衣服，先吸收热度，接着自我塑形，最后达到平整的效果。皱巴巴的衣服被凌乱地从洗衣机里取出，通过整烫的过程，转为平整，进而成为真理。试想，你的躯体将会塞进某件衣物，舒服地待在里面。而那里有一种意义，可以说是爱，油然而生。

我从未见过父亲穿着皱巴巴的衬衫现身。从来没有。他的一生也与牛仔裤无缘。有的只是平整滑顺的衣服。

44

  我打算尽早启程，从马德里一路驾车到萨拉戈萨。沿途穿过一大片赤红色的沙漠，我对这条路线了如指掌。壮观的桥梁是无名的伟大工程。高速公路和这些桥柱是由谁建造而成的呢？马德里到萨拉戈萨的路程共花了我三个小时。紧接着，我直驱超市，打算为孩子买些吃的。在那里，我挑了些优质食品。不过，我内心忐忑不安、忧心忡忡，就如同车子刚刚经过的桥梁一般，雄伟但却出自无名英雄之手。

  我在肉店排队买了所费不赀的食材。那里还有一个老奶奶，面无表情地买了三百克橡子火腿。任何蛛丝马迹都逃不过我的眼睛。

  员工在切火腿，我的眼光落到猪腿的黑蹄上。

45

两个陌生人。

我为他们做饭。我想拥抱他们，但一切都在这个尴尬的仪式终结。我不知道脸该放在哪里，手臂要怎么摆。他们长大了，仅此而已。

拥抱不是必要的，我和父亲从不互相拥抱。但是我始终坚持和儿子养成彼此拥抱和亲吻的习惯。我一直想要这么做，确实最终我们也培养了这个习惯。我的长子出生的时候，他需要做手术以治疗幽门狭窄的问题。小宝贝才刚来到世界上十五天，他吐了所有吃下的东西，秽物黏在他稚嫩的皮肤上。一整夜的折磨令我几乎肝肠寸断。他的母亲（现在是我的前妻）放声哭喊，凄厉的哭声让人悲痛欲绝。她唤道："可怜的儿子啊。"这几个字不像是前妻的口吻，而像是出自如梦似幻的祖先们。我默想意大利作曲家佩尔戈莱西（Pergolesi）《圣母悼歌》（*Stabat Mater*）的旋律。"可怜的儿子"在漫漫长夜里诞生，那也是母亲的终夜。只是，我不知道自己是遍体鳞伤的父亲，因为母亲的柔情或儿子的危险，或者两者相乘的效果，叠加了浓烈的爱、温柔和恐惧。手术隔天，我的父亲并没有打电话给我。我不曾怀有指责的意图，我知道他爱孙子。我也不是怨怼，这只是一个未解的谜题罢了。

我会拥抱父亲的双臂，好似我们的身体并不仅仅是在空中相遇。

也许父亲知道这一点。

他知道拥抱的可能性。但这并没有让他来一通电话，关心孙子的生死。最后，一切无碍，手术顺利，两天后儿子出院了。

46

我做了炒猪肉。这盘里脊肉价格不菲。不过我担心白花钱，因为不知道儿子会不会喜欢。脏乱的屋子里有一台坏掉的打印机。

小儿子维瓦尔第（Vivaldi）身材干瘪，但我反而欣赏他的精瘦。大儿子勃拉姆斯（Brahms）喜欢和朋友评论时事，不过却不太能接受与自己相左的声音。基于这个情况，每次我要关心大儿子或者逗他开心的时候，只要花些精力和他聊聊政治，就可以达到目的。我决定使用这两个音乐史上最高贵的名字来称呼我的孩子，这样亲人们就可以时时沐浴在音乐巨匠的名声之中。

自从父亲的尸体被烧毁殆尽，我找不到任何能容得下我们父子的地方。于是，我为自己营造了一个容身处：这台电脑的屏幕。

火葬是一个错误。可是不选择火葬的话，则会是另一个错误。

电脑屏幕就是尸体的位置所在。屏幕会折旧，很快地，我会需要购买一台新的电脑。现在的东西都不如以往的耐用。以前的冰箱、电视机、熨斗或烤箱都可以用三十年。这是物质的秘密。虽然人类不会埋葬旧电器，但是世界上有很多人花在电视或冰箱旁边的时间，远比花在活生生的人身上的多更多。

万物皆美。

47

维瓦尔第几乎不和我谈论他的生活。我试着和他聊学校的事情。简而言之，小儿子已高中毕业，他认为西班牙的公共教育荒诞无稽而且毫不重要。

我买了高质量的橄榄油作为烤面包之用。这使我想起了母亲，她的血液、身体和灵魂都是橄榄油做的。

小儿子在想什么？他的心思让人摸不着头绪，他也很少袒露心声。他在努力地为自己树立一个身份概念：十七岁，开始生存。与我交谈时，两个儿子的话都不多，事实上，我仅仅担任厨子的角色。负责我的离婚案件的律师曾说，这两个少年将来必定成就辉煌。他们是优秀的好孩子。

确实是"好孩子"。他们对我几乎不理不睬，和我以前对待我父亲的模式如出一辙。没错，与其把他们称作好孩子，不如说他们是优秀的音乐家，音乐史的代表人物，伟大的作曲家。我是我父亲的作曲家吗？他老人家可不太喜欢音乐。不过，我的母亲喜欢，她对胡里奥·伊格莱西亚斯（Julio Iglesias）崇拜不已。每当胡里奥在电视上唱歌时，她总是急急忙忙跑出来听。歌曲的旋律触动她的心。我为胡里奥享誉全球的盛名感到骄傲，因为他是母亲最喜欢的歌手。

我想，母亲不可自拔地迷恋上了胡里奥。对她而言，这名歌手象征着成功和奢华的人生，而这是她从始至终都不曾体验过的生活。

终其一生都没有。

48

长期以来，我被工资所制约。漫漫长日，二十多年了。我记得我在 2014 年 9 月 10 日早晨七点半醒来。当天的八点半，我约了老板见面，打算向他辞职，我要离开。持续二十三年在中学任教的生活，我再也无法忍受了。

我不知道我能活多少年，但我想脱离奴隶般的生活。我想我没剩下多少年可以苟活了，剩下的那几年我想献给沉思的死者，无论死者是谁，甚至路边的行乞者也行。

现在我要随风而生，迎风而活。我很喜欢这个非常西班牙语的表达方式。还记得，我的同事们总是把我看成精神错乱的自杀者。白花花的薪资，再见了！我重生了，我意识到自己从来没有摆脱过工作。我为自己感到骄傲，欣喜而雀跃。

我回到自己的公寓，盯着窗外看了好一会儿：生活重新回到了生活本身，而非硬要把每分每秒都量化为工资、年终奖或者退休金。时光无价，每一刻都是生活，没有强迫劳动的生活。

漫步，欣赏云层，阅读，静坐，沉默，这就是收获。

隔天，没有早起的必要。我已经不再是中学老师了。现在，我认为那不是份好干的活，就像我当时所想的那样，这只是另一种让人不知不觉地疏离的工作。教职伪装成不同形态的劳工，仍然像十九世纪的工作一样是劳力活。学校、研究所、医院、大学、监狱、军营、大型写字楼、警察局、议会大厦、诊所、购物中心、教堂、教区、修道院、银行、使馆、国际组织总部、新闻编辑室、电影院、斗牛场、足球场和所有庆祝国民活动的地方，有什么意义呢？这些地方创造现实、集体意识和历史意义，并且庆祝我们的神话文明。我教过的男学生和女学生，他们现在过得如何呢？有些人可能已经永远消失不见。与我相遇的那些同事也会有辞世的一天。他们的脸在我的脑海里淡去。你我都跌入一片不明混沌之中。我隐约记得，英国诗人艾略特（T.S.Eliot）的一首诗说到，在那里伟人已陷入了空虚的黑暗。一些同事退休后就去世了。那是厄运对衡量退休金的计算器所做的惩罚。西班牙的中学建筑不见美感：丑陋的建筑物、不成比例的走廊、冬季酷寒而春季潮湿的教室。粉笔、黑板、教师休息室、复印件、下课的钟声、与同学们一起喝的咖啡、倒胃口的点心，还有脏兮兮的酒吧。

这一切都瓦解了。学校的走廊上没有退休教师的照片。记忆不复存在，因为没有什么值得留念。当时的同事们不满意调解和戒备的规范，竭尽所能地羞辱且鄙视自己的学生。一群平庸、满肚子怨气的老师，侮辱和冒犯学校的孩子。其实，并非所有人都毫无二致。有些老师热爱生活，并试图将这种爱意传递给学生。老师唯一要做的是：教导学生热爱生活，了解生活，从趣味的学习中领略生活。

你必须要教导他们了解文字的内涵，而不单是空虚的文字史。你要解释这些字的意思，让学生们学习如何使用这些单词，把每一个文字都当成传奇枪手的子弹，弹无虚发。

充满爱意的子弹。

可是，当时我没看到同事们的那种做法。

师生关系很疏离。老师会疯狂地滥用权力，我还听到他们在评估会议上辱骂和惩罚学生。唉，教学的虐待狂。青涩的孩子们。西班牙的老师气得把学生的衣服扯碎，只因为他们不了解这个或那个。我不明白情况为何。可能是学生不知道胡安·拉蒙·希梅内斯（Juan Ramón Jiménez）是谁，也不知道如何运用公式，或者二氧化碳包括哪些成分等等。老师没有意识到，他们认为重要的只是法规、文化结构或集体共识，但是这些内容根本无法引起学生的兴趣。孩子们和这些灰暗的常识脱钩，他们将上课内容视为外星人的东西。若外星人不了解我们在历史、科学和艺术领域中老套的迷信，不会有人责备他们。外星人来自另一个星球，而十五岁的孩子来自另一个世界。

从学生身上，我感受到了自由。

我记得那些怒火冲天的老师们是如何摧毁了学生的青春。他们给孩子打不及格的分数，这几乎置他们于死地。我从来不曾给学生不及格的分数，这种事我做不出来。也许刚任教的时候，我确实因为一些孩子不知道如何分析句子而让他们挂科。当然，这是无可厚非的。当你刚离开大学时，无法避免地会像鹦鹉一样复制学校所教的愚蠢行径。例如，我最爱的从句，灵活性十足，可以涵盖树木、花朵和天空。我会和学生一起看关系从句。我记得这个句子：

"我读了你昨天借给我的书。"

我没兴趣分析这个句子。我只是看着黑板上的字向学生提问。会是什么书呢？借书的人是谁？那本书值得读吗？如果借其他的东西，会不会更好？

在一连串的问句中，我和学生们不停地捧腹大笑。还有另外一句：

"胡安烧了汽车。"

胡安是谁？这是一辆好车吗？他为什么要烧车呢？最后一根稻草是将句子改为被动句，因为这是确认"汽车"为直接补语的方法：

"汽车被胡安烧了。"

如果说得通，"汽车"就是直接补语。我和学生们一直在思考谁的车会成为胡安放火的动作补语。我想到了自己的车，如果胡安烧了我的车，那我会把他的皮扒了。

直接补语表示语法的无产阶级，它必须包含其他内容，包括动词的作用。

很多时候人是直接补语，承载了动词的独裁，即历史的暴力性。

我用马克思主义解释语法。我们被充满喜感的马克思主义逗得哈哈大笑。我觉得很不公平：对中下阶层的西班牙人来说，社会关系中唯一的忠实盟友是老师。当然，我在学校里也有好朋友。我见过优秀的老师，但教育体系正在消亡。也就是说，实际上，时间的紧迫性导致教育系统不再发挥作用。

我记得今晚的此时此刻，一个临近黎明的深夜。我想起了厨房里的一瓶威士忌，内心有些确幸。

我不能再喝酒了。

49

以前夏天的时候，母亲总是一早起来吃水果。好像我现在看到的她一样。

"现在是最好的季节。"她说着。

她吃了圣胡安梨、杏子、樱桃和西瓜。

她最爱夏天的水果。

她有早起的习惯，感受早晨的清新。巴尔巴斯特罗的公寓隔热性极差，夏天很热，冬天很冷。公寓建得不好，地点也偏远。哪里来的泥瓦工？为什么他们不好好盖呢？他们以后也会死啊。然而，现在我还依稀可以听到工人们的声音，他们在工作，爬上墙壁，注入水泥，一边从支架上垂下来，一边抽着烟。

夏日之际，母亲可以连续四十天早起，享受清爽的晨间时光。她与夏天的清晨保持同进同出。早上七点四十分，那是交通高峰，而她代表了夏天的欢愉。那时候我才十一二岁，还不知道失眠的痛苦。我可以在早上七点起床，然后再回到床上睡到九点。

那个声音又出现了，在我耳边絮絮说道："跟我签个约，你想继续看吗？"你已经成为丢三落四的专家，因为你毕生都在想念死去的父母亲，好像你不想回到人世一般。你不想脱离，因为真理和死者共生。而真理不以悲伤、遗憾或可悲的方式出现，反倒以一种闪耀夺目的方式来体现，甚至带有宣布喜讯的意味。满是喝彩的结论，其中洋溢着夏天的旋律、阳光、树木和果实。你看，母亲在那里，口里嚼着夏季的果实。时间落在 1971 年 6 月 24 日。早晨七点四十分，她吃着一片西瓜。你确信死亡的缺席，只有永恒与夏日之歌在唱和。你经历过转瞬即逝的丑闻，一切皆是须臾，而你难以忍受。

没错，自 1960 年代末至今，夏日之歌的余音一直在我的内心缭绕。

母亲喜欢夏天的歌曲和薯片。当时的我们多么快活。

马图塔诺（Matutano）品牌的薯片包装已不复存在；我认为他们现在的产品名已经有所不同。以前我们到酒吧的时候，父亲习惯叫这个牌子的薯片。

"土豆，一包马图塔诺。"他欢喜地对服务员说道。

50

我找到了一张 1970 年代中期的照片。

还是孩子的我们，在雪地里听着滑雪教练的指示，学习从冰冻的坡顶滑下斜坡。寒风飕飕，我们一副提不起劲的样子。我们身上穿戴廉价的滑雪装备。那时，我还穿着雨衣呢。

黄色的雨衣。有钱人穿套头衫，穷人则把雨衣当罩衫。不能拥有富家公子穿的外套让人愤愤不平。

雪地上的一个男孩，身穿黄色雨衣。

1972 年许多人见证了塞尔勒（Cerler）滑雪胜地的诞生。

现在，我们早已年华老去，而当时的某些见证者可能已经入土了。

塞尔勒滑雪胜地建于同名小镇，位于西班牙韦斯卡省（Huesca）的比利牛斯山脉。一个在西班牙默默无闻的省份，更遑论在世界上是否有名气了。那些绿色的升降椅让我们惊讶不已。椅子越过高耸的松林，在黑暗的石崖上翻山越岭。大雪落在工业吊架和电力设备上面。滑雪者身穿现代化装备，他们有最新的纤维滑雪板和自动固定器。降雪也落到宾馆、新兴的旅游产业、停在山脚下的汽车、新发明的汽车顶滑雪架上面……木制滑雪板的日子已经过去了。

全都是新兴行业。

世界上的万事万物都在改善。追求卓越的想法是历史的神经，这是普遍的喜悦。进步始于二十一世纪的最后二十五年，那是一条通往幸福和夯实的道路。的确，一切都在进步：汽车在升级，通讯在改善，社会正义在提升，教育、医学和高校都在精进。这种进步拓展到住宅的中央供暖系统，连同舞厅、酒吧、西班牙葡萄酒和滑雪技术也一并变好了。

滑雪教练喊道，再也不会有骨折发生了，可是还是有人的腿断了。没有任何教堂欢庆自主痊愈的事迹。然而，我记得当时让人惊奇的进步。

即便现今地球上有最先进的技术，人和自然之间依旧有无法消除的隔阂，这也是雪地和山脉中尸骨遍布的缘故。1970年代的新产业——滑雪板固定器——有好几个传奇品牌：Market、Look、Tyrolia 和 Salomon。固定器在高山滑雪中具有超越性的作用：它负责使滑雪者的脚贴合滑雪板。它有一种神秘的自然功能：让你不跌跤，让你依附在山上，让你贴近山壁，让你与山共舞。

这个设备牢牢地把你固定住，功用如同捆绑，给你重力和支撑。它让你站立，避免坠入万丈深渊。

刚开始，我如往常一样去塞尔勒滑雪，尽管已经好一阵子没有去那里了。我负担不了，滑雪这种事还是交给有钱人去做吧。

海拔一千八百米的塞尔勒滑雪胜地有一间咖啡厅，我在那里看见了父亲映在镜中的身影。

"你好，爸爸，我还在滑雪，就像小时候一样。"

平安夜那天早上，阳光倾洒在滑雪场上。

以前我们总是开着你的西亚特 1430 上山。

你在车上架了滑雪架。这花了多少钱呢？

不久之后，我们看到一栋豪华酒店矗立在山脚下——蒙特阿尔巴（Monte Alba）酒店，但我们从未在那里住过。

后来你诸事不顺，我们也不再去塞尔勒滑雪了。

现在，我手里握着雪和你的骨灰。直到万物灰飞烟灭，山脉失去生机，情况依旧不变。

我依然偶尔去滑雪，但是已不再像童年那样频繁了。上山的次数逐渐减少，滑雪的价格却越来越高。勒紧裤腰带六个月才可以滑雪两天。另外，我的身体再也无法承受过量的体力活动了。

51

1960 年 1 月 1 日，我的父母亲结婚了。

我几乎没有留下任何有关他们的东西，没有任何物质的痕迹，例如照片。稀有的照片。他们当中的某一个人负责清除生活中的痕迹，也许这并不是有预谋的行动。那时候，他们谁都没有想到未来，所以现在的我独自遥想着他们。

我寻获了这张照片。

我以前从没见过这张照片。母亲把它藏起来了。有趣的是，我以为我摸透了她公寓的每个角落，因为那也是我的家。我以为我知道所有的抽屉里面有什么，但是，显然我没有。这样，母亲把父亲也不知道的照片藏起来了。在我看来，父母亲对自己的生活一无所知。更令人难以置信的是，一旦他们死了，我就是那个试

图找出他们是谁的人。对我来说，淡忘生活的过程是门艺术。

父母都像诗人韩波（Rimbaud），因为他们不要回忆，不曾回想过自己的生活。不经意地，他们生下我，把我送进学校。在那里，我学会了写作，而现在，我在书写他们的生命。那时，他们大意了，要不然应该在最具革命性、最激进和无吸引力的文盲主义中将我弃之不理。

我再也无法与他们交谈，这让我感到震惊。这可谓是宇宙中的壮举，一个无法理解的事实，其规模与生命源头的奥秘相同。他们的离去使我保持清醒。自从他们走远之后，一切都是虚幻、模糊、难以捉摸或无可奈何。

照片总是带给人真实感，有如魔鬼的艺术。所有基督教世界都对耶稣基督的照片的力量深信不疑。如果我们有耶稣基督的照片，我们也会再次相信死者的复活。

父母亲隐匿了他们的婚礼，我不知道为什么，我永远也不会知道。我只知道因为户口问题，他们不得不于1960年1月1日结婚。户口证明也不翼而飞了。我对1960年的生活情况没有概念。或许我可以看那个年代的纪录片或电影。可是现在我这个人和照片中翩翩起舞的双亲并没有任何关联。

毋庸置疑，那是个美好的夜晚。

1960年1月1日的婚礼，在那之后，世界上没有任何与之相关的照片。父母亲有拍照片吗？每个人都保存着自己婚礼的照片，可是我的父母却没有。如果有照片，母亲总是会把它们撕毁。为什么呢？这是她的行事作风。他们有自己的风格。

所有参加婚礼的宾客都已经不在世上，他们都作古了。

父母亲曾去法国卢尔德（Lourdes）度蜜月，不过他们从未跟我透露过任何有关那次旅行的细节。父亲当时已有一台西亚特600。我曾多次试图想象这趟旅行。他们越过边界，途经波塔利特（Portalet）。尽管是冬季——1960年的冬季——那里应该是一片冰天雪地。我不知道父亲是如何开着西亚特600穿越那个隘口的。当我驾车通往卢尔德的法国山区时，总是会想起那个情景。

"他们当时就是在这里。"我自言自语地说。

我没有把这件事告诉任何人。

我从来没有要触碰那些阴影。那些灵魂，他们会待在哪里？我想要问父亲，但我已无法做到。似乎是件蠢事，你说："啊，我要问父亲这个的话，他会知道的。"原来你父亲已经去世九年了。因此，我永远不会知道，当他们在奇怪的卢尔德城时，他们在哪里过夜。这是一个充满梦幻和奇迹的地方，有处女和圣人，同时也是一座植被茂盛的城市，目之所及尽是郁郁葱葱的青绿色。

父母亲为什么去那里度蜜月呢？

他们可以去巴塞罗那、马德里或圣塞瓦斯蒂安（San Sebastián）。不过他们不可能去巴黎，因为没有钱。真是一个特殊的选择，没人能跟我说明白。任何去过这座城市的人都会意识到，这是一个令人难忘的、弥赛亚式的、礼拜式的、深奥且疯狂的地方。为什么我以前都没有问过他们，什么都没有问他们呢？为什么他们选择在那个城市度蜜月呢？那里，圣母玛利亚（Blessed Virgin Mary）在神父伯纳黛特·苏比鲁斯

（Bernadette Soubirous）面前现身十八次。答案是显而易见的：我当时没有开口问他们，是因为我以为以后的某天会有机会，好像他们永远会在身旁一样。也许我不喜欢向他们询问任何有关那趟旅程的事情，这似乎太私密了。无论如何，唯一显而易见的事情是，如果你要向某人询问事情的话，请立即付诸行动。

千万不要等到明天，因为明天是属于死者的。

如果我还有机会，我也无法问他们蜜月旅行的细节。我当时难以启齿，是因为我知道他们不想谈论。

我可以想象为什么他们不想聊这次旅行，因为他们不喜欢"婚姻"这个词。事实上，错在他们，这是个简单的本能问题。

52

童年时光里，1月1日是我们家重要的日子，但是我的父母从来没有解释过原因。父亲说："这天是我们的圣人日。"那是唯一的解释。1月1日，我们庆祝了曼努埃尔（Manuel）圣人日，因为我们这么称呼它。

我的一个儿子维瓦尔第生于1月1日，他是个活力丰沛且想法怪诞的孩子。维瓦尔第的生日和祖父母的结婚纪念日是同一天，这是偶然吗？若这个巧合是因为爱，那无疑是这个原因。

父母亲的朋友们每年的第一天都会来我们家拜访，那是每年1月的第一天，即1965年、1966年、1967年，一直到1970年代中晚期。之后，情况改变了，因为父母亲开始结交不同的朋友。在1980年代，其他圈子的朋友也来家里了。我直觉上认为这不是正面的变化。在1990年代初期，人们不再来访了，庆祝活动因此仅限于家庭成员。

每年的那天我总是很高兴，不过我真的不清楚我们究竟在纪念什么。父亲在1月1日的时候也都很开心。我想了解这三十年以来曾经拜访过父亲的朋友。

之后，他们不再来访了。

那些翘起的墙面是唯一的见证者，而它们后来也被翻新了。

拉米罗·克鲁兹（Ramiro Cruz）发生了什么事？他是1968

年第一个来电的朋友。埃斯特万·桑托斯（Esteban Santos）发生了什么？阿曼多·坎谢尔（Armado Cancer）呢？约瑟·玛丽亚·加巴斯（José María Gabás）呢？还有埃内斯托·吉尔（Ernesto Gil）呢？他们都已不在人世了。

父亲朋友的名字深深印在我的脑海中，因为我小时候认为他们每一个都是英雄。如果他们是父亲的朋友，那他们就像他一样。因此，他们是世界上最好的男人。

他们拨打了这个号码：310439。因为这样就不必输入前缀号，所以电话要连上线需要一些时间。

父亲最喜欢接到埃内斯托·吉尔的来电，这个男人是巴尔巴斯特罗的市长。父亲喜欢收到市长的来电，对方会祝他新年和圣人日快乐。

我还记得父亲穿着睡衣接起话筒的样子。他的朋友们很早就会来电祝贺。对我来说，这些来电让人心神不宁，因为它们在庄严和神秘之间摆荡。

我的婚姻使我与父母以理性、社交、演绎或连贯的方式联结在一起。离婚的时候，适逢母亲过世。她是我的婚姻最后的见证人。如此，我和父母亲的关系得以释放，离婚使我与死去的父母重新建立了关系。鬼魂般的联结消失了，一段充满了谜语和窥伺的关系。

灵魂降临。父亲是最常来访的灵魂，他躺在我的身边，轻抚我的手。

他在那里，面容焦黑。

"儿子，你为什么要把我烧毁？"

很快地，我也会成为一个死去的父亲，也会有人把我烧尽。

我也将很快成为一个死去的父亲，维瓦尔第和勃拉姆斯会把我烧毁。儿子们会把我当成死者一样对待。认为死者是悲伤、沮丧或意志消沉的想法是个谬误。绝非如此，死者仿若往昔的阴晴圆缺，伴随爱意的号叫声穿梭，延续至今。

我相信死者，因为他们比现在活着的人更爱我。

父母亲从未说过1月1日的历史。他们从未说过："那天我们结婚了。"当我偶然读到户口证明的内容时，不觉心神向往，豁然开朗。

53

父亲的名字仍然挂在互联网上一个古老的商业代理网站上。还会有人浏览这个网站吗？他的名字不可能在短期内彻底灭绝，即使在孤岛中也必须等待数十年。某些公司或个人仍然可以打电话租用他们的服务。死了十年之后，他的名字仍然代表互联网上一家活跃的商业代理商，继续提供服务。互联网致力于永生，这是人类可以达成不朽的最强而有力的承诺。

我时不时地访问那个网站，盯着父亲的名字和电话。

应该有人将其删除才对。或更适合的是：应该将我的手机号码贴在旁边，这样一来，如果这家商业代理商没办法接座机的电话，客户就会打给我，这样就不会错失任何来电。

希望不要错过任何打到死者那里，但却可以由活人接通的电话。这种信念绝不可以被破除。

我多次拨打该号码：974310439。如同礼拜仪式的数字。

我曾多次想在手臂上刺上那个数字，最后我会这样做。

我入土的时候，手臂上一定要刺有这串数字，它和我一起被死亡吞噬。

号码是：974310439。

54

我不介意炫耀父亲的生活。尽管在西班牙，没有人愿意展示自己的东西。我们可以好好地写自己的家庭，没有任何虚构，也不是写小说。仅仅将发生的事情娓娓道来，或者只是我们认为发生了的事情而已。人们隐藏了父母的生活。当我遇到一个人时，我总是问他关于他父母的事情，也就是把那个人带到世界上的意志所在。

我非常喜欢听朋友讲述他们双亲的生活。突然，我全神贯注。我能看到他们的父母亲吗？我可以看到那些为儿女奋战的父母。

这场斗争是世界上最美丽的事情。天哪，真是美不胜收。

55

2003 年夏季的某天，医生想和母亲及我说话。

他不希望我的父亲在场。

医生为我们准备了两把椅子。他直截了当地告诉我们，父亲是结肠癌晚期，我们应该要知道这个消息。通知我们的是一位肿瘤科医生。非常值得注意的是，他已经多次演练如何传达这种死亡迫临的噩耗，或说是毁灭性的时刻。他的行事态度给我留下了深刻的印象，因为那位医生貌似以某种方式享受这个行为，但不是不道德的方式。他的快感不是来自死亡的传递或灾难的爆发，而是他相信自己已经善尽职责了。他的脑袋里好像有一个文字实验室，专门负责决定性新闻的宣传工作。此外，他还会进行各种试验，运用各种单词。脑海里模拟各种表达的口吻，清晰地说明所有决定性的事情。然而，医生并非诗人，他只是在这无尽生命徒劳挣扎的世界中的又一个疯子罢了。

医生宣布了这个愚蠢的判决，两年又数月之后，父亲病逝。我认为父亲的死是因为他发现实现实现肿瘤科医生的预言乐趣无穷，与其愚弄医生，还是对那个家伙展现友善的态度比较恰当。

父亲似乎认为，肿瘤学家的驽钝是一个随机的导火线，以便邀请某人离开这个世界。

我不相信医生，但我坚信文字的力量。就我而言，医生对我们的情况不见得熟悉，因为他们不了解文字世界。我信任药物的效力。现代科学已经将药物的分类和处方授权给医师。如果医学能够提供药方，那么它是了不起的。也就是说，如果医学提供了药物，而此物能杀死某些东西。药物的存在是自然的，自始至终都在，但是我们不能胡乱地吃药。

一片鸦雀无声，我回头望了肿瘤科医生一眼。当母亲想再多问他一些事情的时候，倏然间，我体会到肿瘤科医生的无奈，甚至比我父亲的生活还要悲惨。

我发现这个男人的人生比父亲罹患癌症的噩耗更令人绝望。

56

我们从没对父亲坦白病情，他也没有问。于是，他决定蔑视疾病。在我看来，这是一种神秘的态度。他一直沉默不语。

医生对他进行了几次手术，而他保持一言不发的态度。好像他不在乎有人进入他的身体去执行模糊、正式而冷漠的任务。外科医生选定法定工作时间拜访他的内脏器官，这些对他而言都不重要。题外话，工会和政府早就严格地定义且划定了人们的工时。

医生领到月薪之时，也是父亲的弥留之际。他的离世尚较那些寥寥无几的工资还微不足道。

57

父亲喜欢看电视。我猜想他在电视前耗费了数百万小时。电视技术的发展让人刮目相看。在二十世纪六七十年代，购买电视是一个重大举动，既令人期待又令人恐惧。

我依稀记得第一台闯入我家的电视。那时候年纪小，父亲热切地观看了1970年代那档名为《1、2、3……再回答》的节目。他沉迷于这个节目，在这个游戏节目中，参赛者必须回答问题开头为"1、2、3……再回答"的突发问题。

父亲曾经和选手们一同作答，而他从中脱颖而出。

他本可以参加那场比赛的。

他没去。

他一定以为自己要搭公共汽车。他不喜欢公共汽车，也不喜欢火车。他只喜欢自用车，因为他的车是自己的产物，他的车就像他自己。这就是在炎热的夏天，父亲把车停在阴凉处的原因——他不喜欢做日光浴。

我讨厌那个节目，不过它的播放时间适逢周五，我们都很放松，隔天不用上课。

我不知道你怎么会爱上这个可怕的节目。你必须知道，我一点都不喜欢它，那些低能的问题充其量只能称作所有参赛者、主持人、制片人和节目助理的安慰。你无法想象节目助理在电视上所遭受的各种俗气的耻辱。而你在那里，用一抹黄色的浅笑与所有参赛者一同作答。我想，他们展示了一个落后的西班牙。好吧，你的儿子与国家的规范背道而驰。可喜的是，现在一切都已归于尘土。主持人死了，几乎里面的所有人都死了。

死亡为那些被节目捕捉面孔的人们提供救济和净化：喜剧演员、歌手、主持人以及所有死忠的西班牙观众。死亡是克服西班牙庸俗化的唯一手段。我可以想象那些参赛者的照片被框在豪华闪耀的相框里，挂在家中的墙上，父传子地留存下来。照片中的父母是节目《1、2、3……再回答》的1977年的参赛者，奇柯·莱卡德（Kiko Ledgard）是主持人。你还记得莱卡德吗？

1970年代中期西班牙电视台的传奇主持人奇柯·莱卡德葬在哪里呢？他有孩子吗？孩子还记得他吗？父亲和我每周五都会按时收看。好吧，实际上我当时是在观察父亲看电视的样子。我记得，出于迷信，奇柯·莱卡德双腕戴了几只手表。

现在这些手表被妥善安置在某处。

但是，爸爸，现在我在视频网站寻找西班牙1970年代的电视节目，同时抱着无限的怀旧之情观看。它们是你的节目。我并非真的厌恶那些节目，而是我只想要你牵着我到大街上散步。你本应与我同在，而不是与那些参赛者和主持人在一起，或者现在和我一起缅怀电脑屏幕上的旧节目，流连于视频网站和往日时光。

我梦想着和你跟妈妈全身名牌，身着华服，脚踩时尚的鞋子。

你和母亲都悉心打扮，穿着名牌服饰，穿着闪闪发亮的鞋子。有人在巴黎（Paris）最高档的餐厅里俯瞰塞纳河（Sena），等着我们大驾光临。

我幻想我们正在畅饮香槟，品尝鱼子酱和田螺。母亲用你递给她的金制杜邦（Dupont）打火机点燃一根雪茄。

我梦想我们家财万贯。

我梦想你用法语谈天说地。那是 1974 年，世界就是我们的世界。

我梦想我们从未看过电视。

我梦想我们一直在旅行，一个晚上在巴黎，另一个晚上在纽约（Nueva York），几天待在莫斯科（Moscú），其他几天在布宜诺斯艾利斯（Buenos Aires），或者在罗马（Roma），或者在里斯本（Lisboa）。

我梦想征服世界。

我梦想我们一家三口在世界上最好的餐厅共进晚餐。我们用各种语言说笑：俄语、英语、意大利语和葡萄牙语。

我梦想你在里斯本近郊买了一栋豪宅。全家一起欣赏大西洋（Atlantic Ocean）的美景。

因为我知道你有多热爱生活。

58

时光荏苒，1990 年代后期，父亲开始沉迷于烹饪节目。他花费数个小时看电视里的厨师做油条、鳕鱼或西班牙海鲜饭。他总是套上一件轻薄的绿色丝质晨衣，戴上眼镜，坐在电视机前观看厨师的演出。

父亲貌似天使。满面笑容的天使，观看现实中的美食团队。

他也像个使者，身负圣化视觉的任务。

这些节目往往缺乏情节，或者情节仅仅是马略卡鳕鱼的烹调方式。我认为真正让他着迷的是西班牙菜肴的地理归属。每道菜都像在某个地方烹煮一般。可能他内心深处曾想象在马略卡（Mallorca）、毕尔巴鄂（Bilbao）或马德里生活，吃着各式鳕鱼或炖菜。他懂烹调，也知道如何准备所有这些料理，再者，他也喜欢看别人做饭的模样。

他喜欢看到有人创造烹饪的乐趣。因为在这些做菜的人之中，有人可能会对未来做出有效益的建设。

一切都会发生，一切都在为后世安排，即使是十五分钟后的未来也是如此。

59

有一天，他不再担心自己的车，那是一辆老旧的西亚特汽车。他以前总是不辞辛劳地看护自己的爱车，妥善照顾，使它保持最佳状态。那天，他却把车子弃置在车库，不再开车了。

他把它放在车库里，不再开车。我亲眼见到了那台车满布灰尘的模样。

我告诉父亲："爸爸，汽车上满是灰尘。"

他看看我，我的话似乎触动了他。

他说："这是一辆好车，你可以拿去，随便你怎么处理。"

虽然父亲佯装不在意，可是我知道他快要死了。我知道结局会如此。

那是我一生中最惆怅的时刻，父亲用一台动力机械向我道别。

他没有告诉我："我们要谈谈，曲终人散了。"相反地，他说，"那是一辆好车。"我的天啊，太凄美了。无论父亲的精神来自何方，这都体现了其高贵优雅、天真独创和不按常理出牌的天赋。

这是他的风格。

我坐在厨房的椅子上，凝视着他。那时，我很紧张而且难受。整个宇宙中，只有我知道这些字词的意思，"你把车拿去，随便你怎么处理。"

　　他在告诉我一些毁灭性的事情："随我处理，我没有感受到你的爱。"

　　我没有感受到你的爱。

　　我当时不够爱你，你也是如此。

　　一模一样的我们。

60

　　我去观赏他的车。这辆车吸纳了父亲的精神风范。他的大手放在方向盘上，他的眼镜，空的后备厢，后备厢内有用来保护厢体内部的毯子。谁知道是什么东西？（当然，我的车在后备厢中也备有毯子，用来保护厢体内部。谁会知道是什么东西？）手提箱里的文件井然有序。父亲熟悉这台西班牙中下阶层的神秘合金，因为它是中下阶层才配拥有的。

　　这是一个工业和政治的奥秘：金属板和油漆与血肉的祖先孪生。

　　在我看来，父亲离这个世界的方式似乎是一种卓越的艺术。他以令人刮目相看的机智撤离。

　　他不在乎死亡，也没有思考过死亡。他对这辆车依依不舍，难以放手。不过，让他恐惧的一定是，一辈子担忧不止的原因与生命的基础和意义都已经不再重要。这是一个根本性的改变。

　　他和汽车将同时死亡。

　　他放弃汽车的那一天，我的心扑通跳了一下。

　　我知道那辆车对他的意义。它是世界的一部分，是财产。父亲的灵魂来自遥不可及的时空，来自古老的行星之夜，无根之人的灵魂——不论活人和死人，都是一样的。父亲的灵魂从那里来。无根的灵魂具有非凡的美丽和异常的挥发性。

在父亲跟前，我们已不可见了。

母亲惊慌失措。

她担心癌症晚期。

我们是糟糕的家庭，可是与此同时，又有一些独创性。

我们往返医院。

沉默不语。

我不明白发生了什么。不过，我想我责任重大。内心的愤恨使我无法承担这一切。在医院里，我抑郁症发作，我承受不了。

我的生活每况愈下，父亲的生活亦然。

我们互相指责。父亲指责母亲。母亲指责我。我指责父亲。父亲指责我。母亲指责我。等等。不满和内疚的情绪。

我们一刻不得闲。

61

　　实际上，在我的家庭中，有个异常的情况。从来没有人说过："我们是一家人。"我们不知道我们代表什么。就这样，我常常回想起半个世纪前一个恐怖的圣诞夜。约莫在 1967 或 1968 年，我父亲因晚餐的准备工作勃然大怒，有可能只是某些事情不如他的意罢了。

　　盘子被摔破了。

　　他怒不可遏，像在电影中一样，猛力把盘子砸向墙壁和地板。

　　后来，我们就上床睡觉了。

　　没有平安夜的氛围，什么都没有。发生的一切都刻印在家人的脑海中，一直到有一天我们陷入无法言喻的悲伤之中。

　　父亲选择在平安夜砸碎盘子。

　　我不知道发生了什么。我只是看到盘子飞起来了。骤然间，菜离开桌面了。

　　可恶，圣诞节前夕应该是家庭最珍贵的时光。我没有再询问过任何有关那个夜晚的事情，但是我应该要问的。或许，这样可以帮助我更了解家人间发生的种种，那么，也可以连接我的未来。

　　可是，我要怎么启齿呢？那会不会只是个难以言喻的幻景呢？我想磨灭它，摧毁它，但是最后只会增添数千滴虚假泪珠，因震惊而逼出的泪滴。如同牧师 G 进入光线充足的房间时给我造成的强烈震颤。

众所周知，我们小时候所经历的一切决定了我们随后的旅程。但是，这是我的贡献。它不会在任何社会学或政治秩序的情况下发生，而是通过血腥的狂妄倾泻而出。就我而言，这是出自我们命运的祝福，一门沉重的科学。拥有命运即是一种祝福。

多数人没有命运可言。

最引人入胜的是，过去在机械气孔中呼吸，刻画出我的命运。因为大多数的人，无论男女，都没有历史。人们过着没有历史的生活。那也很美丽。毕竟，地球是成千上万没有历史的人类的公墓。如果你没有历史，那么就需要质疑你是否曾经活过一回。

有序的季节和年代，有序的手和烂牙，无序的受绞刑而死的人的骨骸。而最终，人们只能想到上帝的可憎。

可憎之神，倦怠的人们从祂的无味中挺身而出。

身为儿子，本不该亲身体会自己的母亲仍为女孩的年代。

62

我想到母亲在那个关键的圣诞节前夕痛哭流涕的往事。暴风雨来临之际，她将自己锁进厨房的贮藏室里。暴风雨让她惊慌失措。你若在厨房打开一个形状如棺材的贮藏室，就会发现母亲在里面。暴风雨来临之时，她会在哪里？逃得无踪无影。雷电和大雨侵袭大地之时，她逃离了世界。

她会躲在厨房的贮藏室里。那是她的青春所在地：逃离暴风雨。

我以为那是一场游戏，打开食品贮藏室的门，那位强健年轻的女孩像一个雕像瘫痪在那里。她年轻的面孔在我的记忆中已经不复可寻，而出现在我眼前的是一个衰老的妇女。她真实的害怕不亚于我感受到的恐惧。她是对自己的可怖负责的见证人。这就是为什么她拥有天使的身体，因为只有天使才会无法容忍自己堕落的悲剧。

衰老不可原谅，因为它代表不稳定和失败。我这里说的是面对衰老的意识。你越了解衰败，就可以更接近那个不稳定的上帝。

母亲是天使。她发觉自己的年老色衰，断然拒绝接受，然后成了烈士。但是，在万事万物之中，她对生命一直有觉悟。她不愿揽镜自照，而我也不行。镜子是给年轻人的东西。如果你尊重美学，那么你就无法尊重自己的衰老。

现在西班牙公寓的厨房中没有贮藏室。我差点忘记了，以前父母亲家里有另外一个重要的小空间。他们称之为"壁橱"。这个黑漆漆的小房间位于走道的尽头。要进入壁橱不容易，因为它的门会卡死打不开。父亲的工作箱放在里面，箱子里有他出售给韦斯卡、特鲁埃尔（Teruel）和莱里达（Lérida）小镇的企业纺织品制造商的样品。除此之外，里面还有其他东西，神秘的衣服和物品。父母亲不准我和弟弟进入壁橱。我知道母亲在那里藏了许多与过去有关的东西，她一件都不舍得扔掉。尽管随着时间的流逝，她逐渐把东西全部丢掉了。其实，我不知道壁橱里有什么，不过有时候答案会在对话中乍现。例如"这个应该在壁橱里"或"如果壁橱放得下，我们可以把它留下来"之类的短语。但这是一个匪夷所思的空间：角落、三角形、墙纸和靛蓝色的星空。我认为最让人疑惑的是墙纸的装修。每面墙都贴上了壁纸。整个房子的墙面都是毛坯。我的母亲改变了墙壁的设计，油漆粉刷过墙面。但从1960年开始，她就让壁橱保持原样不动了。后来，贴墙纸的墙壁设计过时了。但壁橱里依旧保留着墙纸：满天的星星、手提箱、衣服，以及不可见的东西。暴风雨来袭时，母亲总是躲在壁橱或者贮藏室里面。我猜，她应该偏好后者，因为壁橱是个危险的地方，它内部有一股暗黑的能量。反之，我比较喜欢壁橱，那里凝聚了父母亲的吸引力。贴墙纸的风潮虽然过时了，不过那些多彩的墙壁其实还蛮耐看的。

暴风雨来临之际，母亲会化身为一个女孩。她会把自己藏起来，躲在壁橱或贮藏室里，或者床底下。当时，我还是个孩子，目睹魔法如何将母亲从时空中解放出来。转眼间，母亲不见了。然后，我开始在屋子里遍寻她。夏日的暴风雨延展天际，天空变成了一千道坚实的光束。我和母亲是两个孩子，有着难以理解且几乎被诅咒的关系。来吧，和妈妈一起躲在这里，把手给我，世界好邪恶。

63

我们的痛苦是有道理的。

我一直都这么认为。

痛苦是前卫的艺术。

这可能是来自基因的痛苦，一种不知道如何生活的难受。我父亲曾有过美好的时光。

西班牙市政府第一次以民主选举的模式产生议员，远景一片看好。父亲很满意选举结果，心情愉悦。那是在1980年代初期，我还在萨拉戈萨生活和学习的时候。他来萨拉戈萨看过我好几次，但是那时候我们还很贫穷。父亲不太会挣钱，因此我们的生活总是捉襟见肘。二十岁的时候，我得到了文学奖项。奖金到了母亲那里，不过她把钱都花光了。1982年的两万比塞塔，她花到一毛钱也不剩，而且她从未跟我提过这件事。她会收到我的奖金，是因为钱通过汇票寄到家里，而不是我当时所在的萨拉戈萨。

我想母亲应该把钱都投到宾果游戏上了。她玩宾果博彩。印象中，我十八岁那年，她就带我去宾果游戏站。

父母亲都玩宾果博彩。有时候他们会中奖。以前，他们习惯每个星期六去赌一把。1970年代末的西班牙，赌博是合法的。母亲疯狂地迷恋着宾果游戏。我还记得，每每只差一个数字就中奖的时候，她会迷信似的摇晃纸板，不知道在寻求谁的庇佑。嘴里喃喃奇怪的话语，祈求神灵帮助，或者给数字起个像"漂亮女孩"之类的代号。有时候她会赢个几局，可是，大多时候都是输钱。她常常唠叨："我们再打五张牌。"可是，这五张牌最后会变成五十张。

缺乏挣钱的手段。在我看来，这是一种家族遗传，因为我的口袋里也没钱。我无处可一头撞死，好在大家都有同样的困境。可能是一种解放——愿青年人追寻流浪的生活、混乱、工作不稳定和自由。贫困得到了缓解，并且不再与道德挂钩。换句话说，这是社会的贫穷。一个绝佳的解决方案：贫穷作为集体基础，毫无分节。

贫困的问题在于，它最终变成了苦难，而苦难则是一种道德状态。

母亲无法忍受沉闷无趣的生活。这就是她去泳池或河流，玩宾果博彩，晒日光浴和抽烟的原因。

她如朝阳。朝阳亦如她。

64

我和一位肿瘤科医生聊过了，之前，这位女医生在父亲生前的最后几天负责照顾他。那是一次令人不愉快且残酷的谈话。这位年轻的女医生背负着沉重的压力。我想，我是一名受害者，原因指向医生们不稳定的工作环境。可以确定的是，她看病的收费不高。肿瘤科有很多垂死的病人，但是他们收费的标准和妇产科差不多。后者的职责相对令人愉悦，因为他们把婴儿迎向世界。无论是带离世界，还是带向世界，两种情况的工资都相同。

我请求那个女医生尽量让父亲在生命最后的时间免于苦痛。她不太明白我说的意思，还以为我在跟她提议安乐死或类似的谋杀行为。一切都仿佛是混乱的海洋。她对我的言行愤愤不平，可是，我不在乎。就我而言，她活在虚构、妄想或者不属于这个世界的戏剧中。只要我确定父亲没有受苦就可以了。我也盼望有人能为我做相同的事：有人按时喂药，喂大量的药。父亲一整天都在死亡边缘。我看着他抓着最后一根稻草的样子。他的呼吸声像是风雨声，冗长而神秘的海水低吟声。身体虽然在耗损，可是依旧叮当作响，谱出乐章。他的脚趾带有宗教表征，就像受难的基督的脚趾一样，像在十七世纪的西班牙画作里一样变形，保持屏气凝神的态度。这都是呼吸的意图，明智的渴望。父亲发出隆隆的、不祥的且灾难性的声音。他的喉咙里似乎有成千上万只黄色鸟儿的巢，它们不停地在剥啄空气的土墙。父亲体现了西班牙巴洛克风格。于是，我明白了西班牙的巴洛克，它是一门崇拜死亡的严肃艺术。死亡是生命之谜最到位的表现。

65

不幸的是，自从我进入青春期以来，我抗拒与父母亲的任何肢体接触。我不喜欢碰触他们。不能说我不喜欢，不，不是的。而是我们不曾营造这种传统，无法伪造这种仪式。我几乎没有好好地亲吻过他们。至少在父亲临终之前，我只是稍稍碰了一下他。我已经说过了，我们是一个古怪的家庭。照现在的话说，是"功能失调"。我对这个情况没有正面或负面的评论。

父亲没有参加他的母亲，也就是我的祖母的葬礼，甚至没有打过电话给她。而母亲则负责断定父亲与其兄弟的关系，但这都无所谓。父亲说母亲藏了他的文件。母亲打扫房子的方法是扔掉她看到的所有文件。

我记得父亲把头撞在架子上，因为他找不到一个老早就准备妥当的贩售复刻品。他们经常互相吼叫，但从未互相辱骂。父亲从未侮辱过母亲，从来没有。他只是勃然大怒，感到绝望，然后捶打物品，借此发泄怒火。从那时起，每当我经过书架时，我都会用强烈的目光看着那里：父亲用头撞击的地方。当然，在母亲去世的那一天，我凝视着书架的横杆，最后一次抚摸它。它不是高档的木头，其材质应该是钣金或三聚氰胺。我以前一直以为它是木制的，但不是，全然不是。

我把那些尖叫声抛诸脑后。我年纪很小，很小，非常小，可是我低弱的智力不断地运作，组合成了一个小疑问：为什么母亲不放父亲的文件一条生路呢？

母亲失明，这是唯一的原因。受伤造成的失明。她不了解纸张的重要性。她把一切都扔了，什么都没留下。她扔了我的漫画，扔了父亲的文件。常常她给我买了漫画，一周之内漫画就无影无踪了。但是，如果是已经看过的漫画，你为什么还要呢？有时候，她想扔掉一些书，但发现没有足够的廉价小雕像和装饰品可以摆在书架上，那么，她就会决定再给它们一条活路。这种情况下，那些书就逃过一劫了。

但这些都没有责备之意。人是怎样就是怎样，仅此而已。人死后，一切都无所谓了，因为无论男女，死者为大。死亡最后赋予他们崇高且光荣的意义。

不管是社交、家庭、工作还是感情生活，都是由死亡而生的发明。这也是我写这本书的原因。因为在生命中，只有一种生活，一种由数百万个错误构成的生活。错误一遍又一遍地重复。无止尽地重演。重复的背叛。重复的谎言。在任何地方都有重复的轨迹。诉说已发生的事情很美好，是一件好事。当然，尝试说出曾经发生了什么很美好，也许这就是为什么我会面对家庭的照片沉思，然后内心深处燃起熊熊烈火。

照片代表了我们在阳光下的所见所闻，光线赤裸裸地塑造了人们的生活。照片之所以让人心生不安，就是因为它是现存最令人忐忑的东西：我们能够将光线放在一张纸里面。阳光照亮我的父母，而这束光芒在相片纸和陈旧的肖像里依然很刺眼。

这道光芒，夕阳西下的光，终究是逃不过与人体搏斗的命运。

父母亲的照片顽固地宣称他们曾经活过。对他们存有的遥远记忆比当今的资本主义和历代普遍的财富更为重要。

66

我的母亲从来不喜欢和他人亲吻或握手表示问候。她不喜欢与人打交道。我想我继承了这项特征。这是保护自己免受他人传染的遗传性行为。

父亲去世后，一些亲戚朋友——少数人——亲吻了他的额头。

我没这么做。

母亲也没有。

那一刻，我知道我的孩子们也不会对我这样做。当触及父母的身体时，那种冷漠感是从何而来的呢？在那种冷酷且无菌的环境中，存在着高度的不仁、恐惧、怯懦或自私。这是一种遗传倾向。我的父母对其父母的死亡——也就是我的祖父母的死亡——冷傲以对；同理，我的孩子也会用相同的方式看待我的离世。对我而言，这是再自然不过的了。

那里有些东西可以使我们升华。

疏离的贵族。

我没有碰亡父的遗体。

我从未见过他的肿瘤。医生也从未向我展示过，他们从未给我看过置他于死地的那块肉。

我本来想把那个肿瘤握在手中，好好地拿在手里。

什么是癌性肿瘤？

它是一股孱弱的风、空气污染或食物里的乱七八糟的东西。换句话说，还有其他更异常的肿瘤，它们来自牛肉、猪肉、鸡肉、鳕鱼、羊肉、箭鱼以及加工牛肉和兔肉。

当我年长之后，除了使人焦躁不安的礼貌性亲吻以外，我不会亲近父母，也没有触碰他们的身体的习惯。礼貌性的吻有如恶魔的鲸鱼，那是比海洋还古老的物种，在海面上溅出水花。

你是从哪一年开始不再与父母亲携手并行呢？

67

我牢牢地记得母亲去世不久前细致的习惯，她仍然在手上涂抹红色指甲油。这让人内心激动不已。

我盯着她的手：苍老，却镶着美发师的指甲，持续展现美学和记忆的工艺。在年迈的母亲卖弄风情的时候，我感受到她愉悦的心情和雅致的风韵。她想要和他人炫耀自己的高贵，我觉得这美妙极了。涂上指甲油的手是好看的。不过，即便如此，我也从来没有随意握过她的手，只有非得协助她过马路的时候，才会架着她的手搀扶她。

这个义务工作让我心怀感激，因为它使我能够握住她的手，却又不失谦虚、距离和美感。这个拉手的动作不是出于强制的责任，而是出于自觉。

可是，父亲垂危的时候，我没有握住他的手。当时没有人教我这样做。这个动作使人心生恐慌和畏惧，强化孤独感。对握手的恐惧最终使我默认了自己生命中的孤寂。

68

癌症吞噬了父亲，但他从未说出自己的病名。他甚至从没说过癌症或死亡。我们从来没有从他的嘴里听到"癌症"这个词。他从来没有说过这个词，这对我来说是件神奇的事。

他既不发问也不说话。

他是根深蒂固的无政府主义者。

他从不告诉我们他去世时在想什么，抑或在想谁。

他随身带走了谜题。

也没有道晚安。

69

父亲在淡出，他的生命在退场，他的谈话在消逝，最后趋于一片寂静。人可以保持沉默。父亲现在沉默了，不过以前他就是如此，好像他早知道生命终会静默。

因此，他决定在最后的寂静之前，自己先选择沉默不语。如此一来，他先上了一堂寂静课，而乐音会自寂静中一跃而出。

他用自己的身体拟了一个秘密且松散的契约，音乐自此油然而生。

约翰·塞巴斯蒂安·巴赫（Juan Sebastián Bach）的音乐代表我的父亲。

70

我知道，未来的医学将允许病人与将消灭自身的肿瘤进行漫长而复杂的对话，而如今的医学仅采取了几个难以想象的基本步骤：医学意识到身体是圣殿，也是宇宙起源的精神建构。然而最终，医学将会有更高超的智慧。当今的医学还不够明智，它仍然只是简单的实践，单纯的事实调查。这门科学必须发现癌性肿瘤的美丽和非物质性的变异，因为人体内除了癌性肿瘤之外，尚有与其共存的生命意志。

这就是为什么我父亲选择静默不语。没什么好说的。药是空虚的，宗教不存在，他也已经放下了汽车。人类已经隐身，所以他对我们无话可说。

他什么也没告诉过我。

他从未对我说过："再见。"

他从未告诉我："我爱你。"

他从未告诉我："我以前爱你。"

像这样，他不曾开口。

所有的话语都在那片寂静之中。就像在形而上的飞镖中一样，也像衣柜壁上的彩绘星星在寂静中燃烧。那时候，我是一直在寻找病房的那个人，父亲躲在那里，卧病不起。那个地方如同壁橱，而四周的矮壁上满布星辰。

衣柜是我们西班牙战后时期才出现的中下阶层的暗号。照理说，衣柜是我们的归巢。

71

父亲不曾脱口说出他爱我，母亲也没有。我从这个举动发现良善之美。只要我幻想父母亲爱我，还是可以感受到良善之情。

或许，他们一点也不爱我，而这本书只是一个心碎男人的故事。与其说是心碎，不如说是心惊。他们不爱你的话，你就不会有心惊或害怕的感觉。

最后你认为他们不爱你，那是因为有一些强而有力的理由可以证实此事。

如果他们不爱你，你就是失败的。

自从婚后，我建立了另一个家庭以来，他们就不再像以前一样爱我。他们对我的爱日渐式微。因为我们不再是为生命并肩作战的盟友。

72

以前父亲从不打电话给我，相反地，母亲却无时无刻不给我打电话，因为这可以让她的心情平静下来。她的号码经常在我的手机屏幕上显示：974310439。如此偏执狂的行径，很像我现在不断打电话给勃拉姆斯和维瓦尔第的行为，只是儿子们都已经不再接听我的电话罢了。圣洁的母亲是个偏执狂：在1960年代后期，每次父亲要上工的时候，她都会心生恐惧。当时，父亲的工作代表一场旅行。她会时时刻刻担心自己的丈夫在路上出意外，因此电话成了双方沟通的唯一工具。父亲不时因为一通来电受到惊吓。母亲讨厌长途旅行，尤其是当父亲不得不去特鲁埃尔做生意的时候。那是场漫长的旅途。父亲一整周都在外面，睡在旅馆里，向加泰罗尼亚城镇的裁缝们卖当地的纺织品。也许在那五天的旅行中，父亲会成为另一个男人。我倒是希望如此，不过我永远不会知道真相，因为他从来没有告诉我只言片语，从未对我说过"我爱你"。

他和我的谈话从来没有超过一分钟。

我真的想知道怎么如法炮制。

73

父亲去世后的隔天,即 2005 年 12 月 18 日,肿瘤科医生打了通电话给我。当我走进医生的办公室的时候,她正坐在椅子上盯着电脑。那是个华丽的早晨,圣诞节的脚步近了。

她向我致歉,紧接着解释有关父亲逝世的前夕对我表示的不满情绪,她感到很遗憾。她用了"逝世"这个词,我讨厌这个词。我要表达的是:"逝世是一个连我和死亡都痛恨的词。"我听着医生道歉的说辞,不过由于她的声音来自远方,听起来很像亡者的靡靡之音。

父亲去世的压力在逼杀她,使她不堪重负,亡父仿佛是个杀人犯。

我已经跟那位肿瘤学家道别了。现在那位医生应该仍然健在,可能还在国内的某所省立医院执业,与数十名亡者紧紧系在一起,而他们将永远与她同在。

2005 年的圣诞节期间,我不知道我们原本要买什么礼物。电视广告和肿瘤科医生跟我说了一个无声无息的消息——父亲去世了。原本想购买橡子火腿的母亲霎时理智全无,什么都不懂,不知道发生了什么事情。她想如同往常一样去为圣诞节购物。她的内心深处似乎认为一切如昔。我不懂为什么当时母亲会顿时放弃了四个让她开心的东西,四个她总是在圣诞节采购的东西。

在西班牙,越穷困的人,越喜欢圣诞节。

74

"但是如果我父亲去世了，我们要做的是哀悼，可是你怎么认为我们要去买橡子火腿呢？"

"你父亲喜欢吃橡子火腿。"母亲回答道。那是真的。他很喜欢这种火腿，每当我吃橡子火腿时，我都会记起他有多喜欢它。

"可怜的人，他没法再吃了。"母亲说道。

之后，母亲会多次这样称呼死去的父亲："男人"或"可怜的男人"。我看到他沦为人类学的精髓：男人。不再是她的丈夫，而是"男人"。她从没说过"我的丈夫"。我迷惑不已。

一切都如此微不足道，如此难以解释：那个女人向我道歉，父亲逃离世界，医院走廊挂满廉价的圣诞节装饰品，咖啡机，看护把老人的病床从这边移动到另外一边，那些老人们害怕的面孔，深深的悲伤，缓慢的恐惧，无助和意志丧失的面孔。也许最好不要进入到那种状态。老人的脸表现出向年轻人求饶的样子。当时我正在喝咖啡：医院咖啡机的咖啡要价五十分。我喜欢将便宜的塑料杯扔进一个巨型的垃圾桶。我喜欢用垃圾污染世界，这是属于穷人的奢华生活。穷人的所作所为：乱扔垃圾。

我们的身体是垃圾。

父亲的结局充满了幻影和真相。

75

　　有人在凌晨三点打电话给我。是死因裁判官的来电，他说我还没有说明关于父亲的心脏起搏器的事，好像我一定得解释这样的事情。他称呼我为混蛋，如同死者的录音机。我以前不知道有死者登记员的存在，我以为只有财产登记员而已。

　　他烦躁地说，如果使用心脏起搏器，就不可以火化。

　　那么，我必须在一张纸上签字，授权将起搏器从父亲的体内取出。简而言之，他们必须进行尸检，我需要额外负担三百欧元。

　　在资本主义社会中，当他们在任何业务中告诉你"额外"这两个字的时候，就会出现一个问题，那就是账单增加了。死者的生意令人尴尬，但是为死者服务的劳动需求，就意味着付费的需求。价钱就是问题所在。资本主义将任何事件都变成巨额的资金，变成价钱。诗歌的存在与万物转化为价格是相同的概念，因为诗歌如同资本主义，它们都带有精确的特质。两者一模一样。

　　隔天，我签署了授权书，要求他们把起搏器留给我。可是，没有人听到我的诉求，因为他们以为我仍然沉浸在痛苦之中。我希望保留某些原本在父亲体内的物件。我幻想有人会清洗、洁净或消毒起搏器，然后将其放入其他病人的体内。或者，起搏器不会被洗净且按原貌放进某个人的体内，相反，这个塑料会和父亲的有机遗体黏在一块。当然，起搏器可以继续为其他不幸者计数，而该名受惠者将带着内置电池过完幸福而满足的余生。

在世界的黑夜中，电池从一个身体换到另外一个身体。

然后，在任意一处，我都可以感觉到父亲的存在，好像那台起搏器的电力重新激活了失踪的血液。我现在就感觉到父亲变成了电力、云朵、鸟儿、歌声、橙子、橘子、西瓜、树木、公路、土地和水。

每当我想见自己时，我都会看到他。

他洪亮的笑声落在世界上。

他渴望将世界变成烟雾和灰烬。灵魂就是这样：它是我们前世的力量和形式，在那里被加冕、被提炼。

我的父亲就像一座高塔，里面尸体堆叠。好多次我照镜子的时候，都可以感觉到他在我身后。

"这就是你！"父亲说道，旋即哑然失声。

他只开口说了四个字。

现在你是"男人"，更确切地说是"可怜的男人"。

这就是你。

他的死亡延续到我的身上。我的死亡也是预期的。父亲的离世呼唤我的死亡。不过，当轮到我的时候，我不能够亲眼见证。当我看到父亲的痛苦时，我感到恐惧。那种痛苦把我吸了进去。彻底的苦痛。在医院里痛苦濒死的是我的父亲吗？

他的身体支离破碎。

他看起来像另一个男人。

他看起来像一个英雄，他看起来像一个传奇。

他看起来像个神。

76

爸爸，我已经尽力了。我知道你一直在我左右，观看我这个如巨大废墟的住所，观察我在拉尼亚斯大道的公寓：

堆积如山的文件，桌上铺天盖地的灰尘，衣服上奇怪的气味，肮脏不堪的地板，乱糟糟的流理台，不曾整理好的床铺。还有另一张儿子们的床，不过他们不曾在那里就寝（我也不曾睡过），上面满是乱七八糟的衣服和纸张。凌乱的衣服，刺鼻的气味，衣服的灰尘，即使衣服洗净，也依旧是肮脏的。我也找不到任何纸张，我还记得你的绝望，将额头往墙上一撞，指责母亲向你扔东西和发票。这就是我的记忆想停驻的地方。如果我找不到纸张，全是由于我不知道该怎么整理，你也有这个毛病吧。其实，根本没有人扔了你的任何东西。你以前总把东西堆积得层层叠叠，导致无法发送邮件和处理公务。我们永远不会知道。

永远不会。

77

离婚后，我拥有了那间房子后方的储藏室和它里面的壁橱，现在我的衣服闻起来有刺鼻的霉味。你无法体会刚洗过的衣服闻起来有霉味是多么令人不快。这是壁橱，被扔进储藏室十二年了。

你知道在那里整天闻到壁橱发酵后的味道是怎样的感受吗？在没有工作的情况下，没有钱买新的壁橱，与破旧的壁橱相处二十三年之后，生活中充满尖叫声，还有"闭嘴"的叫骂。

二十三年的时光，青少年学会了接受自己没有壁橱这件事。我甚至没有一个悲惨的壁橱可以好好安置我的衣服，所以它们闻起来只能是像现在这样。

父亲曾对我说："之前就告诉你不要结婚，再等一下，因为你还年轻。你还缺很多东西才能好好生活。可是，你那时候不把我的话当一回事。"

此时此刻，我告诉父亲，我懂得了你当时的苦口婆心。

我面对的是贫穷。

闻起来纯净绝非易事。

历史上不曾如此。

如果闻起来很干净，那是因为别人很肮脏，你千万别忘记这点。

78

犹豫多时后，我在大型超市买了一张办公椅，勃拉姆斯把它组装起来了。

我无法组装任何东西，因为说明书对我而言是无字天书。要我组装东西的话，我会暴跳如雷，不知所措，最后会把所有东西扔到窗外。

我试图与伟大的维瓦尔第对话。我和他聊过未来，跟他说他将会做许多决定。他拥抱未来，而我没有。

我想起了自己曾拥有未来的时候，我也曾经有过。

这是生命中最珍贵的感觉，一切都还没开始，正是帷幕尚未升起的那一刻。我知道有些人我再也见不到，他们曾是生命中关键的人物。没有机会再见的原因不是他们死了，而是生命自有其社会和文化法则。我不知道，事实上，可以说是政治法则，返祖现象的法则，这有助于建立我们所谓的文明。

人类即是如此运作：有些人，即使他们还活着，我们却不会再和他们交流。这样，这些人达到与死者同等的状态。还有更大的痛苦：你知道自己在想念一个活着的人，可是又好像他已经离世了。瑞美阿姨和我就是活生生的例子。我以前从来不去探望她。如果我不去看她的话，我会感到内疚。可是，如果我去的话，也会有同样的感觉。相较之下，不去探望她还让人感到舒坦一些。阿姨去世的时候，我正准备和一个女伴去马德里冒险。我应该要去参加葬礼的，因为我其实有时间。应该可以搭火车去送她一程的。不过，那个女人是我心仪的对象，当时我与她在约会。决定性的那晚，我化作脱缰野马。心理上我已向阿姨坦白，没有去葬礼是情欲所致，而她应该要尊重我的情感权。我想她明白这个道理，她没有在夜里出现在我面前，也没有责备我的缺席。她确实理解我当时的处境。我想，她明白我身陷于一个窟窿，需要时间脱身，真的需要时间。

时至今日，我还是冀望当时有去葬礼。

人类在进化；今天可能轻如鸿毛的事情，在昨天却重于泰山。我没有去葬礼，因为当时我正和一个女人搞上，用心取悦她，期待与她的一夜温存。可是同时，我也挂念着阿姨的葬礼。然而，既然那晚我选择了和女伴约会，在葬礼上缺席也就毫无意义可言了。这些想法以现实主义，无可辩驳的逻辑，完美无缺的推理在我的脑袋中浮现。现在我懂了，当时我错了，缺乏仁慈之心。那时候我没想到。

是的，我那时候疯狂至极，尽管从所有方面来看，我或许并不那么疯狂。接着，我不停酗酒。大量饮酒，我花了大把时间漫步在天堂闪耀的沙丘上。对于酗酒者来说，性爱只是装饰，一种酒精的装饰，可能是最合适的装饰，但仅仅是装饰。旅行，注视大海，大笑，吃饭，进入裸女的身体是相辅相成的。主题是酒精，完美的尺寸，举杯的荣耀之手。

之前的所作所为对当下毫无补益。

当时，我和女伴在一起的时候，脑中只有阿姨的遗体。恐惧万分。我只能尽量掩饰自己内疚的情绪，几近脑溢血。如果那个女人认识瑞美阿姨的话，我的罪恶感就不会那么沉重了。内疚感是外来的玩意，我的女伴不认识我的家人，这才是问题所在。这种遗憾频繁地出现在我的生活中。我需要母亲同意所有的事情。随即，我把这个责任移转到前妻身上。致电给母亲或前妻，征得她们的同意是最后一根稻草。获得应允后，我才能心安理得。

我一直到处找寻母亲的身影。童年的阴影还没有脱离我：恐惧。谁的身影呢？我称生命普遍的谜题为母亲。母亲亦活亦亡。我唤她为上帝，而我是原始的灵魂。如果母亲不在，世界就充满敌意。这就是为什么我以前会酗酒、犯错和滥交。即使在今天，我也不知道自己在追求什么，所以需要心理治疗师来了解我的需求。

事实是，我没有参加阿姨的葬礼，又一次缺席了家人的葬礼。逃离不见。一个在你童年中重要的人物，成年的你却缺席了她的葬礼。这样的话，儿时的你一定会撕扯你的脑血管，蓬头垢面地站在你的跟前，要你给一个解释才行。童年的你会告诉成年的你，他无法入睡，他无法结束人类经验中该死的循环。

希望大家都安好。

79

我开始找公寓时，已经在办理离婚手续了，不过我还没有找到合适的住所。我遇到几个名副其实的骗子，他们贩售违反建筑工法的公寓，居住环境完全令人无法接受。当时我实在很着急于找住的地方。因为那时候，我正住在酒店里，在那里喝酒度日，什么也不了解。

这个酒店环境还不错，房价为每晚三十五欧元。中介在萨拉戈萨老城给我找了一个带露台的房间。随即，我带上一瓶杜松子酒（Geneva）和几罐啤酒到房里。空瓶一落地，我拨了电话给大家，男男女女的朋友。第二天，我什么都不记得了。羞愧得无地自容。我已经失去所有。母亲早已经不在了。她以前热爱讲电话的时间点，和我现在想接电话的欲望没有重叠性。她想的时候，我不想。我想的时候，她已经远离。她没有看到我现在渴望打电话的样子，滔滔不绝地讲电话的样子。这真是太恼人了。

有趣的是：我和母亲之间存在巨大的分歧，而始作俑者就是电话。现在我们有很多时间可以畅谈。我们的不和与通电话的愿望有关，我说这些没有任何讽刺意味。

当她想讲话时，我不在场。当我想讲话时，换她不在了。

酒店附近有廉价酒吧区和红灯区，所以我常常凌晨一点左右在街上闲逛，沿着圣巴勃罗（San Pablo）街、普雷迪卡多雷斯（Predicadores）街及卡斯塔阿尔瓦雷斯（Casta Álvarez）街绕几圈之后，溜达进一家外国人经营的赌场。那里都是女孩们和夜猫子。不过，我只是想喝几杯啤酒罢了。赌场里的每一个人都形单影只，洋溢着不真实的感觉。某个晚上，我遇到了前轻量级拳击世界冠军佩里科·费尔南德斯（Perico Fernández）。他夜夜流连在酒吧之间，穿过狭窄、黑暗而肮脏的街头巷尾。此时，萨拉戈萨已成为过去的城市，如同木乃伊一样化作干尸。我和佩里科寒暄了片刻，我还给他买了啤酒。如同往常一样，我一杯酒接着一杯。看到他拥有如此精瘦的身躯，可是他的大脑却被阿尔茨海默病所侵袭，强烈的悲伤和怜悯之情油然而生。这是另一个被遗弃的男人，无亲无故，万念俱灰，在众多酒吧之间游荡，伴其左右的是固化的静默。他身处于脏兮兮的酒吧，啤酒装在旧杯子里面。我们俩拍了张照片，现在我还留着那张照片呢。照片中的我们看起来像两个天使。佩里科孤苦伶仃，尽管他曾有三个妻子和五个孩子。那天晚上他的妻儿们身在何方呢？可想而知，他们已经放弃了他，尽管他被摧毁的脸上仍然挂着微笑，一抹甜美、宁静而柔和的笑意。他在孤儿院长大。他有一句名言："如果我的母亲不爱我，她为什么生下我？"他从不认识他的母亲。他于1962年从一个无名氏的子宫，呱呱坠地。这是天大的谜题。

又一个晚上，我在另一个破旧的酒吧里遇见他。那里有烤肉串和薯条，吧台上满是食物残渣。当晚我精力充沛，从他的目光里读出属于他的生命历程。一个无助的人，孤零零的，一名幼儿，迷途的羔羊。他告诉我，他曾是世界冠军，而我跟他说我也是酩酊大赛的冠军。他笑了，这个比喻让他会心一笑。

一个灿烂的笑容，来自他的良善之心。这种善良出自一个跌入俗世且凡事尽心的普通人。人们的善良。佩里科是农村之子，带着阿拉贡语的乡音。银丝般的口音显示出千年的智慧，如此纯粹，极富幽默感。真正的阿拉贡农村之子，独一无二。他的生平事迹是一出喜剧。我记得他在 1974 年夺得世界冠军，印象中父亲曾经说过此事。佩里科是国王。整个西班牙都有他的爱人。1970 年代，他的崇拜者无处不在。与此同时，我有一个宠爱我的父亲，我们两个当时都登上了胜利的高峰。

然而，在 2014 年，我和佩里科相遇，两个曾经的世界冠军。他拯救了我，尽管那几个晚上我没有意识到。不过，他没有被救赎，完全没有。不久，他死了。我后来在报纸上读到这个消息。

我想，无论一个人是否有家庭，最终都逃不过死亡一途。

佩里科应该明白这个道理。

80

目之所及是几间肮脏的公寓。但是，我发现某一间公寓坐落的大街名称让我眼前一亮。父亲的母姓是阿尔尼亚斯（Arnillas），而这间公寓位于临近埃布罗（Ebro）的拉尼亚斯（Ranillas）大道。

我那时候有个念头，父亲是在给我传达信息。信息里，我如同耶稣一样，其父也会传达信号给他。我不知道耶稣的一生中有什么特别之处，因为他自然而然地与自己的父亲聊天。一般而言，所有父母都乐意与子女交谈。也许拿撒勒人耶稣的父亲看起来更加有趣，更具破坏性，更具诗意，或者是文学的缘故，耶稣知道如何使其更具吸引力。

因此，我选择了名字听起来像我父亲母姓的公寓。在那里，故障频频在夜晚发生。窗户上的螺丝从百叶窗的板条上掉下来，绝缘层掉漆（我知道它有一个特定的名称，我必须在字典中查找，因为所有内容都有名称，但有时我们不了解）。没有人在这里碰见过什么好事。它让我想起了我的生活。

我在等维瓦尔第的到来。他和朋友们出去溜达了一会儿。

81

八月的天气酷热难耐，为此，父亲饱受折磨。临终前的几年，他买了移动式空调。这不算是什么伟大的发明，但是它确实能让一个房间内的温度下降——或许降温面积不到一个房间，但至少有半个房间的大小。机器运转时隆隆作响。你还要把一个管子从窗户拉出去。于是，有人打电话请技工，要求他在客户的窗户上钻一个洞。我从来没有问过是谁在玻璃上打了一个完美的孔，空调管就是通过这个孔延伸出去的。玻璃是房子原本就有的，是 1959 年的玻璃。

母亲去世时，肯定有人把这台老旧的空调带走了。当时，弟弟要人把房子清空，我记得那时家里还有冰箱和洗衣机呢。

洗碗机我就没有印象了，因为母亲从来不用。我拿了挂在家门口的一块牌子，上面刻着父亲的名字。在名牌上刻名字是人们在战后才形成的习惯，一直延续到 1960 年代末期和 1970 年代初期。这个习惯源于自由主义者、医生和律师，现在蔓延至更多一般的职业人士。或许这是对悄然而至的民主敲下的一声警钟，也或者只是简单的伪装。把牌子拆卸下来一点也不费劲，我之前还以为这会是个很吃力的活。这暗示什么呢？很奇怪，拆卸牌子的过程顺畅无比，牌子完整无缺。我直接用手将它拔除，而以前每一件出自我手里的东西都会尸骨不全。

那块名牌应该有将近五十年的历史了。

现在，我把牌子挂在拉尼亚斯大道的公寓门上。如此，它可以伴我撑过余生的岁月。父亲和我同名。或许厄瓜多尔籍的门卫会以为这是新的牌子，因为他才刚上岗，他也是新的。门卫的思维使我害怕，几乎将人淹没。

82

父亲的名牌带有太平间的触感，黑色底色，材质是 1960 年代革命性的耐腐蚀玻璃。这块牌子很耐用。它不曾代表任何荣华富贵，只是像黑鲸一样被困在门扇间。按理说，门牌通常用来将你的成功和财富昭告天下，表示住在这扇门后的家庭所获得的荣耀和名声。父亲的牌子，现在到了我的手上，没有显示任何信息。它仅仅是木门上的书法练习，因此我觉得讶异，父亲的生命让我困惑不已。

我回家时盯着门牌看，心中涌现的是恐惧和悲伤，还有无限的怀旧和良善之感。世界上还有什么比这个让人更孤独。在我看来，这块牌子历经了一场时光之旅，一段荷马式的旅程。我们无法预测人或物最终会经历哪些事情。父亲从来没有想到自己的名牌最终会落入何处（我也不知道是谁将它制造出来的），最后竟然到了自己儿子手上。而这个儿子已离婚，住在一间公寓里，那间公寓坐落在名称和自己的母姓相似的街道。那个牌子在现在这个地方不具有任何意义，而此缺席即是一个奇迹。

周围处处是廉价的奇迹。它们便宜，但具有超自然的力量。好像超自然的人选择谦卑来表现自己。好像超自然和谦卑一样。

没有不可思议的贵族和尊荣会员，只有来自 1960 年代西班牙中下阶层的奇人轶事。这些人和事都极度美丽，是我灵魂的镜像。

83

圣诞节的脚步近了。在我的童年时代，父亲爱极了圣诞节。他习惯买圣诞树、牛轧糖和很多彩票。

他会买真正的树，巴尔巴斯特罗市场广场（Plaza del Mercado）总有伐木工人贩售各种大小的树木。他买了一棵高度直达天花板的枞树。他绝对是圣诞节的忠实粉丝。

12月22日上午，他检查了自己所持的彩票是否得奖。当天十点开始，他打开电视，伴随着圣伊尔德丰索（San Ildesonso）孩子们的天籁，用时尚和斜体的字迹写下中奖号码。

他从来不曾中奖。不过，我很高兴看到他在笔记本上写下这些数字，如此精心绘制的数字。他雕刻了一个布满繁杂装饰的数字"5"，"5"的顶线如同向天空倾斜的帽子。数字"4"和"7"则带有巴洛克的风格。我喜欢看到父亲如此全神贯注，如此满心欢喜。然后他会吹口哨，因为到处都是令人垂涎的美食。我认为他很高兴。他感到幸运、快乐且满怀希望。

父亲的字迹很重要。世界上已没有其他重要的字迹了。我的签名几乎和他的一模一样。甚至我的签名都是他的。我数次看到他签名的样子，他用高大、密密麻麻的字母签名，并用圆形的笔触绣了他的名字，全然是天使身份的描绘。

如果他并非家财万贯，他为什么要这样签名？

他的签名看起来像是出自某个西班牙伟人之手，像是公爵或侯爵的签名。

这是哥特式或巴洛克式的签名。我的字迹和他的很相似，但是不那么浮华，相对比较简单朴素。

父亲的签名让我迷恋不已。沉浸在他的名字之中。他就是奇迹，洋溢着富丽堂皇的气息、头戴王冠且骄傲。父亲的傲气是宇宙性的。

84

　　我也是圣诞节的粉丝，这是从父亲那里继承而来的喜好。那么，为什么那天晚上他如此生气，大发雷霆地摔坏盘子？他为什么要砸盘子呢？攻击性十足的愤怒。那晚似乎是他先撕破我们的脸，只是牺牲品换作是餐盘而已。貌似他厌倦了有家庭，而他倾向恢复为那个二十七岁的俏俊小生。穿着双排扣西服，生活自由自在，没有任何责任。照片里，那个年轻人站在历史悠久的大理石酒吧柜台边，若有所思地看着自己的双手。

　　在我五六岁的时候，父亲买了一个耶稣降生的马槽摆饰。我不知道他花了多少钱。他是在巴尔巴斯特罗的文具店买的。当时那家店的老板现已经不在了，所以我是这笔交易的唯一见证者。他对马槽摆饰显得洋洋自得。他花了不少钱。大约是1966 年，我还记得，父亲钟爱摆饰里各个小人物玩偶。它们有巴利亚多利德巴洛克风格。玩偶的体积还不算小。它们约莫有一个手掌的大小，甚至还更大呢。我个人偏爱公牛和驴子的玩偶。

　　玩偶坏了。

　　母亲把它们放在壁橱里，勉强地保存起来。不过，她竟然把玩偶摔坏了。我想，这是因为她无法再容忍玩偶了。驴子是第一个受害者，它的头断成了两截。东西从母亲手中掉落，她不会用单手拿东西，通通都落地而破裂了。她的手腕无力。父亲用胶水把驴子的断头粘上去，可是它已经伤痕累累了。接着，他粘好公牛。再来是圣何塞（San José），它的手已经断了一截。每年圣诞节，马槽的情况日渐破败。小侍童都已经掉下来了。骆驼也逃不过这个惨况。只有圣母和耶稣还能站得住。不过，只有两个幸存者的马槽还有什么意义，几乎就像是撒旦的异端。四肢不全的教友会。

最终，我们把马槽扔了，而父亲无法再添购另一个。因为幻想破灭了，时运不济，还有他们正在拉拔我们兄弟俩长大。母亲应该要妥善放置那个马槽的。问题是她不了解那些小玩偶的意义。那是最令母亲眼花缭乱和恼火的东西。她保留下来的一切似乎都微不足道，好像都容易被扔掉。不管是什么，保留那个马槽摆饰很恰当。她不知道耶稣是谁，或者三王在那里做什么。所有这些对她来说都毫无意义。她天生是不多见的无神论者，纯粹是先天的。她谋杀了那个马槽，还有无数的物品。她丢了我全部的漫画。一本也不留。

一场毁灭性的飓风如是也。

85

当我满十二岁的时候，他们送了我一台电唱机。那是台手提箱电唱机。从这台机器里，我听到了第一张唱片，也是从那里，我猜测音乐可以疗愈人心。我感觉到音乐具有不治而愈的超能力。这就是为什么我给儿子取名为维瓦尔第和勃拉姆斯。愿所有名字成为音乐家的名字。天啊，我意识到一件事：我还没有给我父母亲起个音乐史上响亮的名字。或许，父亲应该叫格里高利安（Gregoriano），而母亲则叫厄特佩（Euterpe）。我应该为每个我爱的人找到一个著名作曲家的名字，并用音乐满足我的人生故事。

我看到了他们如何购买电唱机。我曾要求把这个机器当作自己的圣诞节礼物。我看到他们进入商店，因为我凑巧从那里经过，那条街正是电器商店的所在之处。估计是 1974 年。对他们步入店家的印象可能是我的记忆极限。父亲身穿雨衣。他们为什么要进入那家商店呢？我雀跃不已。我知道为什么他们要去那家商店：他们要买我的礼物。那他为什么穿着雨衣去买电唱机呢？是因为我以前曾经跟他要过一台作为圣诞礼物，还是作为成绩优异的奖励呢？我不知道。我只看到一个画面：他们步入商店。但是，现在我有点怀疑父亲身着雨衣这件事的真实性。

86

父亲享年七十五岁。我的寿命会比父亲的长吗？我坚信我会比较短命，或者和他差不多，也活到七十五岁。但是我不这么觉得，我想我会比较早离开。

比自己父亲更长寿是不敬也不忠诚的。这是一种亵渎，更是宇宙的错误。如果你比自己的父亲长寿，你就别当人家的儿子吧。我指的是这个考虑。

父亲意识到自己正与食物为伍，他吃得太多了，不停地发胖。食物之于他已经形成了有害的关系。他乐于食，亦乐于生。因为对食量大的人来说，即使看似并非如此，他都是已经选择了死亡。他最终选择了器官破坏，包括肠道、胰腺、肝脏、胃、直肠、结肠的过度开发。每个人体重都会超标。我们已经习惯漠视体重超标十四斤的人，我们只注意那些超重四十斤、五十斤、八十斤或一百二十斤的人。几乎每个人都发胖了。即使仅多出四斤也是有害的。我们遗忘了饥饿的恩赐。

今天，天气一点都不热。对于一个简短问题的提问，这是完美的一天。看看我的父母亲有多爱我。

爱永远不会离世。

你们当初为什么这么爱我？

你们当时是真的爱我，还是这是我自己捏造的呢？

我发明了你们的爱，美丽的爱。如果它是千真万确的，那就是吧。因为要把爱从阴影中提炼出来，我必须去旅行。世界上最缓慢的旅行，也会是最精彩的一次。

87

几天前，美国著名喜剧演员罗宾·威廉姆斯（Robin Williams）自杀了，享年六十三岁。也就是说，我的父亲比他多活十二年。罗宾以皮带自缢的方式结束生命。同志，这没有必要，你可以不必自杀。父亲一无所有，可是比你多活了十二年。这段时间是永恒。罗宾，你不缺钱，可是你选择死亡。我的父亲穷困潦倒，反倒是死亡向他招手。

这不公平。

你本可以把钱留给我们，我的父亲原本可以找到最前沿的肿瘤学家来挽救他的性命。挽救你不感兴趣的性命。

说不定我的父亲现在还能与我同在。他可能已经八十四岁了。如果我的父亲获得你的财富，他已经得救了。

死亡自古至今都是不可避免的。

因为死亡总是会加诸在我们身上，无须找寻。它是一项上门服务，你不必亲身去使用完成这个过程。它们会登门拜访。方便舒适。一项为你量身打造的服务。丝毫没有讽刺意味，事实即是如此。

我们遨游世界，然后离开。我们把世界拱手让人，其他人来到，并会竭尽所能地做自己想做的事情。城市生存的时间比人类长得多，尽管它们可以重建、改造或者消失。我的外祖父也是死于自我了断，如同罗宾·威廉姆斯一样。绝望、空虚和良心不安导致自杀，这也许构成了地球上最严重的疾病。

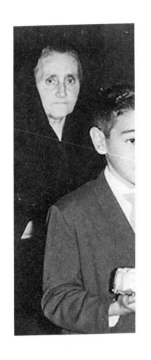

这是我的祖母。她的孩子在她身旁，手里拿着蛋糕。这张照片显示出一种巨大的痛苦，还有与恐怖联结的内部疾病。无论如何，在那个女人的眼里预示了我的母亲和我的眼神。拍摄这张照片时，祖母的丈夫已经自杀身亡，她的长子也已经死了。这就是为什么她感到恐惧：她没有丈夫，没有长子。她认为是自己的错。

那个女人看到她的儿子在重大交通事故中丧命，而这个意外致使自己的丈夫在1957年举枪自尽。日期我记不清楚了，但推估一下，交通事故应该是发生在1955或1951年。我不知道。1950年代的时候有数以万计的交通事故。我一直尽力在重建这些信息，因为没有人提过，而且他们都死了。没有办法证实信息和日期，所有人都离开了。很像有人在跟我说："你把一切都捏造出来吧，我们都走了。随你的意去梳理过去，没关系，反正我们已不在人世。"

外祖母的眼中，刻画出数个世纪来西班牙农民的身影：手显疲态，汗水淋漓，毛发稀疏。炎炎夏日，动物在你的嘴巴旁喘息。神父的弥撒，越来越多的弥撒，七亿个神父在做弥撒。在西班牙，上帝最大的敌人不是共产主义，而是天主教。

七亿个神父在做弥撒。

外祖母的丈夫死了。

曾经，她的儿子抨击过生命的意义。他认为自己和俗世背道而驰，无名无姓，而世上只存在名字、名望、威望、财富、成功、荣誉、军事和经济实力。西班牙只有两个全球化的城市：马德里和巴塞罗那。

其他城镇只是被遗弃的省份，虚无之处。

我的无名氏外祖母〔为纪念圣塞西莉亚（San Cecilia），我叫她塞西莉亚（Cecilia），以教皇格雷戈里十三世（Gregory XIII）在1594年任命的音乐赞助人为名〕，她是一个被遗忘的土地之女，索蒙塔诺的土地。现在，我有为这些土地命名的能力，都是多亏了我曾上过大学的事实，也就是感谢独裁者弗朗西斯科·佛朗哥·巴哈蒙德（Francisco Franco Bahamonde），他为塞西莉亚的孙子们打下阅读和书写能力的根基，为西班牙中产阶级奠定了基础。由于中产阶级的无知和单纯，他们一向被视为导致西班牙政治现代化发展迟滞数十年的一群分子。

我会书写是因为神父教我写字。

七亿个神父。

这是对西班牙穷人生活的极大讽刺：我对神父的欠款多于对西班牙社会主义工人党的欠款。西班牙的讽刺永远是一件艺术品。

88

　　塞西莉亚被诊断罹患癌症了。母亲回避外祖母，因为她以为癌症具有传染性。也因为如此，外祖母对我来说完全是个陌生人。除了这张照片以外，我不记得有关她的其他事情。"别碰她。"妈妈对我耳提面命。要是你对一个孩子这么说，他一定会以为自己的祖母是一具有传染性的肉体，一个遭受痛苦的啮齿动物，一个深渊中满布黑岩的悬崖。不过，母亲并没有恶意，她只是绝望。这也是长久以来母亲和我心底的挂碍。母亲希望我远离癌症，因为我是她在这个世界上的最爱。不管大大小小的事情落到我的头上，她都会忐忑不安。这是史前的爱，哀悼，幽闭恐惧症，令人着迷和愤怒。

　　母亲、瑞美阿姨和父亲时常一起讨论塞西莉亚不可避免的死亡。我三不五时会听到他们的对话内容，他们做准备，并且研究这个情况。这些都营造了一种氛围：我带着特殊使命而活着，因为我是万物之王，而正是这种快乐弥补了塞西莉亚即将消失的感伤。我代表希望和未来，塞西莉亚则是告别。我们互为补偿，关系紧密。那么，我的未来使得她的离开别具意义，反之亦然。

　　之后四十五年之间，那些背着塞西莉亚的对话唤醒了我的回忆，在我的脑海中不停盘旋。回忆是有限度的流动。我看到了新事物，出现在眼前的却总是历历往事。陈旧也成了崭新。

病入膏肓的塞西莉亚喝了一杯水。那是从瑞美阿姨的老房子里接的水，它从镀金金属水龙头外露的铜管中流出。

89

我试着思考塞西莉亚生命里的幸福时光。或许是她的孩子出生的那一天。她当时的声音听起来如何呢？声音没有被录制下来。年轻的外祖母长什么样子？在火车站、汽车站或机场航站楼，你可能会遇到祖父母，可是没有认出他们。他们的死亡不必验证，因为我们的死者是匿名生物，没有肖像，也没有名望。如果我们的死者从坟墓中复活，他们将是无人熟悉的陌生人。只有像猫王艾维斯·普雷斯利（Elvis Presley）、阿道夫·希特勒（Adolf Hitler）、玛丽莲·梦露（Marilyn Monroe）、切·格瓦拉（Che Guevara）这样的鼎鼎有名的死者才能死而复生。

如果祖父母复活，我也无法认出他们。因为他们还在世的时候，我从未见过他们。再者，我没有他们悲怜的照片，也没有人告诉我任何有关他们的信息。我在芸芸亡者中寻找他们，手上沾满灰烬和粪便——普世工人阶级的象征和纹章。我遗忘了。

没有亲属关系。

没有家庭。

那里什么也没有。称呼"我的祖父母"的空虚感。我不知道他们是谁。他们过着什么样的生活，他们身材高还是瘦，棕发还是金发，一无所知。甚至我也不知道他们的名字。我不清楚祖父是谁。对外祖父更没有概念。要不是他的忌日，我永远不会知道有这个人，因为我也无法向任何人问起。

如果我不曾拥有世界的第一个夜晚，我在当下这个夜里会做什么呢？

90

"别碰她，别碰她。"母亲总是这么告诉我。塞西莉亚的黑色衣物下暗藏着癌细胞。我把癌症想象成躲在她黑衣黑裤下的某个白色物体，想象成吞噬了人们臂膀的小白鼠。以前我们从未聊过外祖母的病况。她已不在，或许直到我自己也两眼一闭，她朝圣净化的旅程才算终结。那么，我也可以开始考虑自己的死亡了。

我的生命还能有多长？

人们思考这个问题，因为这无法思考，思绪里没有内容，空空如也。特别是，没有世俗的礼节可遵循。

然而，期待值是存在的：五年、三天、六个月、三十年、三个小时。

有一个数字，等着落实。

有一个数字，即将实现。我们每一个人都承载某个数字。似乎是上帝的血腥讽刺。数字的品位。父亲活了七十五年。数字象征着生活。当你询问最近往生者的年岁时，你就已经开始算数了。

二十岁以下的夭折根本不算死亡，因为他们根本称不上有人生。

五十岁以下的死亡让人悲痛欲绝。

父亲选择一个谜一样的数字：75。

这称不上一个多大的数字，但也并非微不足道。它有如一道边界，一个好看而深奥的数字。一个交界点。恰恰在衰老之前两脚一伸，不过也不算太早逝。

父亲去世的那晚，我不断思考那个数字，试图解读他是否想通过那个数字与我交流。

我所有的网络密码都包含 75。

完美的数字。他本来可以活得更完美，甚至多活十五岁。

但是他可能在六十五岁、六十八岁或七十三岁时死亡。

他选择了一个深不可测的数字，讯息充溢，爆满的信息量，符号交响曲。

91

塞西莉亚和我并肩走在街上。她完全被面纱遮盖。我们走向教堂，然后进入教堂。那里烛光荧荧。塞西莉亚告诉我："我是你的祖母。"我想记住她对我说的那句话，但她并没有再说什么。她没有吐出任何一个音节。自白是我当下的梦想。我看着她，我只看到铁丝网，她尚存的孩子们不愿谈论死者的监狱、墙壁和棺材。

她的孩子们在外祖母下葬那天（也就是她的葬礼）共聚一堂，当时是 1967 年或 1968 年吧。我不知道是 1969 年、1970 年还是 1966 年。我只能猜测，因为没有人告诉我日期，直至多年后也没有人说出她的忌日。他们聚在一起讨论遗产的分配。我想塞西莉亚在被安葬的那一天会希望看到自己的孩子们。我看到她的孩子们坐在长桌旁，那里人来人往，人们忙进忙出，每个人都必须大声说话。然后，葬礼之后，所有人都将塞西莉亚抛诸脑后。

母亲几乎不曾提过她。虽然我认为母亲应该会把外祖母放在心里，但我实在不知道。母亲默默地把外祖母放在内心深处。

哦，幽灵般的塞西莉亚，不是您的孩子不爱您，而是您变得会暴怒且使人为难。他们不准备理性地考虑死者。没有人准备妥当，因为他们生活在一个贫穷的西班牙，以至于无法给您任何温暖的回忆。这是一个落后国家，可是没有任何一个历史学家知道原因出在哪里。

没有历史学家对此有丝毫想法。他们称之为西班牙的谜题。

您不曾出现在任何话题中。我对您一无所知，因为父母亲对我只字不提。他们悲惨地遗忘了您。毫无疑问，您曾经活过，和他们也历经了许许多多的事情。他们偶尔谈到您的时候——当然这是极少数情况，您显得遥不可及，没有具体性，但是您的一个孩子非常爱您。

小儿子阿尔贝托（Alberto）。

他确实以无助的声音唤了您的名字。

我将称其为阿尔贝托·蒙特威尔第（Alberto Monteverdi），因为他值得这个名号。这也许是属于他的美名，一个尚未花开的山中之名，一个在被遗忘的山中的迷失之名，从未成熟，从未绽放的名字。

92

蒙特威尔第把您牢记在心。他孑然一身，没有建立自己的家庭，没有生根结果，一直渴求您的爱。

他会在和您的孩子、兄弟姐妹对话的过程中叫唤您。而他将孤零零地被遗弃，因为没有任何一个孩子持续对您的呼唤。那时，一个懵懂的七岁男孩只注意到，蒙特威尔第呼喊"妈妈"时的激情，此外，他呼喊时没有将这个词正确发音，而是发出令人忧伤不止的重读。我的耳朵记录了这个怪异的声音，一切源自原始的无助，这加大了他与您之间的距离，因为您的名字不是"妈妈"，如同我的母亲也不叫妈妈一样。

蒙特威尔第一直在缺席者中寻找您的身影，他是兄弟姐妹中唯一一个这样做的。

其他的兄弟姐妹已经为人父母，他们让您与其他逝者共处。

但是蒙特威尔第曾经说过："你们已经不记得妈妈总是告诉我们什么。"我现在看到您正在照顾您的孩子，以及最需要您的那个孩子——蒙特威尔第。

我没有见过您们的家人，我从没见过。

现在，我在死者之中看到塞西莉亚。只要知道这个家庭存在的事实，即使只是一天也足够了。只要知道我不是在虚构就足够了。家庭存在的那一天，必然是完整、高尚、团结、坚强而幸福的。

因为活人与死人之间的差异与日出和日落的快速流动有关，所以它与光及其在人头上的时光间隙有关。

蒙特威尔第知道您是唯一爱他的人。他来到您的身边，如同他是一名除您以外，无人怜爱的稚子。但是，您离开这个世界了，只留下形单影只的蒙特威尔第。我不知道您离世时的岁数，也不确定您是九十岁还是六十岁。我也不知道您丈夫自杀时的年龄。

无人听闻过的塞西莉亚，我甚至不知道您的真实姓名，所以我为您创造了这个音乐守护神的名字。没有人提过您的名字。

从生物学上来说，您是我的祖母。不过，现在您或许是我最好的幽灵。

93

除了蒙特威尔第叔叔以外，没人用您的名字称呼您。

有人比您更具有不存在感，不存在的程度远胜于您。甚至没有人提过他的名字，他几乎等同于圣灵。仿佛您是因为神力才生了七个孩子，这件事情与您的丈夫毫无关系。您，塞西莉亚，有人提到您，我也看过您。而您的丈夫是如黑洞一般的圣灵。我的母亲是圣灵和塞西莉亚的女儿。母亲的五个同胞兄弟姐妹都是父不详。

无名无姓，但是原因何在？

那个人是谁？因为他曾经存在过，活生生地踩在阳光下，就像我现在一样。

如果他生了孩子，他必须存在。

我不相信圣灵只是提供精液的人。

我的祖父是一个生死都无踪无迹的男人。如果不曾看过他在世的样子，更遑论他去世的模样。我如果没有看过逝者生前的样子，怎么可能会在现在缅怀起他？

我们丧失了记忆，因为您选择了羞耻，正是所谓的耻辱感。您为自己丈夫（同时也是孩子们的父亲）的自杀而蒙羞。您选择了彻底的遗忘，而非理解和宽容。再见了，廉价的记忆，用血液的残渣来维持记忆业已足够。免费的记忆，无须支付任何税金。国家不会要老百姓因记忆而交税，不过以后有可能会发生。

因为记忆会致命。多年后，我看到人们选择如何让受尽折磨的人缄默。除了我以外，人们不想记住所有的事情，而只想记得对自身有利的部分。或者，除了我以外，人们只愿意记得大大小小需要被记住的东西。即使听起来很冠冕堂皇，我也不会放弃这个"除了我以外"的原则。我明白，记忆树立了灾难的视角，可是，它们正是真理所在。塞西莉亚，您无法抛下灾祸。这也是文学的伟大秩序，邪恶之气和万物之风并存于世。

94

塞西莉亚唯一的一张照片流落到我手上，照片中还有一个男孩，手里拿着蛋糕。不过那个蛋糕在相片中缺了一角，因为它只在角落的地方露出一部分来。谁会品尝那个几乎看不见的蛋糕呢？蛋糕尝起来味道如何？

这个男孩就是阿尔贝托，我的蒙特威尔第。

那时生命的风暴还没有侵袭他，不过之后却无法免除于厄运。几年后，蒙特威尔第被诊断出患有肺结核，那是在1950年代末期，即1957或1958年左右。

此时此刻，我写这本书的时候，蒙特威尔第也已经撒手人寰了。

和往常一样，我并没有去参加他的葬礼。

很难描述他在生命最后几年的退化程度。他于2014年去世。我想，他出生于1940年。没有人知道，也没有人在意这个人。例如，蒙特威尔第没有沐浴的习惯，也不会简单洗漱。他是个古怪的家伙，可以步行穿越整个巴尔巴斯特罗市，全程不与人交谈。或者，您会时常看到他在酒吧、商店和广场流连。他总是浑身充满干劲，洋溢着迷幻的狂喜之情。我还小的时候，他曾经手持一把匕首紧追着我不放。多么逼真的场景，他差点杀了我。他手持匕首跟在我的身后，情绪疯狂激愤。他的性生活也是一个谜。他一直无业，生活简朴。肺结核把他从1960年代中期的就业市场淘汰了。

圣诞节是我们家族的狂欢日。各式各样的礼俗环节。

我们在地下室欢庆，蒙特威尔第脸上始终带着肉食性的笑意。从他的简单到举起一把利刃，这并非是人类转为纯真的过程，而是单纯或简单的生物趋向于变形、异常或道德痉挛的状态。蒙特威尔第个性异常而简单，内心没有丝毫良善可言。只有一片黑魆魆，简单的漆黑，单纯的阴暗。

伟大的蒙特威尔第只有乏善可陈的一生。晚年，他得到大约两百欧元的退休金安顿生活。1970年代的时候，我的父亲曾给他过时的衣物，也就是说，那些服饰曾经在巴尔巴斯特罗的两个不同的身体上穿梭。父亲是推销员，所以他需要穿西装。事实上，每个身着西装的人看起来都会有点相似，这是西装均等化的奥秘。特别在1970年代，情况更是如此。

现在，这种神秘感正在一点一滴地消失。

蒙特威尔第总是系着亮色的领带，鲜艳夺目。最引人注目的是他的一头长发。

他看上去像系着领带和戴眼镜的耶稣基督巨星。他戴的眼镜很像保罗·纽曼（Paul Newman）在电影《金钱本色》（*The Color of Money*）里面戴的那一副，仿佛从世界的尽头买到的二手眼镜。

他说话的方式急促，习惯使用大白话的口吻，希望能与对话的另一端打交道和向对方索求某些东西。从胡言乱语到温柔絮语，再从甜言蜜语直达无底深渊。

而此深渊即是蒙特威尔第的容身之处。

95

我很久没有喝酒了。

在西班牙，戒酒者获得的援助是使他更容易酗酒。我相信在这个国度没有不可饶恕的罪过。

那么，最终，没有任何西班牙人能摆脱酒精问题，所以大家期待看到一名戒酒成功的人何时再沉沦，并开始再酗酒。

看到有人再次萎靡不振是很令人愉悦的。

因为他无法从最后的沉沦中再站起来。

我们会鼓掌，说道："早知道如此。"

这是一个西班牙的谜题。历史学家、善良的人们、聪慧的作家和诚实的知识分子都在不停地追问，寻求解答。成千上万的我们想看到人们堕落。

我们都不是心存良善的人。

在外的时候，我们都伪装成好人，然而我们会偷偷相互讥刺。荒诞至极！西班牙人希望同胞都死去，自己在伊比利亚半岛独活。如此一来，他可以去马德里，那里空无一人；可以去塞维利亚，那里空无一人；可以去巴塞罗那，那里也空无一人。

我理解，因为我来自这个国家。

当其他西班牙人都已经一个个死亡了，最后一个独活的人将会感到雀跃。

96

在孩童时期，我曾幻想过我的父母不是我的亲生父母，我只是他们收养的孩子。多可悲的想法！它断开了人与人之间的关系，将你带往一种有如恒星在夜空中静止的机械化状态，从而产生了一种凝滞的意念。被收养是件变态的事情，它如同一种面对源头的犯罪结构，一座里面塞满腐败尸体的城堡。在我的童年时代，被人收养是一种污点。母亲曾告诉我巴尔巴斯特罗所有被收养儿童的信息，她揭示了一种话语中的道德隐疾："你班上的那个男孩是被收养的。"偶然的灵魂，那个孩子变成了一具无意识的肉体。而在他俊美的外表下，藏着一个秘密。

如果你是被收养的孩子，那是因为你的亲生父母在此生中连五分钟的爱都不愿意给你。不过，有其他人爱你，例如，由社会制度所衍生的父母，他们跟你没有血缘关系。这是唯一的真理。

要付出多少心力才能够再次感受到那份纯真呢？

我怜悯那些被收养的孩子们，也为他们伤透了心。我还曾经想过要收养他们。我把我的父母亲给他们。这群孩子充分地代表着无依无靠的形象。世间种种都曾在脑海中一掠而过。不过事实上他们无比幸福。

97

二十世纪六七十年代母亲总是能收到放养的鸡。一位住在附近城镇的妇女把这些活蹦乱跳的家禽带给她。在瑞美阿姨的帮助下，母亲亲手宰杀了它们。瑞美阿姨知道很多宰杀家禽的技巧和诀窍。那天，阿姨来我家的目的就是杀鸡。她拿出刀子，割断鸡的脖子。看到这个场景，我只觉得有些许恶心，但丝毫不畏惧。然后她们将鸡的尸体放在水中煮沸。我记得雾气氤氲的厨房，还有羽毛、鲜血和刀子。我记得那只被切断的鸡脖子还有那弥漫的烟雾。

血腥味和羽毛味令人作呕，烟雾缭绕的厨房则令人感到浑身不对劲。在其他时刻，我是否也曾感到恶心难受？是的，那是和父亲一起去卫生间的时候。父子一同进卫生间的禁忌是在什么时候产生的？孩子会想一直黏着父亲，甚至在父亲如厕的时候也不例外。他不会排斥。他不会厌恶。他不会感到任何身心的不适。因为厌恶是文明的禁忌。儿子对父亲排泄物的厌恶感始于自我独立之时，这意味着孩子摆脱社会禁锢的时刻。为了使孩子们能够离开，必须让他们生出对父亲气味的厌恶。我记得我看到父亲小便的时候，他的性特征使人惊奇且生畏。往事历历，过去的影响力日渐式微。

年幼时，有人曾经给我讲述一名父亲的故事。故事发生在西班牙内战时期，为了拯救儿子的性命，这名父亲牺牲了自己。他的儿子被释放，他自己则被枪杀。儿子被释放，父亲被枪杀。这就是父子关系如此重要的原因，因为它消除了人们的疑虑。父亲永远不会在选择为儿子牺牲性命时迟疑。世界上剩下的只有混乱、犹豫、困惑、自私、优柔寡断和不确定，更遑论伟大。

他在无所谓的情况下挨了一颗子弹，这已经是生命中最伟大的事迹了。

他为儿子挨了一颗子弹，这就是最大的谜题，世界上没有比这个更难解的谜题了。煦阳在这个奥秘前也黯然失色。当子弹进入身体时，他无动于衷，无视未来的殒逝，不在乎那些还没有完成的计划，把自己抛诸脑后。因为他已不再是他，而是化身为一股对儿子的满腔热情，冀望孩子活着，一直活下去。

任何自然准则都无法预测到一个人可以为另一人牺牲性命。这种自愿放弃生命的行为使得宇宙失序。

父爱和母爱都是千真万确、坚定不移的。

而其他的东西几乎都不存在。

98

印象中，库珀塔蒂瓦（Cooperativa）游泳池在 1970 年开放，从此我们不再去维罗河（Río Vero），那是一条穿过巴尔巴斯特罗的小河。

我记得在维罗河和辛卡河（Río Cinca）泡水的场景。

那个年代，人们在满布泥土、蜻蜓、石头和小树枝的河流中沐浴。河流水位很低。

1970 年代初期，公共游泳池刚开始在西班牙流行时，我的母亲心情愉悦。她整天都泡在游泳池里。游泳池有一个更衣室，这在当时是很新奇的东西。那里还有一台饮料贩售机，你可以亲眼见证机器自动引入五比塞塔硬币和提取美年达汽水（Mirinda）的过程。题外话，这种汽水现在已经退出市场了，没有人知道原因。游泳池还有一名门卫，他认真地查看每一位来游泳的人的证件。我记得那个男人的脸，他的身形让人觉得浑身不对劲。1970 年代的老人特征：秃顶、丑陋、黑色瞳孔以及病恹恹的面容。他坐在那处，后背悬空，再三确认来客与游泳证上的照片相符。他工作尽责，认真确保没有被任何一个进来的人欺骗。这个门卫不相信阳光的力量，所以他打从心底怀疑为何人们会在池子里沐浴，女人穿着比基尼，一边喝着美年达汽水，一边晒日光浴，更别提还有一首名为《夏日颂》的歌曲问世。

这些泳池在 1980 年代中期消失,而今已不复存在。如今,池子的上面建了大楼。那些曾经在泳池里沐浴的人们已凋零,而他们的孩子现在在大楼里落户安居。如果说韦斯卡是西班牙的一省,那么,这种变化就彰显了国家的繁荣发展。

父亲也为国家的繁荣发展而服务,他替 1960 年代的西班牙人定做西装。于我而言,这就是所谓的英雄主义。

可是,他从未获得任何勋章,无论是在西班牙国王和总理、阿拉贡政府主席、第四军区将军那里,还是在萨拉戈萨大主教主持的仪式上,他都未曾获得过勋章。

什么都没有,他们没有给他颁发任何荣誉。

出于某些神圣的原因,父亲不曾获得任何荣誉。

同样地,由于其他原因,不同的原因,非常迥异的原因,他们也不会授奖给我。但是,这其中也有某些神圣的因素。

我们父子俩将为此复仇——他通过自己的妻子,而我则是通过母亲。

母亲从来不知道巴尔巴斯特罗是一个名为阿拉贡的自治区里的小镇,或者阿拉贡自治区是属于西班牙的领土,抑或西班牙是南欧的一个国家。她对此一概不知。

这并非出于无知,而是因为她不受上帝的眷顾。

99

我记得父亲不喜欢国旗。母亲甚至不知道西班牙有国旗的存在，因为她不曾思考过地球上的政治生活，那不是她生活的重心。政治也没有帮助她实现过任何愿望。她像河川、山脉或树木一样简朴。我认为父亲从来没有用过"国旗"这个词。有一些西班牙语词汇是我的双亲从没有使用过的。然而，我实在无法想象生活中没有西班牙，因为从某方面来说，我爱我的祖国。事实上，我爱祖国是因为父亲，仅此而已。我喜欢所有和父亲有关的事物。如果他是葡萄牙人，我也会爱葡萄牙。可是我不认为他会有做法国人、英国人或美国人的好运气。

父亲一直都住在西班牙。除了在非洲梅利亚（Melilla）服兵役之外，他常年都在伊比利亚半岛上。几年前，我到梅利亚的时候，心里浮现一个声音："父亲二十岁的时候，他曾在这里生活。那时的小伙子不曾想过死亡，也不知道六十年后你会到这座城市来寻找他的足迹。六十年后的今天，梅利亚的空气中仍然有他的气息。你还可以看到他满脸笑容。他的孙子勃拉姆斯承袭了这个甜死人的微笑，不过祖孙两人谁也不知道这件事。你是唯一一个知道此事的人。那么，你展开笑颜，开怀地笑吧。你在父亲当时所处之处。"

100

　　有的死者在世人的同意下离开，可是有的死者却没有这么做。无论死者被归类为善人还是恶人，一旦他们死亡，所有的描述、判断或道德辨别力都将被抹去，只残留下肉体腐烂的公平正义。这个尸体腐败的过程无关乎死者生前是否道德良善。不过，如果死者拥有在世者的爱，那么濒临死亡的人将会走得更安详，更心无挂碍。

　　善恶之人的尸体腐败方式毫无分别。

　　我不知道食尸虫是否会分辨好人与坏人。它们不会分辨善恶之人的尸体，这件事真让人不寒而栗。无论是好人还是坏人的尸体，最终都会腐化成淡黄色泡沫和残脂。无法通过不同的腐败方式来区分善恶，两者最终以相同的臭气熏天、食尸虫和真菌作结。

　　或许，这就是我们火化尸体的原因。但是我对这点抱持怀疑的态度。

101

　　我和父亲手挽手，漫步走进巴尔巴斯特罗公墓。那天是11月1日，年份也许是1968年，或者是1969年，或者是1970年。父亲的脚步停在墓穴的一堵墙前，接着，他的眼神自上而下扫视这些年久失修的无名氏墓穴。

　　父亲对我说："你祖父的墓穴是里面其中一个。"我看了一下，但我只看到两个或三个无名氏的墓穴。破损、裂开、分解、破碎、遥远、无法辨识、灰色的砂岩墙。我只看到肮脏和潮湿的沙子。我看着父亲，试图用眼神向他要一个确切的答案，确认祖父的墓穴到底是哪一个。他不知道。而答案无解并没有让他彷徨不安。

　　父亲很像没有父亲。

　　情况诡谲怪诞。

　　我想他不会再聊到自己的父亲。这是一个神秘的区块，一个秘密区域。父亲当时貌似一名中央情报局特工。

　　我渴望知道祖父是在哪一年去世。在我看来，父亲向我展示埋葬祖父的墓穴，正是向我忏悔的行为，也是软弱的举动。父亲为什么不希望我了解祖父的人生？我们没有时间去揭露原因了，因为一切都不会这么草草地结束。父亲遗忘了自己的父亲。我不清楚之前发生了什么事情，可是一定有些什么。我认为记忆是资产阶级的艺术，而父亲则是个透彻的反资产阶级艺术家。那是我父亲一生中最风光的时光。他像资产阶级一样打扮，但带有颠覆性，抱持着某种形式的道德无政府心态。也因为如此，他遗忘了祖先。

也许他每天都对祖父念念不忘，只是没有跟我吐露实情罢了。他认为我最好不要知道，因为我不会理解。我从来不知道父亲是谁。他是我一生中认识的人里面最害羞、最神秘、最沉默且最优雅的男人。他到底是何许人也？因为他不告诉我他的生平，他也促使了我创作这本书。

坟墓中的尸体并非处于静止状态。他们疯狂地活动，盒子内部物质发生化学变化。棺材是工厂。一个工业仓库。那里的物质向深处狂奔，因为一切都在地下发生，并且就像在寻找地心一般，有向内推进的动力。它并非肉眼可及，但我能感受到里面所有的动静：借着恶心的虫子，尸体的欢愉进出生命的花火。即使是在肮脏的环境下应运而生的生命，也不曾令人作呕。因为马槽不过是个肮脏的猪圈而已。

棺材的世界有铸造厂、基金会、意识和本质。当我决定火化双亲尸体的时候，我也决定了自己死后被火化的命运，因为生命的最高形式就是生命的尸体。但我那时不这么认为。

我当时一无所知。

骨骼遗骸是我们这些仍然活在地球表面上的人类模具、支撑物和冠状物。

因为骨架中存有野心、宣示和煽动。可是我那时候浑然不觉。墓地中存在邻里结构，因为残骸的骨骼是彼此相邻的。而在那个结构中，仍然存在着一种希望的形式。

再次见到你们的希望，我的爸爸和妈妈。

我就是如此：希望再见到你们。

102

　　父亲也曾经体会这种意志消沉。如同现在的我。有一段时间，他入不敷出，没有收入，不过还是必须要支付交通费和食宿费。可是他的生意营收不佳，根本不值得投入。当时他只能售出少量的纺织品，就和现在我的书籍销售量岌岌可危一般，我们是同一种男人——自从父亲过世后，这种想法即在我心中蠢蠢欲动。

　　父亲以前是个体户，所以必须支付各种开销。而且他的销售所得远低于他从口袋掏出来的成本。他的"为什么要去旅行"等同于我的"为什么要写作"。

　　这些问题正是他意志消沉的原因。

　　这就是为什么他当时选择穿绿色长袍观看电视里的厨师。父亲经历的所有事情都确切地影响了我的生命。虽然我们生存在不同的环境之中，但却拥有相同的生活。这种生命的交融能够激发出隐藏或讽刺的信息。谁会发送信息呢？社会和文化的氛围发生了变化，但我们父子是一模一样的。有时候，这种程度的巧合抹杀了时间，融化了分秒，使之变得不稳定且不安全。而这两个生命重叠。我不想成为和父亲不同的人，因为我对拥有自己的身份感到恐惧。

　　我宁愿成为我的父亲。

我发现父亲与我的生命之间有高度的重叠性和巧合的能量，这让我不由自主地感到惊慌失措。但同时我也感到安全，我深信，这种重复会带来更伟大的秩序和准则。

我半生都像父亲一样写作。我的作品是诗歌和小说，而他的是西班牙裁缝的订单副本。

他是一位旅行推销员，一位贸易旅行者。我也差不多。我现在写作，而他以前写作。我们写什么内容都无所谓。我们做的事情如出一辙。他称自己的文学作品为"订单和复本"。我依稀还看到：他坐在餐桌旁拿出派克笔（公司给他的笔），然后像是幼童一样，异常谨慎地以巴洛克式的字迹写东写西。父亲向我解释了"书法家"一词的含义。他告诉我那是什么意思。而"书法家"这个词也烙印在我的记忆中。桌子摇晃不稳，他不得不抬起一条腿撑住它，以求平衡，免得影响字迹的美观。我想他从来没有合适的餐桌可供写作。

103

父亲没有教我如何爱他。小时候，他会牵着我的手，与我一同出门逛街。他也没有告诉任何人自己是否有成为父亲的意愿，也就是说，他是否真的基于自由意志而做了身为人父的打算。

父亲一边抄写订单副本，一边记下他卖给韦斯卡、莱里达和特鲁埃尔省裁缝师的货品。这些裁缝师的客户可能都已经往生了，或许他们还穿着当时定做的西装呢。裁缝师们也离世了，子女们都没有继承他们的遗业，因为根本没有所谓的事业可以继承。

他不知道如何教我爱他，要如何做到呢？

公司曾经颁发给他好几个证书，因为他是那里最好的销售员。那所萨拉戈萨最可悲的学校也曾给我颁发优秀学生的荣誉，在那里我只学会洛佩·德·维加（Lope de Vega）的四句话以及一些分析从属相对从句的技巧。好一所功绩显赫的学校！一模一样，我们父子的所作所为如出一辙。不够发达的情况持续存在，虽然它稍稍伪装了，可是它依旧存在。

其他的人依旧富裕。

可是我们是例外。

对西班牙的四千四百万人来说，便宜行事的方法从不存在。看看其他一百万人是怎么水到渠成，而你却一无所有、一事无成。

104

黄色是灵魂的视觉状态。黄色代表过去和两个家庭的没落。它是艰苦的色彩，也是贫困驱使你到达的道德空间。黄色，看不见孩子的邪恶，西班牙陷于西班牙式堕落，汽车，高速公路，回忆，我住过的城市，我住过的旅馆。黄色说明了这一切。

黄色是西班牙语中一个响亮的单词。

"贫穷"是另一个重要的词。

"贫穷"和"黄色"是两个唇齿相依的词。

我做了一个梦：我要去父母家，以后还会再去。那只是预测。父母亲年龄不详，但估计已是老态龙钟。梦境里，他们俩都还活着，但那是在将来的某个时候，也许是在 2030 年或 2050 年，那是遥远的一年。

我上次见到他们时，他们已经死了，不是同时死了，而是随着时间的推移而死了。父亲已经离开九年了，而母亲还在世。

我无数次想到这种成长，父亲独自死去，他从生命逃离的经历。母亲尚在人世的时候，他已与亡者共居和共同生活。好像他已经移民到美国一样，他正在那里积累财富或开创未来。

我清楚地知道母亲在父亲去世时做了什么，但是我不知道母亲在世时父亲所做的事情。

九年来，每个人都踏上了自己的路途。

他们没有联络。

九年，一段很长的时间。

而现在，他们不得不给出许多解释。

大多数人只有一次接触到真正的财富，且无须为这种物质财富付费的机会。那天就是自己的死期，即使这体现在亲人的死亡中。

死亡基本上是一种经济收益，因为大自然最终会放你自由，不再行动，没有工作，无须努力，没有薪水，遑论成功或失败。你不再需要做损益表，查看银行的对账单或检查电费发票。从这个意义上看，死亡象征着无政府主义的乌托邦。

我走进一间房子，它的客厅很宽敞。梦境里，我不太了解这个房子的布局和房间的格局。我看到父亲在厨房里烹调鱼汤。在现实生活以及在过去的生活中，我确实曾经亲眼看到他熟练地烹制令人垂涎三尺的鱼汤。那是法式海鲜浓汤。他的厨艺高超。他盯着我看，眼神就像在看着某个熟人。他看了几秒钟，然后又回过神去煮汤。父母亲的房子外观奇特，几百万束光线从窗外射到屋里。我怀疑父亲已经看到我了。如同我是一个影子。他似乎还活着，可是他已经不在了。我挪步靠近他，观察他尽心尽力烹制汤品的模样。他对汤的备制和烹饪的严谨态度使我迷恋不已，好像他终于成了电视节目中自己热爱的厨师团队中的一员。

我意识到父亲将会同以前一样勤快，但是他未来的劳动将不再与绝望和痛苦挂钩。这就是两者之间的区别。我感到吃惊，可是同时我也雀跃不已。

我发现了另一个房间，那是一间卧室。事实上，我期望找到父母亲的卧室，期望能看到里面有一张双人床。但是，我只看到几张单人床。这时，母亲上场了，她和其他孩子聚在一起。对我来说，这些都无关紧要。可是，我没有看清其他孩子的表情。他们是一群活在璀璨未来的兄弟姐妹。我也无法看清母亲的面容，不过她确实存在，好像她的灵魂散布在整个房间里，飘散在空气中。

尽管我清晰地看到了床铺，但我仍无法确定卧室的大小。那里住了很多人。那么，为什么会有这么多人住在父母亲的屋子里，而从前哥哥和我都没有住在这里呢？

是的，这是一场梦。不，那根本不是梦。这是一种香气，一种安慰，我们思绪清晰，好像还有另一个人活在我的大脑里。有时候，我感觉还有另一人在我身后，当我离开时，他会从我体内脱身而出。经过再三考虑，我最终给那个人起了一个名字：布景员。

这些梦境都是和自己和解的方式，如此一来，你的身体可以无牵无挂地继续苟活。布景员明白我心中满是亏欠，他认为，我的潜意识在谴责我不曾亲近自己年迈的父母，质问我为什么离开了巴尔巴斯特罗，去其他地方生活。这就是为什么布景员为我构建了一个父母健在，而我却还不存在的梦境。在那个情境中，我的不存在象征谴责，可是我喜欢自己的不在场。如此一来，在我被审判之时，对不在场的眷恋会使那些要向我兴师问罪的法官疯狂，因为于我而言，谴责将是审判的最终定案。无罪释放毫无意义，也会随风而逝。

我们只记得种种谴责。

记忆中不存有赦免。人类一向如此。

然而，罪恶感即为问题所在。因为那是边缘人生命的巨大黑洞，我们身处其中，与善恶共存。

我有些欣喜若狂。我满怀感激，因为我很快要再次见到父母亲，他们在一个没有我的未来里。我看到了一个虚幻的时间轴，一个替代的平面，我的父母在那儿建立了另一个不是我的归宿，而我也不存在于其中的家庭。

我丝毫没有感到自己被排除在外，也不会痛苦难耐。

在我看来，这一切都是难以言喻的温柔，好像我正在考虑万物的第二次机会。我的父母似乎对其他的孩子很满意，而我不在他们之中。我的缺席改善了父母的生活，这使我感到幸福。我不怕消失。

我打从心底就不担心消失。

如果我是个孽子，那瑕疵将被抹得一干二净，永远不复存在。

我是个孽子吗？

如果是的话，那也是出于无能，而不是出于自我意志。

可能是个无能的儿子。

没有人会预备成为父亲或儿子。

当然，最近我可以做得更多。我的孩子付给我相同的货币，因此我们结清了账户。空无一物。无债一身轻。我会用自己的遗忘来偿还债务。

随着梦境的消逝，我开始想起父母以前的卧室，那也是我当时的所在之处。

我再也见不到那个卧室了。我必须如数家珍地道出有关父母的所有事情，因为我再也无法亲眼看见了。

我还记得亲眼看到卧房时的狂喜。

好吧，通过一场梦，我看到父母会在未来继续生活。

我的死亡在三千年之后会是如何？死者犹存，然后幻化，最后永存。

人类的死亡在时间的光谱上一来一往。所有的死者都来去自如，如今他们所做的事情与在世时大相径庭。在死亡中仍然有疯狂的活动。

105

我当时六岁，正要走进父母的卧室。我以为那是个宇宙飞船。我像在吟诵一般，将这个想法重复一遍。那个卧室已经遥不可及了：浅色的墙壁、窗帘、床、床单、床头柜、扶手椅、灯和衣橱。遥想过去的同时，我看到了自己的回忆。

每个人都活在当下，那么过去就成为一个谜题。现在不会是谜题，但是当现在成为过去的时候，它就会被谜团覆盖。这就是我用放大镜和显微镜观察现在的原因，因为我试图察看它是如何发生的。例如，和勃拉姆斯与维瓦尔第一起用餐的星期天。那让我期待知道，在三十年后，儿子们会如何回忆这顿饭。也就是说，那些食物让我了解到奥秘所在：精神失常还有黄色胰腺。当我离开，遥不可及的时候，他们会如何回忆这些周日的菜肴？

过去是家具、走廊、房屋、地板、厨房、床、地毯和衬衫。死者穿的衬衫。下午是人类暂停一切活动——尤其是在周日——的午后。基本上，我们的视线重新聚焦于自然，我们看到空气、微风和闲散的时光。

死亡阻止了衰老的延续，尽管这似乎是愚蠢的评判。因为抱有死者可以继续庆生的幻想是无耻的，但活着的人却把死者的忌日视为不在场最血淋淋的证明。这样一来，强化了活人和死人的关系，两者的联系变得怪诞不经。没有血肉的死亡。没有死亡的生命，没有目标的生命。

在这里，我要谈的不是显贵的死者，而是终其一生默默无闻的人。

死亡给所有人的生命都赋予了意想不到的意义。任何新闻都是不受欢迎的。也不可能传播消息。死亡奖励那些失败者，因为他们从来不是报刊封面、电视新闻、照片和知名的主角。

对于在世时曾经沦为名人的死者来说，死亡用照片和过时的动画给他们一个教训。他们无法从中逃脱，反倒被囚禁其中。

他们被自己过往的生命束缚。

匿名死者不畏时光流逝的讪笑。他们不是曾被记载的照片主题。他们是风一般的无名氏。风不会自欺欺人。

永远不要留下相片。

106

我的住所位于巴塞罗那的拉尼亚斯大道十六号一单元五楼。阳光从公寓的窗户洒进来，把父母亲的灵魂一起带进来。父亲名为巴赫，母亲是瓦格纳（Wagner）。最终我用这两个音乐史上的名字来称呼他们。我已经把他们视作音乐，因为我们的死亡必须化身成音乐和美丽。

我竭尽所能，终于购买了一台洗碗机。这是一个白牌机器，也就是说，它没有品牌，但是可以正常运转。我不再亲自洗碗了。二百五十欧元的代价。

瓦格纳妈妈，你从来没有用过洗碗机。当我们走进你的房子时，耳边响起一个声音："但一直以来你的母亲都没有洗碗机，你以前怎么不买一台给她呢？"现在每个人都有洗碗机。你可能早在1990年代初期或中期就已经有一台了。我估计这是洗碗机在西班牙普及的年代。当然，在这个年代之前，洗碗机老早就存在了，可能是从七十年代末到八十年代初，尤其是在酒吧和餐馆已经普及的时代，不过要到九十年代，洗碗机才在私人住宅普及。但是在二十五年间，你花了许多时间清洗本不必要手洗的碗盘。我记得圣诞节餐会的时候，你独自洗了堆积如山的碗盘。现在我望向那些碗盘，不过为时已晚。托盘上还粘着烤碎肉卷的残渣，你必须用去壳器用力剐蹭，才能把它们去除干净。胡安·塞巴斯蒂安相当热爱卷饼。许多菜肴和食谱随着你的离开而消失不见了。餐会的欢乐也烟消云散了。我只记得，我当时没有帮你洗碗，也没有替你将碗盘擦干。那时候我什么忙也没有帮上。

我们习惯一直在原地坐着不动，好像我们是王公贵族一样。现在我知道那代表什么了。

自从开始独自生活以来，我知道拥有一个一尘不染的厨房意味着什么：一项劳力活和一件艺术品。这个活永远没有终点，因为厨房永远不可能纤尘不染。

你可以耗尽一生来维持厨房的整洁，因为许多女性都是这么干的。她们住在厨房里，这就是为什么我看着拉尼亚斯大道的公寓内的厨房，并用它与我的瓦格纳母亲进行交流。

如果我爱自己的厨房，就表示我爱母亲的灵魂。如果我爱抚着地球上的所有厨房，即代表我爱抚着数以百万计的妇女奴隶制。她们的名字已经被时代抹去，现在成了音符。我惊讶地聆听内心的旋律。

107

　　我到连锁迪亚天天超市（DIA）采买生活必需品。拉尼亚斯大道旁边有一间迪亚天天超市。

　　一进超市，人山人海映入眼帘。一群活在水深火热之中的人们，陷入经济危机、失业和一无所有等窘境。同志们，你们好，快来买白牌的酸奶啊！虽然这种酸奶尝起来和达能酸奶（Danone）的味道不一样，可是价格低廉实惠。我喜欢在迪亚天天超市进行采买，因为里头大大小小的东西都很便宜、简单、清楚且可食用，如同我在这个世界的足迹一般。所有产品的价格都很低廉，因为它们都快要过期了。要是你注意到购物篮里产品的有效日期，你难免会大吃一惊，因为大半商品都快要过期了。饼干要过期了，鱼肉也要过期了，这就是为什么它们会被抛售，因为它们是不折不扣的尸体。吃下过期的食品让人害怕，就如同把自己投入食品工业的大烤炉一样恐怖。卖场人员理应注意产品的有效日期，同时把过期的产品淘汰掉。人类也会过期。死亡即是过期。我想要说的是，我们已经延展所有围绕在身边的有关结束的概念。最后，我们死亡的量度或重要性与酸奶过期的程度和迫切相差无几。

　　到期日期即是葬礼日期。

　　然而，死者不会过期，活人是会的。死亡是个不再计算期限的空间。

一瓶一升的可口可乐要价一欧元。这是种象征性的资产，将液体和货币的计量结合在一起。当天十一二点在我家附近购物的不外乎是失业者、老人、家庭主妇、疯子或病人。年长的妇女手里握着钱，买了一罐橘子汁和一袋糖果。她把硬币扔在柜台上，出纳员不得不收下脏硬币，上面满是失智老女人的汗水。她裹着臭味四溢的尿布。如果那个老妇说英语，我们将面对充满钢铁般的诗歌的美国现实主义场景。但这里是西班牙，她又说西班牙语，再加上带有萨拉戈萨口音，我们没有钢铁般的诗歌、没有先验性、绝非史诗、空无一物。无论如何，我们只剩下劣等种族的异国情调。但这没关系。我倾向于向不幸靠拢，不是要弥补它，而是要使它成为我心中的一个部分，这才是最令人不安的。我牢牢记得老女人的事情，我爱她。而且我认为那个八十岁的老妪曾经是一个年轻母亲身旁的小女孩。我深刻地思考过。

我整周都独自窝在公寓里。

只在我写作的房间、厨房、卧室和浴室之间稍微走动，偶尔开电视。看看厨房、碗盘、餐具还有咖啡壶。瞧一瞧卧室里凌乱的床铺。检视一下议程。躺在沙发上。我和悲伤为伴，好像它是来自一个第三人称的心情。这让人情绪不稳定且沮丧，因为我觉得我要发疯了。

我与所有悲惨的事情为伍。我经受着一切痛苦，遭受着一切苦难，尽管我有能力与任何极度痛苦的事物同伙。我的伙伴有男人、女人、树木、街道、狗、鸟、汽车和路灯的孤寂。

108

黎明破晓前，我看着不再车水马龙的大街。每个人都在沉睡。我的生活作息不正常，我可以准时就寝，也可以彻夜不眠，或者在凌晨三点观察路况。如果可以的话，我可以在凌晨四点钟，顶着零下三度的气温，沿着埃布罗河岸散步。但我从不这样做，因为我认为有人会察觉到我的行踪。这个想法使我恐惧不已。或者，我可以在早上五点沿着河岸漫步，可是我又怕这个行径会使人抑郁。早晨六点钟，曙光乍现，我已经可以看到埃布罗的河面了。

汽车无法行驶进西班牙北部萨拉戈萨市亚克都（Actur）区的拉尼亚斯大道。

众人皆睡，唯我独醒。

我有一种出走的念头。

我买了新的拖把。

我非常喜欢拖地，尤其是地板洁净发亮的那瞬间，一种战胜污垢和灰尘的满足感油然而生。你会获得心灵纯净的感受。我以净化灵魂的态度来拖地。我期盼可以借此洁净我的内脏：取出胃，洗净；取出肠子，洗净。

没错，我想要一走了之。

我也渴望能在马德里待上几天。

我喜欢马德里,那里布满数以百万计的陌生街道、环城公路、高速公路和街区。我真的必须上床睡觉了,我已经拖延了好几个小时入眠。好多年前,我在家乡巴尔巴斯特罗有一个朋友,他总是早上五六点才合眼睡觉。

我称他作朱塞佩·威尔第(Giuseppe Verdi)。

威尔第的年纪是我的两倍大,或者有三倍之多。他整夜看电影,沉浸在难以用笔墨形容的幸福之中,沐浴在个体愉悦之中。这些都使我着迷不已。我记得那个时候——在巴尔巴斯特罗二十世纪七八十年代的漫漫冬夜——他夜夜都在阅读。接着,自从视频问世以来,他就夜夜看电影,直到天明。我真想再见他一次,我要告诉他,我一直打从心底深深地钦佩他。实际上,他是我父亲的朋友,父亲让与我的朋友,也是额外的师长。父亲的朋友最终也成了我的友人。

他心性自由,安稳地过着自己的日子。尽管他和父亲个性迥异,父亲对他仍然怀着敬慕之心。事实上,对于父亲和我会有共同的友人这件事,我感到非常惊讶。有一次,我还是孩童的时候,威尔第给我一个信封,里面装有一百五十比塞塔。之后,我年纪渐长,我和他的情谊逐渐牢固,我们才聊到这件事。除那次之外,我从来没有告诉过他,他送的那份抽象的礼物,让年幼的我内心忐忑不安,因为那是我生命中第一次收到金钱作为礼物。威尔第一直单身,他早早地结束了自己孤独的一生。他死得很凄惨,或者至少我不欣赏他死去的方式。他最终失去了生存的理由,了结转瞬即逝的单身汉人生。当身体失去青春和才能时,单身者将被遗弃。男人更是深受其害。特别是那一群没有受到家庭生活锻炼的男人，他们甚至不知道如何铺床。到头来，他们成为教育的受害者。从理论上讲，教育一直在为男人的特权生活做铺垫。

我与威尔第的友谊之所以特别，是因为它建立在父亲和威尔第的友谊基础之上，如同我们的友谊得到了保证、认可和无从否认的核实。我感到安定。

当我十六七岁的时候，我花了数百个小时与威尔第交谈。我没有同龄朋友，威尔第是我唯一的朋友。然后，随着时间的流逝，恰逢我离开萨拉戈萨的那一刻，我们关系疏远了。接着，威尔第死了。而且，和往常一样，我并没有参加他的葬礼。我没有参加过任何与我关系紧密的人的葬礼，尽管这意味着我此生都没有在意过任何人。我不排除这个解释。

威尔第已经在我的记忆中消亡了。他是一个匿名的亡者。互联网上搜不到他的照片。我用搜索引擎找了好几次，没有任何相关的结果。一点蛛丝马迹都没有。我父亲还搜得到几件作品呢。

巴赫，互联网上的两个帖子。

威尔第，零个。

威尔第的死对我打击很大，因为我不了解他的死亡。其实，我不了解任何人的死亡。他从前似乎活力充沛，对生活信心满满，以至于他的死如此虚幻不实。在我看来，他是一个叛徒。我并非在责怪他，反倒是在赞扬他。我希望我能抹杀生死之间的错位，忽略两者间毫不稳固和缺乏对等的关系。关键是：从生气勃勃到惨烈的死亡是愚蠢且罪恶的旅程。我在撕裂自己的灵魂，因为我不理解那曲折的过程，从嘈杂喧闹到一片鸦雀无声。

如果你认识威尔第，你就会明白我所言不假。实际一点地说，他的死亡最终揭示出上帝的赤手空拳。在巴尔巴斯特罗没有人记得他了。胡安·塞巴斯蒂安·巴赫有时会邀请他到我们家吃饭。

瓦格纳制作了烤碎肉卷。

饭菜里充满了和平与爱。巴尔巴斯特罗是一个光明万丈的小镇，居民安心地在那里落地生根。尤其是在二十世纪六七十年代，那里的男男女女都异常闪耀。

我和威尔第曾经花费数百个小时谈天说地，一起看电影。那时候没有人会想到，我会在未来把我们之间的种种如实写出。

如果这个念头曾经突现，我们可能已经举枪自尽或者推翻政府了，而且还不止一个政府，应该是全世界的政权。

威尔第是个伟大且幸运的男人。我们不可能再回到往昔相聚的时光，那都是我的问题。1970年代，生活节奏缓慢，我当时可以拜访他。夏天仿佛是永恒，午后时光漫漫，河水也尚未遭受污染。

巴尔巴斯特罗的六月天如同点亮人类生命的上帝。

天堂如是也。我的天堂。我的双亲即是我的乐园。我好爱他们！我们曾经那么幸福，可是我们是怎么从天堂坠落的？在一起的时光多么美好，现在全部都消失殆尽了。貌似不可能重来。

109

　　自从我在这个城市落脚，住在拉尼亚斯大道的公寓，我已经不再与他人见面。不再和他人一起吃中餐，吃晚餐或喝咖啡。这像是一种对挚爱们的献祭仪式。谁可以算是我的挚爱呢？生命中不存在繁复，只有谎言和空虚。我的挚爱们，只是爱而已。

　　我没有兴趣和其他人相约，因为我和自己相约，自己和自己的约会。这个约会已经占据我大部分的时间。跟自己约会让我上瘾，无法自拔。

我只想看两个儿子，不过他们不会来探望我。我竟然只想看不想看我的人。照片里有一个孩子，旁边他的父亲只露出双腿。胡安·塞巴斯蒂安·巴赫和我在一起。张口笑的胡安·塞巴斯蒂安、他的钥匙链和鞋子。我记得我喜欢那件长袖运动衫，因为我从小就注重自己的外表。现在我还活在世上，可是巴赫已经走远了。照片里他步伐悠悠，有人给他拍了这张奇怪又闲适的相片。视觉暂停在他半身行走的画面，寓意深远。

成千上万的父子在千千万万的城市中鱼贯而行，如同壮大的游行一般。

云朵阻碍了你朝向彻底失忆的旅程。

110

　　我在拉尼亚斯大道的公寓是太阳能房，它赞扬了太阳的存在。我从未像今天早晨在拉尼亚斯大道上那样梦想着阳光。我对目之所及反复思索，因为它们不仅仅是阳光而已。

　　这是阳光的交流，光线像是它们交流的语言。

　　在罗马化之前，这块土地上一定存在着太阳崇拜。同样的阳光倾洒在古人和现在的我身上。

　　阳光迎面而来。

　　无穷无尽的热能。

　　它为你提供所需的能量。

　　阳光来袭，太阳决定朝向某些人奔去，并在他们面前赤裸裸展示出光的内涵。光线和阳光出自同源，而它们的子嗣是源源不绝的热能。

　　太阳的情谊。

　　我祈求太阳直射我的亡者们，然后再次照亮他们的肉体。它如实完成了。太阳是上帝。我的信仰是太阳崇拜。对太阳的崇拜就是对放眼望去的一切的崇拜。可见的是生命。如果我们活着，那是因为太阳以光线的方式隐没在我们的身体之中，而只有在光线之下的我们才算是真实的物质。

　　让人晕眩的光线进入我的卧室。那里还有一间简陋的浴室，也是我的沐浴之处。我随时备好洗发水和护发素。

我就是这么想的。随着岁月的流逝，人体通过淋浴不断吸收水的能量和所有事物的意识。淋浴所耗费的水已经一文不值，同样的身体也一无是处。

有一个专属于勃拉姆斯和维瓦尔第的小房间，但他们从不曾在那里过夜。这间小卧室很漂亮，儿子们不曾于此就寝。这里也从来没有培育出音乐天才。我走进空无一物的房间，这种虚无感看起来像个小生物或者手足。

虚无缥缈的兄弟。看不见的音乐家。光线强烈，如同自由意志。它使这个房间里的人类虚无一目了然，空洞成了儿子们双瞳落下的黑色泪珠。而他们却身处异地。

勃拉姆斯和维瓦尔第离开了我的生活，因为他们已经长大了，我很少看到他们。人类为此感到了困惑与迷惘。

一切都是未曾体验过的感受。你最终会迷恋上朴实的灯光。即使光线不再散落在亲人身上，那盏灯仍然稳稳屹立，毫不摇摆。我的拉尼亚斯大道的公寓里的灯光即是如此。

我以前从未想过自己会有观察灯光的时候。

所有人的死亡都在这光明之中。

111

我年过五旬了，姑且怀着一种难以言喻的少年情怀，收拾并打扫了公寓。接着，我清洗了灶具，并将其放进了洗碗机。洗碗机的品牌叫作OK。

这是个不错的名字：OK。

我昨天在购物中心看到这个不知名品牌的其他家用电器。它们是市场上价格最便宜的，但功能和市场上最昂贵的电器大同小异，或许这吸引了消费者。一台两百欧元的OK牌产品与一台一千二百欧元的AEG牌产品功能一模一样。我几乎每天都给自己称重。我有一个很好的磅秤，它测量得很精确。诚然，花二十欧元就能买到一个极好的磅秤。

磅秤称量在腹部、脸部、手部及血管中堆积的脂肪。

结肠癌使父亲巴赫变得瘦骨嶙峋，在我们眼中，他就像是皮包骨头。

那时候，他也因自己这副样子感到吃惊。

父亲体重七十公斤，身高一米八。在他状态最好的时候，则重达九十公斤。

而在他生前的最后几周，他的体重已经不足七十公斤。

甚至下降至六十四公斤。

之后我想再称一下他的体重，但是我没有拜托别人去做这事。我准备把磅秤带到医院去给他称重。

罹患癌症使得父亲的体重变回了他十六岁时的重量。他在时间长河中逆行。

他重返 1946 年。我一边目睹他的消瘦，一边祈求命运，让他的思想、期许和愿望回到 1946 年时的那样。

疾病的侵袭驱使人们退回原点，重返少年。

112

今天我计划驾车到马德里。

我喜欢开车旅行。走高速公路，在高速公路边的酒吧和餐馆休息。在那里，每个人都默默无闻。那里的服务员工作散漫，从他们的态度就可以得知此事。

是的，看看他们。

我通常会在公路边的餐馆停留，那里提供八欧元的每日特餐，口味勉强可以接受。一个肥胖的服务员过来接待我。我一直在思考他怎么能够忍受连续八个小时的周而复始的工作。

又一个需要磅秤的人。

在还没抵达马德里之前，你会看到四座塔。这就意味着到达西班牙首都大约还需要七十公里，但是塔楼已经可见。马德里只有四座摩天大楼。数量稀少。正如许多传统的西班牙人天真地相信的那样，城市中大量摩天大楼的主要受益者不是富人，而是工人阶级：资本主义的复杂性与宇宙的复杂性相同。

我们认为自己已经深刻了解资本主义，但事实上我们对它一无所知。资本主义建立在人类贪婪的基础之上。人的贪婪是难以言喻的。数百年来，我们一直在讲述贪婪，但从未把它搞明白。原始资本主义最终成为共产主义的一种形式。

我们怀着贪婪之心。人们想要先进城市里的大公寓，我们想要在海边有第二套房子，我们想要完整的人生。于是，资本主义轻吻了你我，无论你是左派还是右派。欲望将我们团结在一起，推动世界前进，也促使这本书的诞生。

R-2 是一条幽灵高速公路，几乎没有汽车会走这条公路。渺无人烟，因为走这条公路需要付费。政府建造这条公路是为了减少由高速公路进入马德里的车流量。

R-2 公路沿途的风景壮丽，孤独感十足。缺乏希望的无名沙漠和空地围绕着它。它不曾有过车水马龙的盛况，因为人们倾向于不花钱。他们选择慢速行驶的公路，到处都是联外道路的出入口，到处都是该死的限速标志。我讨厌那些写着数字"80"的标志。一个圆圈里面有数字"80"的标志。甚至更糟：数字"60"。国家拥有速度的垄断权，也就是说，所有权属于西班牙国王，属于贝多芬（Beethoven）。

在这本书中，费利佩六世很可能是音乐史之王贝多芬。西班牙君主制和之前的佛朗哥政权监视我双亲的生活，他们以单纯的冷漠来应对。一种天生的无情：面对历史的自然法则。

西班牙从未给我的父母亲任何东西。君主制和佛朗哥政府都没有。

完全没有。

至少在佛朗哥政权时期，他们还很年轻。我不喜欢西班牙对我父母的所作所为。西班牙的右派一直在那里，毫无恐惧之心。

他们甚至比布尔戈斯（Burgos）大教堂屹立得更加稳固，毫不摇摆。

我不喜欢西班牙对我父母所做的事情，或者他们对我所做的事情。面对父母的疏远，我无能为力，这是不可挽回的。我尽力使这种疏离感不要作用在我身上，但一切不过是徒劳。我希望勃拉姆斯和维瓦尔第不要重蹈覆辙，但之后他们也会与我如出一辙。父母遭受的那种疏远感与我紧密相连，最终，我还拥抱了这种孤独感，甚至还迷恋上这个感觉，想与之同行。

就好像爱上一个唾弃你的人。

如果我有了疏离感，我就会想到父母亲。他们的生活。他们美好的生活。

在 R-2 收费站工作的人是谁？是来自苏联某个小城市的乐团音乐家。我喜欢在付款时触碰他们的手，摸摸人的肌肤。R-2公路的收费不高，只要六欧元，路程也并不是那么远。我想在那些小摊位上工作，并像老年人一样过着光荣的生活。R-2 的工人在那些小木屋里构建了一个世界：他们备齐可口可乐、加热器、手机、三明治以及舒适的衣服。他们为人和善且朴实无华。他们有家人，丈夫或妻子和孩子在等待他们结束工作。

让某人在某处等你是人生的唯一意义，也是唯一的成功。

因为我不喝酒，所以我觉得每个人都很面善。

因为我不喝酒，所以我不会自命不凡。

这些贝多芬可能会在任何一天失去政治控制权，共和国将重返西班牙，因为这是一个极端的国度，凡事都不可预料。每四五十年，西班牙内部就要闹分裂。

任何一天，新闻节目都以批评某个贝多芬作为开场。

同志们，请小心，因为即使你已经创作了《第九交响曲》，西班牙的一切仍处于危险之中。

113

我身不由己地活在世界上，一个即便我什么也不会，它也要迫使你去做些什么的世界。爸爸，我想你以前也像我一样，一无是处。但我觉得我们自有道理。当勃拉姆斯和维瓦尔第用从前我叫你的方式称呼我时，我了解了生命的起源，即那个始终挑战科学的难题。倘若换种方式，以更为简单、基础、非宗教且不庄重的方式来看待天主教，最终浮现的是再纯粹不过的父子情深。

爸爸，我们为了在这个世界里获得一席之地，为了挣钱，为了能在某处扬眉吐气而白费力气，这一切皆为良善。

你根本一无所求，我亦然。

我记得，当你差点失业的时候——那大概是在1970年代中期——你的一位担任银行行长的朋友说你配得上一个跟他的工作一样好的职位。他要举荐你进入银行。

尽管当时我尚年幼，但当我听闻银行的大门向你敞开，你能够在那里工作时，我也知道那不会成真。那本该是我们面对难题时该采取的应对之策。

那时，人们看见你如此体面，穿西服，打领结，彬彬有礼，作风正派，就立刻想要为你做些什么。

你可是胡安·塞巴斯蒂安·巴赫，一代音乐巨匠。

但你不曾是这块料。

自此，母亲幻想着你确实被任命为银行行长。"你擅长与人打交道，那是作为行长所必备的。你的资质很好，我现在就去向总行长举荐你。"那时候你的朋友一边啜饮茴芹酒，一边说道。

也许他本来是要和谁说的，也许吧。但我知道那绝不会兑现。那时我只是个孩子，但我可以洞察成年人的世界。

要任命你为行长的事情前后持续了几个月，那也是家里无端高兴的几个月。但最终压根没有人任命你当什么行长，自然也不会有人任命我做什么。约莫在 1974 年或者 1975 年，我们一家对你的工作满心期待，瓦格纳已经打算要购置新家具和新车。她开心得好似我们已经拥有了更多的钱。对那些高呼金钱无法带来幸福的人，那些惺惺作态的家伙，上帝给他们当头一棒。

直到四天前，我还以为当下的西班牙要好过你的年代，可是如今我早就不觉得历史有任何进展。当然，现在我们有电子计算机和移动电话，但是勃拉姆斯和维瓦尔第几乎从不来电，即便我们会通话，时长也不过三十秒，更甚至只有十五秒。

你曾在谜一般的西班牙里年华老去，正如我现在正身处其中逐渐衰老一样。二者意义相差无几。不过是你性格中的一些特点，而今延续到了我身上罢了。好像是在说："我在这里。"——在社会上寻求立足之地时表露无遗，却又类似怯懦的东西。

1980 年与 2015 年别无二致。

全世界一样地追求胜利、向往成功和财富。你在人生最后阶段把时间投入在看电视上，而我沉迷于网上冲浪，本质上没有什么不同。

技术性革新的，是我们睡眠或者死亡的方式。

你和我都不曾触及幸福，因为往往会有某些事情搞砸一切。事实上，那个不可及的原因可以溯源至对社会和广大穷苦人民的同情心。因此，我们不曾快乐。面对地球上和宇宙中所有的不幸，我们都缺乏普遍的礼仪之道。

爸爸，你注意到了吗？世界上不计其数的残垣废墟，人类死亡的孤寂，而你俨然化作一盏指引道路的明灯。

我为你构想的这个传奇般的别名——胡安·塞巴斯蒂安·巴赫并非偶然，而是天体之下化身为你的音符。你一直是巩固家庭的精神所在，再者，家是一个不可动摇的存在。你是上帝，是神之乐章，永驻不变。男男女女都想渴望组建一个家庭。

人类是家庭的创造者。

114

夏天，我在拉尼亚斯大道的家中，虫子们被电脑的光线吸引过来。很多昆虫已经死在我的掌下，不过这次我对它们手下留情。虫子循着光源来到台灯下，我在那里伏案书写。它们是令人生厌又有趣的生物。当我把它们在桌子上压扁时，会留下少量带有黏性的印记，那只是小翅膀的脏污。好在它们的生存无所谓生或死，反倒像是植物性的机械运动。振翅盘旋的虫子，如同空中悬浮的微尘。每一只都独一无二、与众不同。我看着余下的那些，有绿色的虫，咖啡色的虫，不过大部分都是黑色的。它们个头不一。

它们没有家庭。

虫子们绝非来自一个家庭。家是兴盛的样子。比如西班牙是万千家庭的一个有限集合，法国亦然。

那些被我杀死的昆虫，没有谁是谁的兄弟姐妹。

它们不是夫妻、儿女或者父母的关系。

其间没有社会结构。

不过是一群会飞的脏东西罢了。

115

拉尼亚斯大道的房子里满布灰尘，脏乱不堪。维瓦尔第时常抱怨天花板上没有安装吊灯。他只会在兴起的时候来找我。他不曾面带笑意。音乐史上伟大的作曲家们也都不笑。这是个灾难，但它只降临在我的头上。维瓦尔第可没有看到什么灾难，因为年轻人眼里容不下任何人，就连自己也囊括在内。事实上，他们和生活和解。我们只能任由年轻人为所欲为，甚至无法得知他们是否还活着。

几天前我得知市政厅变更了我家所在的街道名，它已经不再叫作拉尼亚斯大道了。

是你吗，胡安·塞巴斯蒂安？是你在从逝者们当中传来音讯吗？大道更名意味着我得永远离开萨拉戈萨吗？曾经因为你的母姓是阿尔尼亚斯，我才住在这里，因为你姓氏中两个字母的顺序调换之后，即是这条大道的名字。我觉得你想要告诉我一些什么。

当我得知市政府已经改了街道名字的时候，一股无能为力的感觉笼罩全身。我咒骂做这个决定的人。我本该把他打死，但那是对我父亲的一种侮辱。我躺在那个家中的床上，愤懑难平，欲哭无泪。流泪障碍使年过五旬的人们饱受煎熬；包括我，我们不再有流泪的权利。身体中钾锰元素的缺乏导致泪腺干涸。无法哭泣让人痛苦得喘不过气来。大道已经更名，你的姓氏和你整个人再一次从我的记忆里逐渐褪去了。

你没有给我传达过任何信息。仅仅是一条街的更名而已，如同人行道、路灯、公交车、银行、雕像以及土地的更名一样。

从来没有任何信息。

一切都是我的臆想。

仅此而已。

116

　　为防牙齿相互磨蹭，我得把舌头抵在两排牙齿中间。也就是把舌头置于上下颌骨之间。因为牙疼，我去看了牙医。

　　"没有蛀牙，"那时他这样答复，接着又说，"是心灵创伤。您得尽量别闭合牙齿，这是紧张导致的。这是心理问题，是您的压力和痛苦带来的；可能在睡觉时会发生这种情况。上下颌骨会相撞。"

　　他做了个动作，咬紧了牙关。

　　因此我遵循医嘱。当时我付了两百欧元给牙医。

　　我为自己的精神紧张而支付了两百欧元，因为我并没有长蛀牙。出于经济窘迫，我把金钱看得过重。我想知道，如果我有万贯家财的话，我是否还会如此珍视金钱。无论如何，人们内化了金钱的价值，且没有意识到它最终会摧毁人类，或者将之转变为一个被疏远的生物。我们都落入了金钱的圈套，甚至还把它视作衡量事物、明确且公正的方式。这就像朝着客观性迈去的决定性一步。金钱来自客观性的渴望，无可避免的期待。金钱是基石，失去它使我们发狂；无法得到它，使我们精神迟钝，成为傻子。金钱是至真至诚，我们可以在各种情景下看到它的强度和能量。

　　"我不清楚，它或许藏在里面。"我对医生说。

"不，不可能，我已经检查过了。没有蛀牙。"他这样回复道。

我返回拉尼亚斯大道的家中，这条路已经不再是这个名字了。随即，我在电视上看到关于政治腐败的新闻报道。有一系列对政客的指控：滥用职权、欺诈、贿赂、洗钱、贪污、挪用公款以及与犯罪团伙勾结等等。

西班牙的政府官员都沉沦了，他们化身为荒诞的受害者，成天想着购物、买车、奢华出游和住六星级大酒店。他们空虚至极。

官员们沉迷于金钱与财富的积累，尽管他们无法花掉所有积蓄。但无所谓，因为他们追求的是财富累加。就像是坐在椅子上看着自己的银行账户数额持续攀升，这种情形主要发生在瑞士——黄金国（El Dorado）的新名字。

这是一种算术乐趣，一种做数学运算的快感。并且那几乎就像做加减法的儿童小游戏。这同时还是一场对抗乏味（指一些生活中必须做的、客观存在的事）的斗争。官员们没有意识到自己是在偷窃。很快，他们的罪行被揭露，然后开始长期的审判。即使他们会为此付出名誉扫地的代价，不过，通常最后也能顺利渡过难关。官员们无意识地铤而走险——也许这才是耐人寻味之处。他们在抵达社会阶级的高处之后，失去判断力，不过同时又享有不受他人意见约束、免于世人标准衡量、逃脱法律制裁以及保持沉默的特权。

沉默被打破之后，镜像显现。官员们个个都被指控腐败，从那之中，他们只看到了不公义和忘恩负义。

你能瞧见他们的肉体是如何支离破碎。并且预料到一旦入狱之后，这些人会变得难以相处、残缺不全且阴晴难定。尽管他们并不会在监狱里待很长时间，也许是三天或是三个月。总之绝不会太久，大众会遗忘他们。遗忘有助于人类的活动，无论是好事还是坏事。

西班牙的政治腐败使得我忘记了父母亲和我自身的劣性。

政治腐败具有社会功能和宣泄作用，这应该就是所谓的赦免了。当人们在电视上看到被起诉的政府官员们，就将自己的悲惨抛诸脑后。也就是说，他们因此将注意力从自己的道德沦丧转移。

我在电视新闻上看到了一名贪官污吏出狱，也看到了他的女儿们是如何去给他接风。

她们欣喜若狂。遑论种种过往，官员的女儿们对此无动于衷。她们一样爱他，因为他是她们的父亲。没有任何事、任何人能够打破这点。有人在等他归来。官员的女儿们完全没有指责他，没有摆臭脸，更没有对他说："我们来接你是因为我们别无选择。"她们丝毫没有怨言，而是亲吻了她们的父亲，并展开笑颜。我羡慕那个男人。于我而言，没有人会这样等着我回来。

我的母亲在我小的时候带我去看牙医：因为我的尖牙长到了恒牙外。牙齿没有容身之处，故而它被挤在恒牙上。之后牙医给我安放了一个器具；还告诉我，如果我不总是戴着它，我就会长得像德古拉（Drácula）伯爵。我的父亲不曾去看过牙医。他只有一颗金牙，那伴随了他的整个少年时期。

我早已忘了我父亲的金牙。在我童年时，我父亲的嘴因为那颗牙而闪闪发光，这让我觉得既神秘又有些恐惧。

对儿时的我来说，父亲是一个有着灿烂笑容的男人。他闪着金光的嘴是一个谜，这强调了他英雄般又异乎寻常的来历。

在火化父亲的时候，那颗金牙有没有熔化呢？又是在什么温度下熔化的？也许我得在维基百科上搜索这个数据，可是了解之后又会获得什么呢？法医在对父亲做尸检，取出他的心脏起搏器时，有没有把金牙留下呢？后来是否卖了它？卖了多少钱呢？医生将金牙和起搏器一起打包了吗？或者说，金子和心？

父亲有一颗良善之心。

117

　　我在火车上打开我的旅行包，看到了里面的东西——一个洗漱包、一把梳子和一串钥匙。我还记得父亲老旧的洗漱包。这些年来我从未想到过要送他一个新的。他总是随身带着那个包包。那是一个几乎支离破碎的包，里面装着他的物品，也承载着他的神秘。与琳琅满目的带有肥皂和剃须刷隔层的洗漱包对比起来，那是一个过时的包。他那个洗漱包用了多久？我几乎能肯定是一辈子。他是个念旧的人，这点从他待人处事的温和态度就可略知一二。另外，他也从来不期待我会送他一个新的洗漱包。我嗅了嗅自己的旅行包，里面是孤独的气味。借由自己随身物品的气味，我可以更深刻地认识自己，以及把我带到世上的那个人。

　　定义个体孤独最好的媒介就是他的洗漱包。我记得母亲的手提包。母亲在临终前的几年该有多孤独！人和人之间筑起了一条通往孤寂的崎路。父亲曾说我长得更像母亲一些，不过我不曾问过他为什么这么说。以前我老是希望长得比较像他，可是现在我觉得就生殖鸿沟和外貌差异而言，我不像他们任何一个人。

　　子女长得不像任何人，不像他的父母、叔叔、姑姑甚至祖父母。我们从未明白这一点。

儿子是全新的生物。

孑然一身。

我们常说一个人长得像他的父亲、姑姑或者祖母，借此来规避无法避免的事：一个孩子会成长为一个孤独的男人，或者同样孤独的女人。

然后，孤独地死去。

这即是我们应对未来的形式。

118

　　1970 年的夏天，我们一家人在坎布里尔斯市（Cambrils）的沙滩上。七月已经进入尾声。我只是个着迷于欧洲之旅的孩子。我们住在一家叫胡安先生（Don Juan）的旅馆里。德国车、瑞士车还有法国车吸引了我，这年，有些汽车牌照上写有字母"CH"，我问父亲那是什么意思。他告诉我："瑞士联邦。"数年后我上了高中，在翻译尤利乌斯·恺撒（Julio César）的作品时，看到书页上出现了瑞士的字眼，我才明白了他当时所说的意思。

　　坎布里尔斯市是塔拉戈纳（Tarragona）省的一个渔村。一个巴尔巴斯特罗市的出租车司机与父亲谈及胡安先生旅馆。那个司机已经过世许久了。他嘴里常常叼根烟，让人害怕。司机是个大块头，腆着肚子，肤色黝黑，嘴唇肥厚，又因为嘴唇在脸上突出着，所以好似耷拉下来。每次我在那个市里的路上看到他，就想：就是那个男人告诉我，父亲曾经入住这家旅馆的往事。

　　以前我以为旅客间存在一种组织、一种互相传达某类信息的社会团体。父亲是一个旅客，那个男人是一个出租车司机，他们相差无几。

　　1960 年代在西班牙大街小巷旅行的人们组成了一个联

合体。

据说："在这里花五十个比塞塔就能吃得很好。"

据说："在这里花六十个比塞塔就能睡得很好，有干净的床单、暖和的房间，他们还会给你提供一顿丰盛的早餐。"

我想到这些。

所谓"这里"即是一家预约类的网上公司（一个互助团体），它是那时的人们为维持生活而建造的。

胡安·塞巴斯蒂安心情愉悦地漫步在沙滩上。他还和一家小酒吧的老板成了朋友，老板会在午时给他准备土豆饼。如今，时隔四十五年的今日，我正看着他吃土豆饼，金黄色泽的土豆煎蛋。落日光辉普照整个西班牙。

父亲有一辆西亚特 1430 型的车。它停在阴凉处，在一棵茂密的桉树下。

有人在播放动感二重唱（Dúo Dinámico）的歌曲，音乐点燃了西班牙盛夏的热情。1970 年 7 月，父亲在坎布里尔斯市的沙滩上聆听他们的歌声。

119

瓦格纳送给我的宝藏，她自己也有一份。但她未曾珍视。她漠然地看着人们死去。她就是这样一个人，总是置身事外地看待一切与己无关的事情，从不在意事情有多重要。

我在拉尼亚斯大道的公寓里，全神贯注地思考自己仅有的物品：图画、书籍、电视机、窗帘和一把扶手椅。我前脚从一个骗局出来，后脚又踏入另一个骗局，我的生活演变到这个地步。生活由无数的谎言编织而成，虚伪填充了整个生命。

如果你被欺骗，是因为你还有一口气。如果有一天你不再被蒙骗，绝不是因为世界变好了，而是因为你已经死去。

瓦格纳和胡安·塞巴斯蒂安都无法容忍谎言。他们对此感到愤愤不平。最终，这两位著名的音乐家成了对抗体系的先驱者，亦即十二音体系的奠基人，以及前卫音乐家的代名词。他们怀着满腔怒火，看着超市商品的牌价和默默地购买了实惠商品的两位退休老人。

生命的伤痕之后空无一人：没有组织、没有盟友，甚至没有恶徒。

没有任何人。

我们面对着一个巨大的空白。

我不在任何地方等待某个人，这是我在生活中一贯奉行的准则。我知道没有人会在旅途终点等我，面对这个事实，我应当学着独自走过街道、城市和我所及的每一隅。

没有人会在意另一个人是否抵达。

于是人们用另一种方式前行。

沿着道路漫行，你会知道是否有人在等待。

每一位家庭成员都会与世长辞。

父母、子女以及祖父母，所有家人们都相继道别。

数以百万计的家庭在须臾间拉下幕布。担起家长责任的年轻父母们让我激动不已：他们爱自己的子女，但子女将会遗忘他们。孩子们是父母的心头肉，但等到年纪略长之后，孩子们都忘了这点。

我的心像一棵乌黑的树，上面有黄鸟驻足。它们高声鸣叫，刺耳的啼叫声折磨着我的肉体。我理解这种痛苦：它剥光每一寸肌肤，灾难性的赤裸欲望。

120

我的父亲曾是纸牌游戏的顶级玩家。我想，只要不是有事出门，他一生中大概有二十年天天花在玩牌上。比赛时他面带微笑。他的比赛从下午三点开始，并且严格地依照时间表执行。因此父亲为了能赶上三点的比赛，就得在下午两点整准时吃饭。比赛在巴尔巴斯特罗市一个叫作佩尼亚陶里纳（Peña Taurina）的地方举办，那里很受人欢迎。主墙上展示着牛头标本，小时候我怯怯而温和地盯着它看。我的父亲是两种纸牌游戏的专家，他最喜欢的是 pumba 牌卡，其次是 guiñote 牌卡。他从下午三点玩到七点。年幼时，我偶尔会去旁观他的赛局。父亲和他的牌友会起口角，他是个一丝不苟且不知变通的人，又总是爱据理力争。他们喝咖啡和白兰地酒。白兰地酒是桃乐丝五年（Torres 5）那款。

纸牌是父亲的天堂。他从不为钱而赌，而是为了开心而玩牌。

我想，约莫在 1969 年、1970 年或者 1971 年的时候，父亲最喜欢打 pumba 牌卡度过夏日时光。晚上七点左右他会回家，然后偕同母亲外出散步，或者去酒吧喝点小酒，与人闲聊一番。

父亲一生中最快乐的时光就是这段时间。我记得他的衬衫、他身上带着的钥匙包和手表。一只西铁城（Citizen）的手表，那是他在一家名为古巴岛（La Isla De Cuba）的钟表店买的。我的父母亲和经营那家店的母子是朋友。

那对母子如同店名一样神秘。其实，我不觉得他们会售出很多表，尽管我不能保证。有一天他们像是中了巫术一般，从巴尔巴斯特罗市凭空消失了。而他们的钟表店也跟着一同不见了，在一众店面里结束了自己的时代。现在那儿有别的生意，并且早已经有很多其他店铺进驻过。那家钟表店是什么时候结束营业的呢？我猜是在 1980 年左右。

各种店家来来去去，有些开了一年，有些上百年，或者三个月，又或者六年，没人清楚。原来的钟表店曾经是酒吧、鞋店、甜品店或仅仅是一块不毛之地。我保管并爱护着父亲的表，并视之为上帝的钟表。也正是源于此，我喜欢手表，对西铁城的爱更是油然而生。我观察它的钢链、刻度盘、表针和锁扣，一切都让我觉得妙不可言而难以理解。至少对父亲来说，是百思不解的，对我来说，也是如此。小时候，我无法理解为什么父亲这么喜欢玩 pumba 牌卡，为什么在这些纸牌游戏上投入了这么多的时间。我觉得他的这些时间应当属于我。父亲是小镇里有名的纸牌高手，令人望而生畏，因为他总会赢得比赛；就算他输了比赛，过错也是在对手那边。

过错在他人，那是在我童年十分重要的一点。面对任何不和，甚至困难，父亲都会把责任推卸给别人，尤其是怪罪到我的母亲身上。我不知道他到底是从哪儿习得这个天赋。他将一切不幸都归结于我的母亲，而她也不得不学会在指责中释怀，因此最后我们的情绪都会在谜团之中作结，有时候还会导向绝望及悲伤。

父亲在他四十岁时经常发火，四十岁到五十岁是他的烦躁期。之后他趋于温和。年过七旬时则更为平静。在他去的赌场——佩尼亚陶里纳发生了一些事。由于与人闹了矛盾，他不再往那儿去。之后，他转而去一家在阿尔亨斯索拉（Argensola）电影院的酒吧。我想这不是个好兆头，这也是父亲作为 pumba 牌高手衰落的开端。到六十五岁时，他不再玩牌，而是开始把时间投入在看电视上。父亲从未亲口解释过为什么他不再继续自己的爱好，这是另一个我无法解开的谜团。过去种种我无法解开的谜团伤害了我的心。我想，永远会有玄妙之事藏匿其中。

在 1968 年至 1974 年间，父亲作为纸牌高手享有盛名。之后物是人非，他的黄金时代告终了。

玩牌时父亲专心致志，泰然处之，进行着关于获胜可能性的数学推理。六月的午后，他坐在赌场附近的露天阳台，柔风拂过他的脸庞。那是 1970 年的风。彼时整个社会尚算稳定，他内心沉静，而我则内心喜悦。父亲观察对手的神态，了解其弱点，并检视对手可能出现的错误。他臻于至善，且惯常以自己的方式来达到自我感觉良好的最佳状态。

理所应当地，我不认为有任何一名父亲打牌的对手，或者当时坐在佩尼亚陶里纳赌场里的纸牌玩家如今还活着。赌场里也会办舞会，那里有一个给乐队用的小型舞台。父亲会给我点一杯可乐，我就坐着看他和母亲翩翩起舞。他们还会给我点油炸丸子，但我不喜欢。

有一天，佩尼亚陶里纳赌场运进了一台价值百万的机器，那是一台弹珠机。我的父亲狂热地爱上了它。我也是如此，那时我大约八岁。

那是真正的游戏盛宴。

那时我们在周六中午的十二点左右到达赌场。我的父亲给我点一杯可乐，然后我们俩一起玩弹珠机。

我们非常高兴。父亲每次在操控它时都试图用蛮力移动机器，但那并不管用，机器被自动切断，并且父亲损失了弹珠。

他控制着被抛出的那些银珠，将它们掷向机器的最高处，冲向世界和生活的最顶端。他专注地看着珠子上升，年幼的我当时站在一把椅子上。

那些椅子铭刻在我的回忆中，就好像我如今看见了它们一样。一把把1970年代的椅子。

上帝啊，我的父亲是如此喜欢玩弹珠机。我们沉迷于看银珠的下坠路线，喜爱它们的颜色、光泽和响声，也迷恋把手指放在按钮上等待珠子出来的感觉。父亲想要得到额外的弹珠。

我也是如此。

我们喜欢一起玩。看到哪家酒吧有弹珠机，我和父亲就会去那里。我们安静地玩，辅以手势交流。这是一个习惯——一个四十岁的男人与他八岁的儿子达成的协议。

我认为，我们一起玩弹珠机时，是父子之间最和谐的时光。

那时我们是父与子，一种再也不会重来的形式。

我们相处融洽。

我们合为一体。

等同于爱。

但是我们再也不可能对谈了，我不可能和他说话了。

不会发生了。

121

事发的前一晚我还酩酊大醉，隔天固定电话铃声大作，我才从睡梦中惊醒。当时我还瘫在巴尔巴斯特罗大酒店的床上。电话是从酒店前台转接过来的，因为我的手机关机了。电话那头是我的弟弟。时间是 2014 年 5 月 24 日，星期六早上十点。

——"你的母亲去世了。"

他并不说"妈妈去世了"。我想，"你的母亲去世了"而非"妈妈去世了"是非常准确的言语。

我们是多么古怪的一家子啊。我从床上起来，茫然无措又惊愕不已，加上体内酒精的毒害导致了不稳定的血液循环。我失神地环顾房间，穿好了衣服，但没吃早饭，之后前往母亲家中，也是我弟弟所在的地方。

我走进房，母亲就在里面。她断气了。她陷在床铺里。有人说她在睡梦中走了。

这是一个历史时期的瓦解。与她有关的一切都没落了，包括我在内。我看见我在向自己道别。

确切地说，一个历史时期的完结：再见了，文艺复兴运动。再见了，巴洛克时期。再见了，启蒙运动。再见了，俄国革命、内战时期、浪漫主义时期。再见了，任何一种值得缅怀的文明。

时代落幕。女王长辞。

女王即在此处，她的头倚在枕头上。无声无息。她空前的沉默犹如奇迹。

母亲终日形影相吊，我们兄弟鲜少去看望她。尤其是我，去的次数寥寥无几。我的弟弟倒更频繁一些。他知道怎么照顾她。平心而论，在我迟暮之时，儿子们也不会来探望我。那时，我已经垂垂老矣，死亡只意味着一代王朝的终结。

好些年前开始，母亲睡在我们兄弟的房间里。我从没问过她为什么换房间就寝，不继续睡在她与父亲的房间。我不知道母亲为何如此，直至我要去她的坟墓前，也还是不知道原因。但是一定有某种理由，我确定那源于迷信。

母亲是未开化的人。

或许是父亲的鬼魂会在夜里现身，而她直觉认为，在孩子们的房间，也就是我们的房间，不会发生这种现象，父亲的亡灵会尊重这个空间。

我笃定，这就是她这样做的原因。

从前夜深之时，父母入睡，我从房间里能听见声音，因为他们睡前会进行交谈。我隔着墙听他们说话，因为我小时候睡不着觉，这是一种孩子的失眠，满是对黑暗的惧怕。我听见电梯的响动，门上的钥匙声，以及父母睡觉前聊的内容。他们谈天说地，而听见他们的声音使我格外平静。父母聊身边的友人，言谈间身心合一，这是他们所做的。父母在努力经营关系并使之延续，就像所有现今的夫妻一样。婚姻是互相扶持的一项社会事业，它是家庭和经济优势下的产物。论及此，结为夫妻是一种沿袭下来的联合形式。父母谈笑风生,我耳闻了一切。他们描述和评价所见所闻,包括朋友的穿着、近况以及对晚餐的感受,晚餐是否为一场盛宴,结账时各自付了多少钱,某人的言论是否切合时宜,某人要买的新车以及下周末要做的事等等。

他们叙说着。

父母亲试图理解和接纳彼此,并从这种共鸣和认可中建立起婚姻关系,共同生活。

122

在巴尔巴斯特罗市，我的母亲曾是日光浴的先锋，她到处晒太阳。她创建日光浴流派，并吸引了几个朋友，使他们也濡沐于此信仰之中，它的礼拜基于非常简单的仪式：晒太阳。到了六月，母亲会和朋友去河边晒太阳。整个夏天她都在晒太阳。之后她晒黑了，仿若改变了人种。母亲乐意听到人家说"你的皮肤黝黑"，而不是"你的皮肤是古铜色的"；因此，在西班牙，人们说"你多么黑啊"；因为在过去这也是一种宗教祝福的仪式和口头表达形式。人们出于忌惮，会用另一种音调和读音来讲这句话。

我的乡愁是对说西班牙语的怀念，是对无畏社会的依恋。

母亲的朋友们也已不在人世或行将就木。很长时间没有人问过我关于母亲的事情了。我不再听到有人呼喊她的名字。我听不到，或者已经遗忘她的声音。如果我能再听到她的声音，也许我就会相信世界的美好。

此刻我感受到了1969年的炎热，母亲正在朋友的花园里晒太阳。那位朋友比母亲年轻，是单身女子。她名叫阿尔穆德纳（Almudena），与父母同住。她的家中有一个花园，树木葱郁，花草繁盛。母亲和阿尔穆德纳常常在花园里晒太阳，我也同她们一起。阿尔穆德纳是一名教师，会在晒日光浴的时候批改试题。那个带花园的房子如今已经不复存在：屋子里有一个大厨房，从厨房出来就是花园，那儿光线充足，开阔静谧，被一堵墙围住，因此从外面无法看到里面有人在晒太阳。对我而言，那里宛如天堂。父亲曾买给我一台欧贝亚牌（Orbea）的自行车，我在那个花园里掌握了两轮车的平衡。有时候我从自行车上摔下，还会把腿蹭破皮。阿尔穆德纳和母亲见证了我骑车技术的突飞猛进。有一次我撞到一棵树上，顺带打破了一个花盆。为什么我对那座房子的印象如此清晰？那是一幢单层的房子，客厅古老，厨房宽敞，其中洋溢着恬静的氛围。

我喜欢阿尔穆德纳，因为她很漂亮，我深深地被她吸引而且昼思夜想。她美若天仙。但她视我为孩子，或者干脆忽视我的存在，这让我感到困扰。这打击了我小小的自尊心。她那时风华正茂，我估计她最多只有二十二三岁。当时母亲有年轻的友人，这是我的一大特权。阿尔穆德纳曾教我数学，教我除法，我不知道什么是除法，我只是喜欢盯着她看。无论是她在修道院学校给我上课时，还是她穿着比基尼和母亲一起晒太阳时，我都目不转睛地看着她。全世界的人都说她很美。我班上的同学评价她说："这位女士是多么好看啊。"而我隐藏住自己的秘密，我的特权，也就是我能看到她几乎赤裸地晒太阳。古怪的数学运算折磨着我。对我而言，除法无比复杂。有各种各样的公式，还得记住这些支配世界的规则：除法、乘法和加减法的规则。

阿尔穆德纳的脸庞在我的记忆中定格。她的容颜不曾衰老和更改，它恒久不变，永驻于时间之中。被阳光和我的热血照亮。

那时阿尔穆德纳的母亲种了好多花。她们母女和我的母亲三人谈论花，可是我不明白花有什么好聊的。然而她们最常干的事是用防晒霜涂抹全身，这时髦又新潮。她们也喝气泡酒和抽烟。三个人喝掉一整瓶酒，眉开眼笑，心满意足。妮维雅（Nivea）牌蓝色圆罐包装的那款乳霜冰凉且呈白色，在夏天盛行一时。我坐看太阳西下，阳光洒向树木、鲜花和自行车。也许夕阳西下是唯一的盛事。即是在那一刻，我明白了自己对六月的热爱。母亲曾教导我喜欢这个特别的月份；阿尔穆德纳的花园是六月的赞礼，因为六月是夏天的宣告，烈日已至，但没有腐坏。当七月来临时，夏天开始隐隐渗血，尽管其不可见。到了八月，夏天的衰败显而易见，它的伤口坏死且暴露出来，可以看见其颓势攀至半空、爬上人们的脸庞、抵达冷酷的树枝，与此同时，夏天衰亡了。

夏季的尾声，一塌糊涂。母亲把夏末视作一件悲惨且亵渎神明的事。谁敢杀死夏天？她厌恶败兴的时候。她是名异教徒，信奉阳光，生活在太阳的礼拜仪式之下。母亲对阳光和晒太阳着魔。太阳和生存对她来说别无二致。她崇拜夏天，祈祷晚一点、再晚一点入夜。此外，她只认可那些与太阳共存的事物；她并不是有意识的，但在她对太阳和夏天的热爱中蕴藏着千年遗产——地中海文化的遗产。我不曾认识像我母亲这样的地中海人。事实上，她热爱那片海，而且不喜欢坎塔布连海（Mar Cantábrico）或者大西洋。我知道，出于母亲对其的热爱，于她而言，地中海是一片特殊的海域。

地中海的周围是她的天堂。

地中海是她的不二故乡。

123

再次回到那个早晨，2014 年 5 月 24 日的早晨。我注视着我和弟弟小时候睡觉的房间，眼光投向墙和衣柜，再落到母亲了无生气的面容。蓝色的床头，母亲规定床头要漆成蓝色，衣柜也不例外。

我打开衣柜，但没能回忆起它里面的样子：这个衣柜贯穿了我的整个童年和少年初期。但是我不记得有把衣服收存在这里面过。我把目光从衣柜再次投向床铺。现在出现的是照顾我母亲的女人。她为我母亲哭泣。她约莫四十五岁，人很好，心地善良，是保加利亚人。她的姓名是保加利亚语，家里人始终不知道她到底叫什么，于是用相似的卡斯蒂亚语发音叫她的保加利亚名，称呼她为安妮（Ani）。她对此欣然接受。但是我想，准确来说，她不叫这个名字。安妮头发金黄，高大而肥胖，脸上平和而愉快，在说西班牙语方面仍然有些障碍。她深得母亲的喜欢。我惊愕于看到她流泪。安妮心情激荡，她的眼泪是真实的。为什么死去的不是她的母亲，但她却哭了呢？为什么理应流泪的我却没有哭泣呢？我的母亲是否在通过安妮的眼泪向我传达信息？她让我回忆起我之前不喜欢安妮，而她希望我能喜欢这个保加利亚女人？我想到这儿，想到母亲从死亡中继续与我交流，我们在用另一种方式对话。

我羡慕安妮会为不是她自己母亲的人而落泪。我不会哭，一滴眼泪也不会掉落，但是如果能用眼泪衡量我的痛苦程度，整个西班牙都会被淹没，西班牙人民也会别无他法，只能溺死。而伊比利亚半岛会湮灭，马德里的四座摩天大楼也会沉没。

因此，良善存在。它就在那里，遥远地告诉我：我依靠良善度日。

之后安妮抓起了母亲的手。我看着相握的两只手，一只活着，另一只死去。无生命的手看似归于平静，而在安妮的手温和地抚摸它时，死亡的实质遭到破坏。死亡不复存在。

我再次环视房间。母亲在这个房间去世。这是她两个儿子长大的空间，不过我们兄弟已经好一段时间不住在这儿了。我看着这个空间，想要在空气中找一道门。母亲让人把房间漆成蓝色，因为她觉得两个孩子是蓝色的。她在我们的卧室里去世，这传递了一个强烈信息——母亲栖身于此。房间在我眼前已然转变为一个神圣的场域，一座坟墓。

多年来我们一直是蓝色的。直到十八岁，我们俩依旧如此。随着时间推移，我们俩变为黄色。

两个由蓝色转为黄色的孩子。

蓝色尚存。尽管我再次短暂地变回蓝色，但很快，黄色又取而代之。我们睡过的两张旧床像是两艘自生向死的小船，床对儿时的我来说坚不可摧；床脚、床腿和床头的蓝色是一种纯洁，它灼热了我的双眼。

我注视着精美的涂漆，这样的油漆如何得以保持50年之久。这种持久是多么少见。没有一丝纹路，没有一点掉色。这两张床已存在半个世纪之久，为什么它们却像是刚刚粉刷完成的呢？

我再次打开蓝色的衣柜，心底明白这会是我最后一次开启它，并且我绝不会再看见它。战争机器、炮兵、骑兵部队和过去的光辉纷纷映入眼帘，我拣出一件十三岁时穿的衬衫，看向镜子里，想着我是否能够打动自己喜欢的女孩。之后看向母亲合眼的那处——一场时间风暴和致命毁灭，是使人措手不及的一种逻辑顺序。

死亦何妨。

妈妈，这是我最后一次看着你，我知道从此刻起我就会真正地独自生活，就像你活着时那样，这是我未曾想到也不愿去想的。

你抛下我，就像过去我离开你一样。

我正在成为你，那样的话你就会永远存在，逾越死亡。

我或许得拍摄几十张这个房间的照片。为了不遗漏分毫，我还得拍下整个房子。终有一天，我没法再准确记忆那间房子，在那里我们如此相爱。要是我无法记得的话，我会陷入疯狂。妈妈，我相信你的热情，即是我现在的心中的熊熊烈火。你的热情价值连城。可是，我没有你的照片，正是这样。妈妈，你的热情，你对生活的热爱传递到了我身上。它就在我的内心深处炽烈燃烧。

124

　　我先母的弟弟,也就是我的舅舅阿尔贝托•维达尔(Alberto Vidal)在 2015 年 3 月 11 日去世,享寿七十三岁。

　　在这本书里我以蒙特威尔第这个名字来称呼他。

　　过去,蒙特威尔第在巴尔巴斯特罗市小有名气,在我们的村镇上亦然——他和我共同的村里,尽管他实际上出生在规模小得多的庞扎诺(Ponzano),差不多可称作村落。我的母亲也在那里出生。

　　舅舅葬在庞扎诺。当然,我不会去墓园。我不会去任何墓园;这是我的生活哲学:避开墓地。所以,我不知道坟墓——或者是叫墓穴——是什么样的。我不知道那里是否有花束。我无从得知。

　　1950 年代,蒙特威尔第尚是一名青年的时候,他就被诊断出患有结核病。他被送进洛格罗尼奥市(Logroño)的一家医院,那是一个战后洞穴。在那里。医生把他的肺锯开,并将其送回了巴尔巴斯特罗市。我儿时听到的就是这样,"医生把他的肺锯开"。我听到了"锯开"这个词。这是个木工用词。

　　意思是他少了一个肺。

　　蒙特威尔第是七个同辈的兄弟姐妹里年纪最小的。

　　瑞美阿姨收容了他。蒙特威尔第、阿姨还有姨丈在一起生活了五十多年。这是一个有关于个人牺牲的故事，是我的阿姨疼爱胞弟的故事，一段良善的历史。蒙特威尔第靠着一个肺、口腔更少的空气以及身体里的残存空气，这般枯竭苟且地活着。

阿姨去世后，舅舅继续苟活了几年。

仅依靠一个肺存活是革命性的传奇。

在我还小的时候，一到周末母亲就把我寄放在阿姨家中，在那里我见识到了舅舅阿尔贝托的顽劣性格——伟大的蒙特威尔第。当他用尖刀来威胁我时，我只有七八岁。那是一把锐利的刀。四十五年后的今天，我现在无情地注视着刀刃，当然不再心存芥蒂。我双眼平视刀刃，就像米格尔·斯托罗夫（Miguel Strogoff）看着他的剑身一样。我能记得所有在我生命中意义非凡的刀。那就是它，在磨尖数次之后失去了原有的笔直，生锈严重，木柄开裂。这把刀的切割能力备受肯定。这是一把舅舅家祖传下来的刀。它在十九世纪末被打造而成，现在刀片生锈，且完全变黑了，尽管不是脏污的表面发黑，倒是显得得体、高贵。1960年代末，我们在面包上划一个十字标志之后，就用这把刀把面包切成圆片，那种面包富含气孔，引得面包屑到处都是，好似一场面包屑的盛宴。

舅舅拿刀追赶我，穿过我阿姨的家里面；房子里有一条长廊，在走廊中央是一扇朝着露台的落地窗。那是一座让我一旦思及便会喜极而泣的房子，因为它让我记起那时的快乐时光。我能够一厘米一厘米地重建它，画出精确的房屋平面图。我很乐意如此。那座房子有些漆黑阴森，而我对它的古老充满好奇。房子是在1937年西班牙内战时期建造的，建筑材料来自轰炸后的残垣断壁。此前那里有一间农户的房子。西班牙农民的坚守精神貌似借此提升了，如今他们的灵魂无处不在，也占据了阿姨的内心。

"我要割了你的脖子。"那时他叫喊着。

瑞美阿姨的丈夫阻止了舅舅阿尔贝托。他抓住了阿尔贝托的手臂，将之向后拧去，让刀落到地上。我知道其中有更多事发生。疯狂的情绪于我所在之处绽放。

舅舅蒙特威尔第相当失控，我也一样。我知道他拿刀追我，也知道他的侮慢。他厌恶上帝。胡安·塞巴斯蒂安从不亵渎神明。蒙特威尔第则全然不同，他的念头多样而强烈。胡安·塞巴斯蒂安从来不这样，他能分辨两类人：一类渎神，另一类则不然。渎神的人往往是绝望的，遭受下地狱的痛楚。而另一类人同样备受其苦。

并且他能分辨两类音乐家：一类谱写歌颂的乐章，而另一类通过音乐达到谴责的目的。

我和G——那个打我的神父——一样：我的记忆有处短路。尽管明知蒙特威尔第想要用刀杀了我，我的生存意愿却一下子丧失了。我依稀记得导火索应该是我重复了其他人口中有关于他的话，内容与他的无能和无用有关。他听到了我高声畅言侮辱他的话。在家里说话的分寸很重要，与社会的规矩不同。于是，他失心疯一般想要杀了我，事实上他该杀的是他的哥哥——舅舅莫里西奥（Mauricio，接下来我会以亨德尔Handel称呼他），他在那代子女中是最年长的。就是他说蒙特威尔第没用。他对这个弟弟毫无同情，也不因他只有一个肺有半分动容。在韦斯卡那些村子里有经年累月的不满和灾祸。

我所热爱的，那些村子。

125

亨德尔也去世了。我想他享寿不及七十三岁，应该是六十九岁。生活以喜剧的形式一如既往地上演。我想我不过是高声重复了亨德尔说的关于自己亲弟弟的悄悄话。我听到他说蒙特威尔第是一个灾难，还有一些类似这样的话，之后我散布了这些字字句句。我不知道这怎么了。我什么都不懂。在公众场合提到家丑或者散播家族的秘密是孩子会干的典型蠢事。也正是如此，一个绝望的人想要持刀杀我。

蒙特威尔第从不和亨德尔讲话。

他们关系很糟。

蒙特威尔第认为亨德尔得在生活中帮助他，因为亨德尔是他的长兄。同样地，亨德尔在这种生活模式下承受诸多痛苦，我想他怀有巨大的孤独。我记得他的小胡子，还有极瘦的身体上那硕大的脑袋。他抽烟很猛，一天三包烟，抽的是黑烟。我不晓得他的来历。我认为，我们从来都保持着毫无联系的家族关系，但是其中也不乏生活中的成果。

亨德尔如同魔鬼，头发极短，像个士兵，个性古怪。他是一个完美猎手，最喜欢猎野猪。有一次我和他一起去打猎。我们要"等待"野猪的出现。然后，猎物出现了，亨德尔用一把霰弹枪打爆了它的眼睛，再猛击它的头颅。他边看着野猪奄奄一息，边抽着烟。亨德尔把死猪扔在那里喂老鼠，赏赐老鼠们一顿美味佳肴。那头野猪上了岁数，年老体弱，它的肉又硬又长满疥疮。之后我们驱车离开，一路上狂风呼啸、干燥而冷峭。那是一个十一月的夜晚。

月光从高空洒下，映照着野猪的尸体，亨德尔陷入了彻底的沉默，他点起烟，遥望索蒙塔诺区这片土地的远方。我们所有人皆会是偌大的虚无与象征着夜晚的漆黑、卑劣的混合体。

他想打开车里的晚间电台，但在此处难以接收到广播信号。于是只听见了沙沙的杂音。

126

蒙特威尔第好似另一个魔鬼，他也是一个古怪的人，唯一区别是他披头散发。

他和亨德尔是亲兄弟，尤其是在古怪这一点上，只是一个几乎顶上无毛，另一个则头发凌乱。

这下我记起来了，他们俩脸上都有胡子。亨德尔是小胡子，蒙特威尔第则是络腮胡子。

旧时的巴尔巴斯特罗市人人熟识蒙特威尔第，但对年轻一代而言，他是陌生的。

往日这里尊重、理解并热爱他。我明白个中缘由，因为本质上，蒙特威尔第是巴尔巴斯特罗这片土地上、纵横街道间、大小广场里存在着的一种自然气息。

蒙特威尔第总是长篇大论又慌里慌张。他总是这样重复地打招呼："你怎么样，伙计？"提出这个问题本身就是荒谬诡谲的，好像能从其声音中隐约看见一种狂热而弥散的秘密崇拜。诚然，蒙特威尔第营造了王国的氛围。他滔滔不绝起来，但蹦出的句子却毫无关联，而是话与话的堆砌，有着重合之处：这是一种语言奇观，其中存在一些不属于生物世界的东西。前不久，我也话多了起来：喋喋不休的两个人，不给其他交谈者有时间做评断，不停地占用他们的思绪，阻止他们从静默间隙观察或发现到我们神经错乱和精疲力竭的状态。我们遭受无比的痛苦，以至于我们只好无意识地在音节间游移。

用责之切来掩饰，没错，这也是爱之深的伪装。

好几年前我在街上碰到蒙特威尔第，他向我展示刚买的手机。我们互相交换了手机号码。

我们看着手机，满心怆然。

我从不打电话给他，为什么要打呢？

他的外表狼狈不堪：身穿旧衣服，打着花样领带，身上臭气熏天。在他生命的最后阶段，他身上有一股难闻的气味。虽然这是一场原始灾难，但他有巧妙的打算。

人们无法靠近其周身三米之内。

他从不洗澡。

蒙特威尔第的气味令人厌恶。是一种纯前卫艺术。他臭名远播，整个巴尔巴斯特罗市都能从他令人作呕的气味里辨认其踪迹。

他泰然地与他过早到来的死亡气味共生。

蒙特威尔第身上骇人的气味是他的福祉。这是一种区别于他人的形式，也是在他周身修筑起的一道防御墙，一堵严密保护着他的孤独而不可逾越的墙，就像一个母亲保护她的幼崽一样。

他的孤独是他的孩子，他心爱的独子。

舅舅用臭味保护他的孤独，就像动物的行为一样，像臭鼬所为，它们的气味可达两米之远。这正好是阿尔贝托·维达尔身上的臭味可被闻到的最远距离。那种臭味也包括他的政治反抗，这是一种政治力量，一种抗拒社会礼仪的崇拜。这是对不育的一时激奋。

他和他的姐姐瑞美一起生活，还有他的姐夫赫米尼奥（Herminio）。他的姐夫是一个好男人。换作其他任何一个人都会对此心怀怨怼。

因为本来就无法对此过分宽容。

和自己妻子的弟弟一辈子生活在一起，这是赫米尼奥所经历的。

总会有一个房间是给蒙特威尔第的。

他们三个人在一座老房子里一起生活，住在圣希波利特（San Hipólito）街上。他们彼此交好。尽管时有争吵，但仍十分相爱。赫米尼奥的善良是神圣的，也许他是我生命中见过最好的人。赫米尼奥爱我的阿姨瑞美，对她的爱胜过一切。他们始终如一地相爱。我不曾想过他们三个人可以一起生活，也没有想到会在家族中目睹这一切。我应该关注的是他们之间的爱，是赫米尼奥爱他的妻子才对。

之后我的表妹呱呱坠地了。因此有四个人，一对夫妻、一个女儿和小舅，他们一起生活了数十年。真是一件奇妙的事。在这四个人的意外结合中存在着美好。如果我现在思考这一问题，也还是不能理解。在我看来，由于类似亲戚关系的世俗原因，两个人共同生活了五十年并不合适。在音乐史上，谁会是赫米尼奥呢？也许是《圣母悼歌》的作曲家，英年早逝的佩尔戈莱西。

舅舅阿尔贝托的房间冰冷潮湿，总是需要多通风。这个房间使人着迷，我从来没有进去过，因为我被禁止入内。偶尔在它通风时，我能看见它的样子。房间里有一个衣柜，一张简单的床和一张桌子。我觉得里面最好的是那扇窗户。房间的四方形结构为其增添了宗教意义。如今因再次看到了这个禁区，我又再次感受到了这一点。那应该是一个弃置的房间，在该种境遇下，抛弃是流动的状态，它侵入墙体、地面、家具和空气中。孤独仍然会存在，被掩盖在四面墙之下——如果它们仍然存在的话。

舅舅阿尔贝托没有工作，没有结婚，也从来没有女朋友。压根没有人认识他的朋友，但是他应该有几个朋友，他也应该恋爱过。如果我知道他喜欢过的某个女人的姓名，如果我知道她仍然活着，我会打电话跟她聊聊舅舅这个人。那一定很奇特。当阿尔贝托患上结核病时，就一直使用他个人的盘子、杯子和餐具。

我那时是个孩子，在我的眼中，那些盘子、杯子和餐具就像是什么禁忌、肮脏、恶心而危险的物品。

他的盘子让人害怕。

杯子也是。

如同一个陌生的深渊。

还有他的餐巾纸，总是打着死结。

我的父亲把旧西装送给了他。

舅舅蒙特威尔第穿着胡安·塞巴斯蒂安的旧西装，走过巴尔巴斯特罗市。他穿着那件西服显得身材很肥大，因为胡安·塞巴斯蒂安个子高，但没关系。他看起来就像坎廷弗拉斯

（Cantinflas）。这指的是一个偷穿衣服的西班牙穷人，它源自一个传奇故事。蒙特威尔第喜欢模仿他说话。

父亲去世了，蒙特威尔第继续穿着他过大的西装漫步在巴尔巴斯特罗市。

当我在街上碰到我舅舅时，我会记起父亲在 1970 年代时的样子，因为在那时他会身着业已过时的衣服，是那个年代的双排扣西装，现在完全没有人会穿了。

在巴尔巴斯特罗市，阿尔贝托·维达尔从一端走到另一端，身体装在双排扣西装里，就像是艾尔·卡彭（Al Capone）。他总是在各个地方散步，赴往渺无人烟的村庄。他似乎无处不在。

阿尔贝托创造了路。

他有一些奇怪的朋友，那些人死去、消失或者从未存在。我认识他的其中一个朋友；我本来想知道那种友谊是如何构成的，我认为它们是如此不一致，以至于一定得是纯净、善良、简单和基本的。基本的友谊，我如是想着。我从来不知道那些朋友生活在何处。我记得其中一个人的长相，他的脸让我想起佩加索（Pegaso）卡车的驾驶室。换句话说，你没法讲出这种不存在的事物。

在 1980 年代初，姨丈赫米尼奥费了好大的力气，买下村外合作社里的一个小套间。自从表妹离家、展开自己的生活之后，他们家再次回到只有三个人居住在那儿的日子。蒙特威尔第在新家里同样有自己的房间。他在合作社大楼里得到了一份薪资微薄的管理工作，逢人就说自己的工作干得多么出色，邻居们对他有多么满意。

他继续穿着旧西装，戴着奇怪的领带，打扮得像个土匪一样。或许是贫穷之故，他始终穿着那套西装。我的家族中不乏这类自成一派的穷人。蒙特威尔第延长了我父亲西装的寿命，将其延伸至永恒的边界。尽管我的父亲去世了，但他1970年代穿的西装却继续在巴尔巴斯特罗市的大街小巷上穿梭活跃。那幅情景让我觉得很美妙，如同传说一般。

阿姨去世了，把两个孤零零的活人留在那个屋里——两个没有任何亲缘关系的老人。她留下了佩尔戈莱西和蒙特威尔第。两个人谈论生命中的音乐，发现过去五十年中将他们两个联系在一起的纽带——瑞美阿姨不见了。我想要称呼她为玛丽亚·卡拉斯（María Callas），然而不幸的是，音乐史上没有任何杰出的女性。我觉得佩尔戈莱西和蒙特威尔第共处一室起码有五十年了，也许是六十年。通过玛丽亚·卡拉斯，他们建立起由姻亲而缔结的关系，但是这种亲缘关系的源头却已不复存在了。该有人来写一项人类学的协定，以解释什么是政治上的亲缘关系，它从何产生，又是形成于历史上哪间黑暗的屋子里。

现在阿尔贝托·维达尔去世了。

伟大的蒙特威尔第不在了。

我再次想起那时候在圣希波利特街的房子里他手握着刀追赶我、想要割我的脖子，割一个八岁孩子的脖子。他手握的那把旧刀，其木制的刀柄因战争和饥饿的种种往事而磨损。

别担心，阿尔贝托·维达尔，在二十世纪七八十年代的巴尔巴斯特罗市，你显露了脾性，那只有我注意到，并没有什么大碍。

你会从死亡当中醒来。

我宁愿你用刀割开我的脖子。本来我们都会结束，我在地下，你受绞刑。

虽然人类准则责骂和惩戒这样的结局，但那也没有很糟糕：不过是坟墓和脖子分离。

那就是我们的来源，时代给予我们新的历史机遇，即成为某物或者某人的机会，拥有工作、养老金和社会保险的机会，而我们总是会浪费机会。

我们源自树木、河流、田野和峡谷。

往往意味着牲畜圈、贫穷、臭气、发狂、疾病和灾难。

我们是遗忘之歌的作曲家。

上帝存在与否对我们来说没有差别。

如果上帝或者谁为我们提供天堂，不消四天，在你我之中，我们会将它转变为臭水沟。

如果上帝因我们将天堂变为下水道而勃然大怒，会怎么样？我们会被再次杀死吗？我们会回到地狱吗？

噢，相信我，阿尔贝托·维达尔，我们是上帝的磨难。上帝归来，人类却没有看到什么变好的迹象。春天来临之际，请你从坟墓里笑出声来，因为你已在春日之前陨落了。这是我们在人类历史诞生之前，长留于此的美好时光。

笑吧，阿尔贝托·维达尔，洗净发丝再洒上古龙水。

看你以前多脏，啊，看你别具一格。

看你以前多孤独，你在天地间孑然一身。

你成年时没有人爱你，甚至身为你外甥的我也不爱你。在孩提之时，你的母亲塞西莉亚爱你。你为没有人搭理你而求助于她。在我看来，这是一种超自然的形式，一段在世却不被爱的经历。那样一种困难重重的自由形式。在人类秩序出现之前，混沌的物质能量不断革新，因为它也是独立存在的。不被爱地活着何尝就是一种失败呢？

那是一份礼物。

血迹斑斑的馈赠。

你可以看到更多，看到自由之中的物质意识。人类需要寻找一个最高点，以免事情偶然发生的时候一发不可收拾。我们寻找意志，因为某些原因，我们身在此处。我们希望生命至少要达成一个目标。但是鬼扯的是上帝的存在如同人类良善的存在。

如今许多人认为，如果他们做个有用的人，并且以诚实的态度面对他人，这就已经是寻获了生命的意义，就能够死而瞑目了。但是在那其中仍有空虚所在。诚实即是本体学上的欺骗。

不懂"本体学的"这个单词是什么意思并无大碍，因为这没什么。

这样巨大的空无是奇妙的。看见空无，一如我所看到的。就像蒙特威尔第，你看见了虚无一样。

蒙特威尔第，相信我，你的征途是英雄之路。

"你怎么样，伙计？"

127

我再一次待在拉尼亚斯大道的公寓里。好吧，这条街现在叫作何塞·阿塔雷斯（José Atarés），它已经不再叫拉尼亚斯，但是出于父亲的缘故，我还是会一直这样称呼它。

当我外出时，去旅游时，勃拉姆斯和维瓦尔第会来这里住，就像这个家没有主人一样。即便是失踪者的状况也没有这么凄惨。

而当我在这里时，他们很少来看望我。

尽管勃拉姆斯和维瓦尔第被离婚所困，可是在道德形象上，需要他们有一个人充当受害者，而另一个则是刽子手。勃拉姆斯和维瓦尔第不记得我的父母，也就是他们的祖父母，更不理解他们也曾在这所公寓里。祖父母就在那里，但他们视而不见。勃拉姆斯和维瓦尔第不知道什么是孤苦无依。很多人直至生命的终点都对万念俱灰的感受一无所知，而大部分我生命中的人也不知道这种感觉，或许也永远不会明白。

绝望感与日俱增之时，我在照相机网站 Fotoprix 上买了便宜的相框，随即把父母亲、勃拉姆斯、维瓦尔第和我的合照挂在家里的墙上。虽然这个相框和家里的摆设不搭，但我很喜欢这种风格。母亲以前也是这样。她也买了便宜相框，放上了勃拉姆斯和维瓦尔第的照片，不过她不挂自己的照片就是了。

因为照片数量很多而相框有限，我简单地用各色胶带把照片固定在墙上：也不赖。我正在建造新家。在我离婚后，在我的父母离世后，我彻底失去了家。现在，我通过混乱的照片重建一个家，试图用照片装饰拉尼亚斯的家，借此来重新打造它，其中有些照片是用黑白打印机重新印刷的。

我打算更换锁芯，愤愤然地自言自语，不过这个情绪在五分钟后就会消失殆尽了。这可以提醒勃拉姆斯和维瓦尔第这个房子事关重大，它是活生生的。尽管他们只在我外出的时候上门，但是我到底还是喜欢他们的到来。

每一天都更加孤独，也没有儿女相伴，但无关紧要。也许这就是生活法则。我希望自己不会如此在意。如果儿女们好，他们生活如意，什么都无所谓。生活陷入这个阴暗的房间。无所谓。但是我讨厌儿子不随手关灯，就像他最近所做的一样，因为要支付电费的人是我。一个需要选择舍弃就被抛弃的人，这就是我。湮灭的父亲，隐藏不见的父亲。我可不会自个儿出门，放任父母亲家中未熄灭的灯火不管。

绝对不会，我不会没关灯就走。

不过我在十分钟后忘了发生的一切。

因此我们不时在这套公寓里一起吃饭。生命等待他们，四十年后他们来找寻我。但愿勃拉姆斯和维瓦尔第能发觉我的爱，但愿我能呵护他们直至永远的永远。我觉得我可以做到。我会一直在他们身边，爱他们。就像我的父亲自始至终疼爱我一般。他们会寻觅那顿二十分钟的饭菜，探访这处公寓，追溯我的模样。

然而他们无法找到我，因为我将离开人世。尽管我终将死去，但我会守护他们。

128

上次旅行时，我给勃拉姆斯和维瓦尔第带了礼物。儿子们看了礼物，说十分喜欢，结果把礼物忘在我家没有拿走。

现在我眼前的这些礼物：它们了无生气又让人不屑一顾，落得个悲惨下场。这是家道中落的象征，同时也意味着亲情的湮灭。事实上，我们所言绝非句句属实，因为倘若如此，世界的平衡会被打破，该世界正是凭借着合乎情理与可承受的论说而得以自如运行。

在废弃的狭小房间里，床铺上的那些礼物要如何是好？

我身处另一偌大的房间，躺在床上。之后起身回到小房间，注视着彼处，小床上那些给儿子们的礼物被弃之不顾，这与小床的遭遇一致，而它们所形成的孤独，使人视之便身心相离。

孩子们没带走礼物，我却一点儿也不为此感到难过，倒是吃惊多些，这也许是因为已经度过了悲伤阶段，抑或是悲伤被惊讶所替代。出于对儿子们的爱，我不在乎他们如何对待我以及怎样处置礼物。但是身为父亲的我同样具有生存意识，也是个活生生的人。至于对礼物的寥寥赞美，那则使我惊惧不安，我一生中所经历的忐忑要多过悲伤。惊惶源于过错，而悲伤来自自身。也就是说，如果礼物被抛弃，是因为我的过错。有时我会觉得我的过错广大更胜天地，甚至可以与星际深处相匹敌。错误是一个金色谜团，显而易见，因此我不是说起源于宗教，或者更具体而言，起源于天主教，可以溯及史前、如同万有引力、土地和生存的原罪一般，是卡夫卡的错。

错误是激发文明与物质进步的强有力机制，因为它创造"道德结构"，道德伦理则是推动现实的保障。没有过错，就不会存在电子计算机和太空飞行，就不会诞生马克思列宁主义，我们的头脑会空无一物，人类终将沦为蝼蚁。

母亲以前送给我的古龙水，我有记得带走。但是我终究不喜欢她送我礼物。昂贵的古龙水令人难以认同，她却热衷于此，还有为我庆生。或许我的儿子们落下礼物，归根到底是因为我同样不喜欢母亲这么做。越多的亲缘联系被挖掘，生命与记忆就越发神圣。

我凝视着相框中镶嵌着的父母照片。相框是我在 Fotoprix 照片馆买的，它们是世上最普通不过的相框。Fotoprix 与中国商店的价格竞争战打得火热。中国商店没有暖气和空调，Fotoprix 则有配备这些。移民和穷人才会到 Fotoprix 照片馆或中国商店买相框，把他们亲友的肖像摆放其中。

以保存家人相片为噱头，销售廉价相框的生意蓬勃发展。当人们用两欧元的相框来留住你的回忆和亲人时，便是将过往化作了几丝温柔。

129

2015 年 3 月 24 日，星期二，德国之翼航空公司一架载客飞机在阿尔卑斯山脉法国境内坠毁。共计一百五十人死亡。诸多卫星电视皆试图表达同情，但无人知晓要如何通过电视表露怜悯之心。这桩悲剧在几周之后逐渐被忘却。数年后，我写下的这些文字终将成为遥远的史料。也许这就是我将它记录下来的原因：为了意识到世人对于一切经历的无知无觉。德国之翼那趟航班上的乘客们，在生命的最后时刻，在身体支离破碎时，是什么感觉呢？

他们是怎么死的？是受外力击打还是被大火焚烧？

对死亡的剖析与公开通讯工具所提供的全部技术细节同样有必要。没有人谈及在时速九百公里的空中客机上，一个十四岁孩子的身体在被甩向螺旋桨叶、投进火坑、撞击塑料与铁制部件的情况下是如何被肢解的。而灼烧至内脏，受热刺激的皮下中枢神经系统会是什么感觉？一具残破的身体，又该如何开发他头脑的情商？

何为痛苦？温度要达到多少才叫痛苦？

机上是十四岁的孩子们。

他们感觉如何？哎呀，他们会怎样？我确信孩子们在失去意识的三秒前会想起自己的母亲，眼前浮现出她的模样，并懂得爱的存在。他们想起母亲，但她却对发生的事故一无所知，因而不会时刻挂念孩子，反倒是在工作、购物、通话或者是开车，直到几小时后才会获悉噩耗。为什么？因为心灵感应的交流方式是假的，这种现象只有在神话传说中才会发生。也就是说，意外死亡的悲剧发生时，还有人能超乎寻常地向亲人道别，这种现象是不存在的。

爱不存在于自然界之中。

那么瞬间死亡呢？噢，打个极好的比方，存在瞬时无痛的死亡，就和死刑犯会有拥趸一样荒谬。明确一点：不存在瞬间死亡。原因很简单：生命是猛烈的，它通常强而有力，决不会如此平静地进行下去。它总是在难以名状、不可抵挡、惨无人道且狼狈不堪的痛苦中结束。因为生命是祖先与死神抗争所争来的。

当你如同现在的我一样为人父时，你会是全世界儿女的父亲，而不仅仅是你自己孩子的父亲。如此才是亲子关系的维系方式。

除此之外，一切皆是政治。

我好爱勃拉姆斯和维瓦尔第。

130

我在超市购入认知上的必需品，之后又归还回去。一旦归还，我又会再买回来。那让我记起两件小型家用电器：磅秤和烤面包机。有趣的是我还用过烤面包机。我独自待在拉尼亚斯大道的公寓里想着母亲。她同样对购物犹豫不决，甚至迁怒于电器。

我记得，在 1970 年代中期电动刀上市时，她买了一把。之后产品因不受消费市场欢迎停产了。母亲占有欲极强，她在世的时候，不希望我结婚。在她去世前几个月，有一通不祥的电话打到了我彼时的家中。是母亲的来电，我那时恰好外出。电话中她对我那时的妻子，也就是如今我的前妻说道："如果他是下午五点出门，不可能到现在还没到家。"我通常傍晚七点就已经在家里了。

可恰好我那天进门时是晚上十点。

最倒霉的是通话时我正好在上电梯，以致我进家门时还听到了她们俩挂断电话前的道别。也就是说，如果我再早三分钟抵达，就能阻止一桩由母亲所引起的事件爆发，它原本是能够避免的，但是没有如果，事已至此。

那事尤其该怪她。她的电话是关键点，是一切的始末。

我想要看穿命运的复杂伎俩，它宣告一切的事件都不是偶

277

然。人类天生认为行为中包含人的意志和理性，认为命运有玄机，因此我想我们得相信怪诞的想法。我们不信巧合，还指望发生在生活中的灾难性事件有超乎自然的维度。但事实是一直以来，我只是看透了命运的讽刺性。

此外，各种恐怖的经历对人生起决定性作用。

没有劫难，没有单纯的事实和行为，没有情节演绎，我们的生命就不会有故事和曲折，也就不复存在。

母亲对此从不知情。我没向她讲过。她也不知道那通电话导致我的生活一团糟。她的电话揭露了我的不忠。显然，由于我持续陷入在无止境的婚姻背叛中，电话导致的后果只是时间早晚的问题，它击溃我，使得我用酒精麻痹自己。尽管我因为害怕无家可归而不愿接受现实，但我的婚姻终究到头了。

那通电话之后，我筋疲力尽，浑浑噩噩地到楼下的酒吧点了一杯琴酒。然后，第二杯酒下肚，我才回过神来。这是酒精进入血液的作用：一切再次焕发光彩。酒吧在我住处的楼下，女服务员端上酒，我把她的手看作母亲的手。接着，第三杯酒带给我中毒般又灭顶的欢愉。

我正在进入命运的谜团。它用人类的样貌作为其内在力量的幻象，交换面孔，并以此为乐，诱发现实世界中的口角争执。我知道自己再也无法从头来过。不得不因为母亲一通电话的过失，从彼时仍属于我的家中出走。好一出令人恼火的丑剧，之后勃拉姆斯到酒吧来，对我说："爸爸，我和你一起走。"但是之后他又改变了主意。那时候，我因他的话深受打动，并时时铭记在心。那是我这辈子听过的最动听的言语，其中蕴含着无穷的甜蜜，句子简短，却让人幸福得要死。它没有附加什么行为，但却胜过行为本身，即便是行为也没有话语来得清楚。

尽管我一抬眼就能记得第三杯琴酒潜藏在血液中的能量，但过去已逝。如今我目光所及尽是美好。倒也没有这么夸张，不过就是一个简单的故事，是几千名西班牙人，或者是几千个人其中的故事之一。纵使也有不想离婚的西班牙人（男性人数远多于女性），他们不想失去书柜、海景公寓、电视机，或者是桌子抽屉里干净的换洗物等诸如此类的物件。痛苦是世上最怪异的面孔。的确，我失去了自己的图书馆，我很怀念，但不过是失去一些书而已。书籍不等于生活，顶多就是生活的装饰品罢了。

131

我本来以为，母亲会知道是她的来电促成了我离婚的结局。离奇的是，她在毫不知情的状态下去世了。因此，她只知道我在生活中有过的两种状况：在她掌控下的单身状态，以及在另一个女人掌控下的已婚状态，换言之，另一个女人也是她自己。她遗漏了第三种：我不受任何女人控制的离异状态。也就是没有她的状态。如果我是母亲生命的中心，同时是她给予我存在的重量，第三种则最贴近存在的终极真实状态。它是喧嚣的自由，飘零的无助。诚然，没有母亲宛若神灵的出现就不会有我，是她的子宫孕育我的肉体，她只能接受在记忆与幻象中所产生的事物认知。

石器时代的神明经过历次再生，成为我的母亲。

最后母亲不在了，她的化身也消失了。或许她的身体和她所派生出来的一切皆在向我宣告其彻底的死亡，任由我暴露在自由之下，说道："终于只剩你一个人了，因为只有我的死才能将你如此渴求而忧惧的自由还给你；让我们拭目以待，且看在没有我和我的化身，没有我在你的妻儿身上、工作、家中、书柜和你呼吸的一丝一缕中的延伸之后，你还能存活多长时间。"

我的整个人生都是母亲延伸的意象。我受其统治，整个人生都处于弗洛伊德式封建时代和母权制社会之中。如果小时候我出了什么问题，过错就在母亲身上。如果我四十岁时出了什么错，责任就在前妻身上，也就是母亲的代表。也许正因如此，我的私通和对婚姻的不忠不会影响到前妻，而是影响到母亲。

母亲对我的人生掌控自如，凡事都无所谓。她掌控的责任不在于使我快乐，而在于保证我的生存。因为那个伟大的政体，社会制度的使命是使子孙后代经久不衰。多亏有她的管理，我得以顺遂多年，但我还是在四十岁时死亡。不，她维持我的生命，要我如行尸走肉般活着。但在她来电的时候，我还没有意识到这一点，直至时隔很久的今日，我才体悟到。

远古的巫婆会在深夜思考如何保存她的子嗣，运用氧化等一系列作用消磨其肉体，使其灵魂在圣洁的母性光辉之下分解。那是在希腊史前的时代，母亲的神灵由此而来。

讽刺，极度的讽刺。她来电是为了知道我是否一切安好，可是反倒让我的生活沦为地狱。

她的出发点是盼我平安，可是她的电话却带给我厄运。

如果我们再次相见，我们会说些什么？我得告诉她自她离开后发生的一切，但我不知道从何说起。如果她还回来，我得跟她解释她的房子和儿子都已经不复存在。

132

在母亲生命中的最后几年，她是不幸的，但生活中也有意外之喜。那段日子里她教会我许多事。有时我们几乎浑然一体。我们没有额外的负担，纯粹扮演母子的角色，度过平静的片刻。我们母子不过是一个寡妇和一个失怙的儿子。或许，我们不曾摆脱父亲死亡的沉重，也仍未逃离难以自拔的黑暗。或许他的离开削弱了我们的母子联系，他是我们生活的最大支撑力量。

母亲没法独处，她总是给我打上千次电话，就像我现在打给勃拉姆斯和维瓦尔第一样，他们对我的态度和我对待母亲别无二致。我想这种行为也许是出于罪恶感，也或者是出于对接收死讯的焦虑不安。

有一次，母亲对我说："但愿你的儿子也会对你做你现在对我做的事情。"我想，我已经明白她的言外之意，因为我擅长准确地把握语言的深层含义。

好吧，确实如她所言。这就是她，具备预知能力。但是这没什么。母亲知道她是在预测，尽管我不认为人能够有意识地凭借理性悉数了解万事，但她确实通晓一切。人们穷其一生在牺牲自我和埋头工作，执着于有所收获，而母亲如有神助，倏忽之间便知晓一切。

但是无所谓，我想这种状况会有所改善。与母亲相反，父亲从不给我打电话，因为他热衷于看电视，通常从早上十点开始，看垂死的厨师为枯槁老人制作菜肴，而这与我的晚年生活相差无几。

在母亲生命最后的一段日子里，没人受得了她，包括她自己。她仿佛一台粉碎机，摧毁出现在她面前的一切。

她就是一台巨大的粉碎机，是个怪异的女人，对生活狂热而爱得偏激。

她混沌不清。

颓靡失望。

复而抱有憧憬。

于是她打了那个最后的电话。要说她是出于好心打来，那可真是个笑话。

亲爱的母亲，你想要打电话给我的念头狠毒又可恶，它无时无刻不在瓦解我或是改变我的生活；虽然我分辨不清它带来的影响到底是什么，有意思的是，我对此并不在乎。如果你知道这通电话的后果，你会怎么看？也许你的确知道。未知力量驱使下你拿起电话，这恰巧如你所愿。这大概是你在世上最后一次值得纪念的举措。

我的生命通向诸多诡谲之事，巨大的阴谋充斥其中。人们应当意识到生活中满布诡计与勾结。某些行为的意义即是招致巨大变化。母亲拖着我的婚姻一同死亡，她的死亡与婚姻的夭折融合为一种孤独。我能够料到那其中就有阴谋。它包含着不可见的用意，是布下陷阱与志在必得。

不过，阴谋的幕后主使是谁？

毫无疑问，是上帝本人。

还有吗？

难道是巧合？

不。

都不是。

是时机而已。

133

　　我的母亲是朋克。她总是一时兴起就换个出生日期，搞得医生稀里糊涂。在公民身份登记处她也这么干。现在我手头有一堆母亲的证件，上面的信息各不相同。在身份证上她出生于1933 年。但是在户口簿上写的是 1932 年，而出生证明则显示1934 年。她还变更生日：一份资料上她的生日是 4 月 7 日，另一份是 12 月 2 日，或者 10 月 22 日。她更通过更换拼音，更改了她的第二个姓氏。有时是 Rin，或者是 Ris，Ríu 或 Ríun。我向来不清楚到底哪个是真的。

　　母亲讨厌人们对她的任何称呼。她不认为自己有名有姓，也不想被区区一个姓名束缚。这出于她的本能，而非经由思考产生。

　　本能是一种可以被遗传的能力。这即是我从她身上所继承的：抓住事物本源。

　　母亲接受第一个姓氏，是因为它具有官方性，因此她别无选择，但对另一个，她则随心所欲地将它打破。根据她的想法，她拒绝为事物命名。起码到十四岁时，即使她在一些单词的发音上尚有困难，但是这不妨碍她已经掌握事物的基本信息。对她而言，语言本身并不重要，重要的是在其乔装下的真正事物。真实事物的伪装很脆弱且繁复。

西班牙曾通过一项《抚养法》，它使我的母亲和失去自理能力的老人受益——因为母亲的行动障碍，她需要有人照护。她将法律更名，并称之为《独立法》。有趣的是，这一具有讽刺意味的混合体，与十九世纪家喻户晓的独立战争中，西班牙成功驱逐拿破仑军队的事件相呼应。名字上的混淆涵盖了对一切所习的讽刺，这让我想起过去我的学生会误以为奎瓦多是贡戈拉，或者把洛佩·德·维加和加尔多斯（Galdós）二人混为一谈，那令我惊诧不已。我远未及要扯下身上的教师袍这种程度，便在观物间，从文化、词汇和人类现实的意外空缺中窥见一处新天地。

不，我决不会指责这些错误，因为它们称不上错误，而且无伤大雅，反倒是缺乏分辨的动力所致，可作另一形式的理解。因此，在官员例行公事时，我被问到母亲的全名，我像她一样做，回答 Ríu 或者 Rin，留待其自行理解。

我肯定死者们已经受够了我的母亲，甚至希望她第一个复生。

人们不知道变更出生日期或者姓氏的乐趣。这不是什么游戏或者轻浮之事，而是对人类规则发起的挑战。同时它是赤裸的渴望。究极是对社会现实法则的不满，这在母亲的眼神中体现得淋漓尽致。

我是这种不满的继承者。对于条条框框——我好似母亲，同样漠不关心，对人类文明建立起来的一切无动于衷。这不是自命清高，也不是贬损的无能，它全然相反，更像是痛苦。是由于踏上痛苦、空虚、失重的路途而引起的麻木不仁。

和母亲一样，我满怀对太阳的崇敬之意。每天清晨，阳光射进拉尼亚斯大道的家中，闪得我睁不开眼睛。

阳光为了周遭与光线无关的物件，让我们目力低下。我们会再次一起看见曙光。

真相总是在不断变化，所以难于阐述和指明它。不如说它一直在逃遁。于是，首要的是思考其连续的运作，其异于常规和不甚复杂的变化。

妈妈，我们再也没有机会相见。数百万年之后，我们仍然无法相见。

那是你如此深爱的六月阳光。

134

　　最后，有人来看望我了，是勃拉姆斯。我兴奋地为他准备晚饭：肉肠、土豆和鸡蛋。我买了上等香肠，昂贵又精致，里面夹着蘑菇。接着，把土豆削好皮，用初榨橄榄油下锅油炸。我讨厌使用回锅油，母亲也不干这种事。勃拉姆斯有两个月没来看望我，倒和他的朋友去山上度假玩了四天。好吧，没关系的。

　　他边看电视边吃饭。

　　我们一起看电视。

　　没有电视我们会做什么？

　　有一次吃过晚饭，我问勃拉姆斯要不要去看电影，因为有部电影挺不错。他兴致缺缺，回应称想找他朋友玩。等到他要离开时，我问他能否陪他走一段路。因为我整日待在家里，想出去散散步。

　　他因这一提议而感到不自在。

　　随即拒绝我，说要独自离开。

　　之后他走了。

　　我收拾餐桌，把餐具放进洗碗机。买来的洗碗机功能良好，这使我觉得欣慰。打扫好厨房后，我坐下看电视，发现地上有面包屑。之后回到厨房，瞧了瞧 OK 牌的洗碗机。幸好还有它，好似能摆平一切。它就像上帝谦卑的无遗表露。

机器的运作声陪伴着我。

瓦格纳晚年时，有冰箱的噪声与她做伴，因为她没有洗碗机。

彼时陪伴胡安·塞巴斯蒂安的是电视机的喧闹声，因为他从不去电影院。他即是电影故事本身，要如何叫他去观影呢？他是电影银幕，是演员的容貌，在发黄的银幕上被时间销蚀。

母亲极其清楚一切都在重复上演。她准备晚餐和食物，我亦然。当然，因为她精通厨艺，我做得没她好。我在这种成双的行为往复之中喜极欲狂。母亲正在凭借她所预料之事向我靠近。她不是说："你这样对我，你的儿子们会像你对我一样对你。"她不是要跟我说这个，而是她找到了通往我的归途。她是想传达："我会继续这样，永远爱你。"

这就是奇迹。

奇迹就是在生活中已经知道那条路的存在。

即借助巫术创生的原始道路。

几年前，当母亲说："假如你不来看望我，你的儿子们以后也会这样对你。"她实际上想说的是："我死后会沿着那条路回到你身边，道路两侧绿树成荫，六月的太阳照耀，近旁流水潺潺，我死后仍然会以你我二人的孤独作维系，与你同在。看哪，它阳光明媚，是亡灵之路。"每当儿子们不来与我共进晚餐时，瓦格纳便沿路返回。已故的亡灵，腐败的尸体，伴着黄色的管弦乐队，踏上永垂不朽的回归之路。

母亲是尼采派女性，这就是为什么她的名字叫瓦格纳。

她说：你也会走上这条路，去和勃拉姆斯和维瓦尔第谈谈吧，是时候向他们提及这条路。这是我们家族的伟大道路，它让逝者与生者相伴。

我说我不会这么做，因为还没到时候，我会在我将死之时再告诉他们。

瓦格纳回复："时机已至，因为你时日无多。"

但是第二天，勃拉姆斯决定睡在我家，这使我无比喜悦，不过快乐持续得很短暂。他醒来时有起床气。我亲吻他，这让他有点不适，或者更确切地说，他觉得荒唐。

勃拉姆斯要去另一处住，即他母亲的房子里，因为那儿的床更大。虽然我现在对那儿没有什么权利指手画脚，但房子也有我的一份。我给他咖啡和饼干，他皱着眉头，一脸不屑地拒绝。好像在说"够了，给我停下，我在你这可怕的床上睡觉，已经是仁至义尽"。

瓦格纳说："他正在修建这条路，宽阔而华丽，因此你得以与儿子永不分离。就像你从前总是不亲吻我，不牵我的手，也不来看望我，这没区别，是一样的轮回。"

母亲的身份和我这几近崩溃的父亲身份，是永恒的轮回，如常如斯。

我像个白痴一样盯着被冷落的饼干。我兴奋地买来它们，现在它们成了这个星球上最可怜的饼干。母亲也一定经常给我买点什么，是那些在她生前我所忽略的、觉得微不足道的东西，而这种无足轻重在时光中穿梭，在沉睡四十年后，于当下再次出现，就坐在我的旁边。母亲借此与我对话，这是她的亡魂选择的交流方式。瓦格纳之路再次开启。

是她创造的那条路。

父母亲为了使我永不孤单，耗费毕生来策划、设计并发明了一条抵达我的动荡大道，从死亡通至我的生命。

拉尼亚斯和阿尔尼亚斯是一个形式。

我的离婚也不例外。

我的绝望愤怒，是光芒盛放之路。

这好比是个闭合的黄色圆圈，它始终是黄色的。孙辈不会发现我的儿子们满怀爱意的赠礼。我们就是在这样的迷宫里经过误解，跨越死亡进行交流。好似误解是一个数学方程，它破解死亡的常理。

勃拉姆斯离开了。

他甚至没有铺好床。

把一切都搞得乱糟糟。

我得替他铺床。

床也无依无靠。

135

　　我住在河边，因为所处的拉尼亚斯大道位于埃布罗河河畔。一说傍水生活的人更长寿。我坐电梯下至车库。电梯里有一种独特的气味，不是指气味难闻，而是一种卫生的、经工业清洁的气味，但它是一种异味，人类的嗅觉无法感知。车库位置低于埃布罗河水平面。这给我一种我在潜水的感觉。我的车库像是沉在水下的潜水舱。

　　当我初到此处时，我是这片公寓楼，也就是覆盖十六栋楼的住宅群里唯一的住户，这是我人生中最为豪奢的房产之一。电梯总是直接停靠在我这一层，因为往上三层和往下四层都无人居住。这点令我惊喜不已。不过，有时候上下楼层会有可怕的敲击声响起。

　　我从来不需要等电梯。等待电梯的人要为此浪费多少生命？得是非常多，加起来有几个月的时间。

　　我感觉自己如同王子，或者西班牙政府的某个部长。当我入睡时，我意识到自己身在一幢空荡荡的楼里，好比是在浩瀚太空中憩息的宇航员，或是踏上新大陆的哥伦布。我想这都是父亲一手打造的，他希望我的生活与废弃楼房相融合。为什么说是父亲呢？因为必须是他，是他通过一致的道路名字，要我挑中此地，拉尼亚斯大道就是他本人。

我告诉自己，一定是他。没错，他从死里复生，在我的脸上吻了一下。

我认为世上很少有人喜欢等电梯，因为他们不懂这种感受。而我这几个月体悟深切。

父亲一直在那里，站在楼梯间。

即时的升降性为我的新家开辟了一条神秘的小径。每次我外出，再返家时，电梯就停在一楼。只有我在使用电梯。父亲明白这点。一切无声无息，所以我可以在凌晨三点放音乐。我常常这么干，我将先锋（Pioneer）扩音器的音量旋钮调到最大，直到自己的听力可以承受的音量。

建筑之美在于抽象的孤独，这是我父母离开的物质象征。他们走得多么好，他们如何说再见而不说再见。太棒了，我能够从死亡和拉尼亚斯之中见到他们。电气业如何唤起他们的生命：西门子电梯和先锋扩音器。

136

然后，由于公寓的承建商和所有人被迫根据市场调整价格，他们开始售出公寓。邻居们一个个出现，他们将价格降低了四成以上，这就是为什么我能够买下它，而我也是第一个买家。那是个巧合。房价下跌，我又刚好离婚，急需寻找房子。公寓需要装修，它的内部已经是半成品。我趴在地上试着装修浴室。有人建议我装 AC4 的镶木地板，我接受了，不过事实上我了解地板的级别。后来，来了几个罗马尼亚泥瓦匠给我装修好浴室。我原本以为淋浴间的玻璃门太低了，水会喷出来，可是最后一切都完美无缺。那个时候，连续好几天我都在研究淋浴间玻璃门的高度。我甚至和泥瓦工们一起思考隔板的理想高度。我们盯着玻璃门看，就像看着谜底的人一样。罗马尼亚泥瓦匠对我来说也是个谜题。我敬佩他们其中的一位，因为他非常特立独行。另外一人抽着烟，并将烟头冲进了马桶。我马上阻止他。他停止了这个行为，但是我的话语使他感到不悦。他们吃了超大的三明治果腹。

四天后，我开始在拉尼亚斯大道定居。左邻右舍们都花了好一段时间装修房子，还换了崭新且高雅的厨房。然而，在小区内，所有的富丽堂皇仅维持了三个月的时间，因为好像所有人都不想住在那里。我有种自己搬到了太空舱的错觉，此舱体在宇宙的深处沿轨道运转。不过，要是你在一栋八层楼的建筑里居住三个月，你就会习得该建筑的语言，除此之外，你还会感受到建筑的生命力。建筑的历史也是一段孤独的历史。这栋大楼于 2008 年完竣，恰好当时西班牙的房地产泡沫破灭。于是，楼房都卖不出去了，房价下跌，一直到 2014 年才止跌。六年间，公寓、楼梯、墙垛和电梯都渺无人烟。悲惨的电梯。我想那部机器应该相当感激我的存在。我是这么推测的。我记得那时一切都无法运作，那台洗衣机除外。那是一台新的洗衣机，全新的科柏罗（Corberó），可是它之前被置放在走道上。我觉得这是个谜。我第一次要把洗衣机接上线路的时候，心里已经预设它不会有反应。可是，没想到它运转起来了。洗衣机动起来了，仿佛重生了。一台电器的寿命可以撑得住几年完全不用呢？

母亲的最后一台洗衣机是廉价品牌。她对那些无名的洗衣机信心十足，我也一样。如果她还活着，我们本可以在电话上聊聊洗衣机，但是为时已晚了。我们甚至可以生活在一起。如果上帝再给她一年的生命，我们一定会一起生活。

不可能改变过去，不过或许也有可能。

137

我尝试改造这间公寓，这里的一切都令人质疑。东西都坏掉了。厨房的水龙头安装得不好，水池也是，这导致水总是喷溅出来。我不得不用抹布擦干溅起的水花。我买了水龙头雾化器，但这是个忧伤的设备。

其他邻居所做的就是更换整个厨房、浴室和门，还有购入高档的电器。这就是为什么他们花了这么多的准备时间才入住。邻居的所作所为成为警示我的诫语，提醒自己的错误。

他们确实以客观和安全的方式进行了改进，而我不是。与左邻右舍的成功相比，我的错误显而易见。辉煌而无知的错误，似乎存在着真理，我的种族和命运的肯定。我想，这真是道德低落的想法。

淘汰公寓原本附带的厨房，装修一间新的，这是无可厚非的事情。不幸的是，我没有这样做，因为我身无分文。

这就是我求助于雾化器的原因，这个零件的花费仅为四点九欧元。

现在我看向巴尔巴斯特罗公寓的厨房，母亲在那里。我注意到她一直在洗碗，而且我还了解到那里刚发生了极度重要的事件。我根本不敢直视那里，我什么都不想看，但最终记忆带我重返那个场景——母亲躺在厨房的地板上啜泣，我什么都看不见了。我只希望结束这个情境。她可以擦干泪滴，然后重新站起来。母亲蜷曲着瘫在地板上。父亲不在那儿。约莫 1967 年的时候，这件事情在厨房发生。父亲猛力摔门，扬长而去了。我不知道他们吵架的原因。可是我猜他们以为我太年幼，无法记住这个场景，但是他们俩都错了。

我记得母亲洗涤碗盘的时候没有抹干净泡沫，而是将它们放在水龙头下冲洗好一会儿，好让肥皂泡沫永远消失不见。

138

我和儿子维瓦尔第到家乐福采买。由于那天是连续假期的第二天，大卖场里人山人海，或者说像是一群僵尸挤满了卖场。我总是想着要和儿子一起做些事情，共同干些杂事。那么，除了购物之外，我别无选择。当我与勃拉姆斯和维瓦尔第一起干些事的时候，我感觉回到了家庭破碎之前的那段时光，儿子们也有同感。可是，即便未曾互相言明，但我们都得明白这仅是一个幻想，一种重返过去的幻想。不可能重回离婚前的光阴，儿子们对此再明白不过了。这个不可能性蕴藏了一个令人畏惧的氛围。我们内心百感交集，而我又是最了解个中滋味的那一个。

我们三人一起做的每一件事，都唤醒了关于我们一家四口生活的点点滴滴的记忆。

这不是怀旧，更不是懊悔或内疚。我不知道该怎么说。这是灵感。也是忧郁。好一个忧郁啊。

我原本以为父子一起购物会很愉悦，但是那群僵尸使我动了肝火。我希望拉着维瓦尔第的手，这让我回想起八年前他去上吉他课的那段日子。那时候吉他比儿子还高呢。然后，六年前儿子开始上桌球课。他还晋级进入了全国乒乓球锦标赛，他拿着乒乓球球拍露出纯然的天真无邪，他自己不知道，他内心保有祖先的善良，一种史前的天赋。而在这天赋之中，事物的最佳奥秘得以展现。他的善良就像斯坦利·库布里克（Stanley Kubrick）2001 年电影中的巨石的谜题一样。

维瓦尔第常常让人很感动，打从他在娘胎时起，他的个性就是这样。胡安·塞巴斯蒂安也很喜欢维瓦尔第，尽管他对成为祖父没有很大的兴趣。塞巴斯蒂安眼睁睁看着勃拉姆斯和维瓦尔第的到来，可是却没有做出特别的反应。他不曾扮演过祖父的角色，他也不喜欢这个头衔。其实，内心深处，他也不喜欢扮演父亲的角色。

无论处在家庭的哪个阶层，他都感到不自在。他常常盯着襁褓中的维瓦尔第，惊讶地问道："这是谁？是从哪里来的？"

维瓦尔第还在牙牙学语之际，就已经会用舌头发出很多有创意的声音。这些声音的暗喻常常使他的祖父开怀大笑。

祖孙两人相处的场景看起来像在第二次世界大战的沉船上的一幕：婴儿维瓦尔第和祖父胡安·塞巴斯蒂安。

每当我要拿取东西的时候，无论是一瓶牛奶、一盘鸡肉或一块蛋糕，我的手总是会不自主地颤抖。通过一个人在超市买的商品，我们可以透彻地认识他。例如，散装扁豆。要取东西的时候，我习惯把商品的包装弄破。我的母亲亦是如此，毫无耐心可言。我也是这样。母亲总是把东西弄坏。我也是。我们试图打开容器，可是我们办不到。因为我们眼前所及的是让人恐惧万分和愤怒难耐的不正义。母亲谈及那个藏身在失败背后的魔鬼，而我则论及焦急的心情与我们本不该从其间踏出的原始洞穴。

母亲吼叫道："恶魔一定就在这个屋子的某处。"

我在十二三岁的时候，曾经恶狠狠地把父亲的词典扔到地上。当时我在查找一个单词，可是怎么也查不到。愤怒至极。我不明白那本词典是做什么用的。我甚至朝着地上的词典猛踢一脚，以至于书背都四散开来了。过了些许时间，愤愤之气平复之后，我重新打开词典，发现那是一本法西互译词典。一股温柔之意涌上心头。那是父亲的书呢。我试着修复伤痕累累的书背。可怜的词典。

我继承了母亲的盲目。

母子俩的身体中跳动着同样的脉搏。

无论是她还是我都不知道怎么打开包装袋。我们破坏所有东西。万事万物都从我们手中跌落。我母亲用砍刀劈开了牛奶纸箱。我们无法掌握事物的机械定律。

我不会打开超市的塑料袋。必须得要收银员助我一臂之力。

我总是望着家乐福购物车里的东西兴叹不止，然后把已经塞进去的商品一一拿出。维瓦尔第眼睁睁看着自己的父亲神经错乱的模样。花椰菜旁边有一块橙子味道的巧克力，我也把它拿出来了。我刚刚把这个不必要购买的商品放入购物篮，而我现在后悔了。大卖场里人来人往，时不时有人撞到我们的购物车。我意识到了文明的终结，而自己正陷入无以复加的暴怒情绪，不可抑制地撞击其他购物车。满腔怒火。

我内心忐忑不已。

已经扔掉好多东西了。

我拿起一块奶酪，把它扔到冷冻的鳕鱼上。接着，再打开一盒冷冻面包，恶狠狠地瞪了它们一眼。好吧，这是我对这场革命的全部贡献：在超市中布置零散的混乱；也就是说，我在糟蹋那个负责整理货品的可怜虫，他只有二十岁，每月领六百欧元的工资。

母亲赠予我耐心和迷信。

父母亲生活的周围响彻着四处乱窜的背景噪声，我为此感到震惊不已。

母亲不断地打破容器。任何东西都会从她手上摔落。初登大雅之堂的双手和迟钝的手指造就我们的拙行。母亲在超市时耐心全无。她不理解那里排队的规则和走道的次序。这些种种都让她暴躁易怒，也把她彻底掏空。对我来说也是如此。

139

    维瓦尔第和我回到了拉尼亚斯大道。我们待了一会儿，不久后他便离开了。我洗了澡，走出淋浴间，用红色浴巾擦拭身体。那时，我想起了母亲家的卫生间。那套旧公寓有一个小浴缸，母亲未曾想过要装修它，或者说她无法负担装修费用。那是一个石制浴缸，我们不可能在那里洗澡。母亲每周给我们洗一次澡。由于加热器运作不良，无法为我们供给足够的热水，所以她用厨房炉火上的锅烧水。

    加热器的牌子是奥尔贝戈佐（Orbegozo）。

    浴缸破旧不堪，无法蓄水。简直太荒谬了，水浸不到你的脚踝。那时候，母亲常用一条大红色毛巾帮我们兄弟二人擦拭身体。她去世之后，我发现那条毛巾在壁橱里存活了近五十年之久。这个发现使我惊喜不已。我从不知道一条毛巾能保存这么久。我以前总是随身携带这条毛巾。它一直保存得很好……应该是高质量的吧？还是这是一个奇迹呢？

    它如同我家人的裹尸布。

    多年来，石灰完全堵塞了热水出水口。那时候，我已经不再和父母同住了。

    我不知道他们打算怎么处理堵塞问题，甚至我也没有问过他们。我不知道他们如何洗澡。或许，他们没有洗澡也说不定。也许是上帝附身在他们疲惫的躯体之上，致使他们能够散发出洁净的香气，如同我们踏入完好的房间时所闻到的气味。

当下，我把那条湿漉漉的毛巾握在手中。好几次我凝视着毛巾，试图问它一些事情。是的，向毛巾提问。它回答我，也就是毛巾对我说："你应该向他们提问，向他们提问才对。这是你早该做的，但我明白，你不晓得如何启齿。你不懂，你不知道该以哪些话起头。"

我用那条毛巾擦干自己。

毛巾依旧柔软。它的面料还保留着母亲第一次使用它时，一个六岁男孩在身上感受到的幸福。因为小浴缸和淋浴头被石灰堵住了，所以我们从不曾在那里好好洗澡。淋浴头只能落下几滴水，枯竭无力的几滴水珠。

没有人知道需要忍受这个情况到什么地步。

母亲不在乎。但是当她决定不做任何应对的时候，她又在想些什么呢？

她破坏了房屋的原始设计，那原本理当是一间现代又漂亮的房屋。她做出了决定性的变革，设计了一个无比宽敞的餐厅。不过，她不愿让任何人进入这个空间，以便让一切都处于完美的状态。

这是她的错觉。

也因为这样，我们一直无法沐浴。

母亲看守客厅，父亲则守护汽车。她想让朋友们对我们的客厅印象深刻。那些朋友一个个逃离，在她临终前，几乎一个朋友也不剩了。不过，她时时都在换朋友。

在她离世前的几年，她一直和几个不寻常的友人在一起。

我不知道她是在哪里认识那些人的。她变卖东西，售出了品质优良的家具，也可能是她把家具都送出去了。我的母亲是一个糟糕的政府，掌权五十载，比弗朗西斯科·佛朗哥的任期更长。

弗朗西斯科·佛朗哥和我的母亲可以共舞一曲华尔兹。

母亲永远不知道那该死的弗朗西斯科·佛朗哥是谁。这使我激动万分，使我崇拜我的母亲。

不可能更朋克了。

母亲对一切有关胡利奥·伊格莱西亚斯的人、事、物感兴趣，包括伊格莱西亚斯的女伴、子女、父亲还有歌曲。每当我听到伊格莱西亚斯的嗓音时，我总是会想起她。

140

母亲曾向我介绍她的友人们。那是一群处在边缘的边缘人。当父亲开始走霉运的时候，母亲被 1970 年代时所结交的有钱人抛弃了。自那时起，我开始解构这个令人不安的厅堂，因为这个场所往往只是用来展示给那些富有的朋友而已。然而，父亲时运不济之时，他们却一个个消失，不见踪影了。事实上，父亲的财务状况有六七年时间都是不错的，我也从来没想过有一天会落到这个地步。那几年，父母亲结识了许多富人。我想，他们一定怀抱远大的梦想，可最终他们都没有达到同样的等级。理由是那些人始终家财万贯，而我的父母亲却并非如此。

可恶，母亲理应打掉客厅的一部分，安装淋浴设备，这样我们都可以好好地洗澡。然而，她的生活乱成一团，还不知道自己是历史流氓。一个会因为刺激而情绪起伏不定的女人，见识浅薄，缺乏远见。正是如此，我们身上永远藏污纳垢，只有一个富丽堂皇的客厅可以歇息。在那里，我们等待那些小资产阶级的友人，一群永远不会再造访的朋友。一直到十八岁我踏出家门之后，我才体会到何为好好洗澡。

1970 年代末期，那些美若天仙的友人就不再登门拜访了。母亲的社会遗产瓦解。在父亲飞黄腾达的那些时间，母亲试图通过社交阶层来伪装自己，不过最终该阶层也将她自中心驱逐出去。

卫生间没有装修。母亲追逐社会评价，而其正在消失殆尽。同样地，我所追求的文学崇拜也在一点一滴流逝。也就是说，我们母子俩的想法别无二致。

我们同样是西班牙的受害者，拼命地渴求充足的物质。物质的富裕或者智识的丰盛都是繁荣的一种。如果说母亲有错，那么我也有错。

但是，我们的相似多么美妙。如果我们俩都失败了，那它就更加灿烂了。是爱，让我们再次牢牢相依。也或许是母亲老早就安排妥当，所以我的失败是有价值的，因为这驱使我靠向她。我希望永远与她同在。

141

　　打从十三四岁起，我习惯看到母亲的朋友们身戴华贵珠宝，打扮得花枝招展的模样。她们都在四十岁左右。其中有一位寡妇，后来她也销声匿迹了。她是一名妖娆的金发美女，唤起我对情色的欲望。她的身材曼妙，个子高挑，年龄比母亲还要小一些，可能小个四五岁吧。有一回，母亲要我去她家中。可能是刚沐浴完的缘故，她身上裹着毛巾出来迎接我。接着，她的先生暴毙，我对父母亲到他坟前的事还有些印象呢。而现在，他就眼睁睁地出现在我的眼前。他看起来比妻子还要矮小，这点对我来说是个谜题。

　　父母亲朋友的过往无从查证，模糊不清，就像迷宫一样。现在他们都成为灵魂，一个接着一个死去，逐渐凋零。

　　时光荏苒。

　　他们都离开了。

　　父母亲死了，他们的朋友也是。

　　我其实不确定他们是不是朋友。

　　当时没有人去探视垂垂老矣的父亲，我认为那是一种自由的异常形式。而且，正如我之前说过的那样，母亲在生命的尽头仍有些独特的朋友。我不知道她们曾经经历过什么。贫穷的妇女，有的是寡妇，有的单身。来路不明的女人，可以确定的是她们都来自西班牙旧时代的辉煌。她们衣着不得体，发型也不好看，再现了 1970 年代的朋克风格。母亲对待事情总有怪异的惯例，只有她才可以触及自己内心的阴暗面。父亲在临终前对任何事物都无动于衷，这个态度使他更靠近圣洁。这里所说的圣洁无关宗教，而是指晨风轻拂过他修整过的脸庞时所感受到的圣洁，也诉说了他满是皱纹的眼中所散发的牺牲的沉默和阳光的回声。抛开记忆、母子关系和各种形式的永恒，交织而成为圣洁和祝福。隐晦的冷漠性格，类似宇宙的漠然，无声无息且秘密地存在着。数千年来亘古不变的海洋始终在黑夜和不可见之中屹立不摇，直到人们开始有意识地关注，它才开始"被注视"，不过却是一种无用的"被看见"。

父亲自觉人类提供"被看见"的恩典，可是此"被看见"既是错误也是虚无缥缈，空空如也。诚然，父亲去了一个地方，在那里，浮华皆以模糊或者无理的形式表现。

他抛开了虚荣心。

自由性和乞怜性。

我记得父亲的友人，如果还有尚存的朋友，我想给他们打个电话。我不知道他们会说些什么。令人惊奇的是，在生命进入尾声时，一切都静悄悄的，濒死的人们对回忆这档事失去兴致。徒劳无功的记忆仅是在消耗神经元效能而已。

邪恶的记忆。

巴赫往生之时，没有其他著名的音乐家和朋友前来悼念。好像他不曾有过朋友。一个人孤零零地离开了，没有任何长年知己来道别。这也正是巴赫内心渴求的。我不愿意再思索这个问题——父亲一直在筹备某件无声无息的事情。

事实上，那时候父亲没有丝毫见人的欲望。他不想把时间耗费在想象和友情上，不想说正式、社交、礼貌或者友好的话。他已经击溃了社会评价的传说，因为这是证明他还活着的唯一证据。

他前所未有地感受到自己的存在。

在这里只有孤独。

我独自在这里。我是他的儿子，所以他一直爱着我，而且死后也会继续爱我。

142

　　1969 年 7 月的某个早晨。我即将满七岁的前夕。我们全家开着四门房车西亚特 850 出游，打算在山中避几天暑。我们路过了布罗托镇（Broto），沿途见到游客和登山者。登山者背着背包，嘴里啃着铝箔纸包裹的三明治。这种包装材料很新颖，在西班牙才刚刚流行。四处弥漫着欢乐和笑声。酷热的夏日里，登山是最健康的聚会。父亲驾驶西亚特 850，口中嘟哝着一个美妙的地名。我们离开巴尔巴斯特罗之后，他一直在提那个地方。而旅行之前，他先说了一次。那是一座山谷之城，名为奥德萨。

　　我告诉勃拉姆斯和维瓦尔第："就是这里。"我停好车，开始寻找那个地方。四十六年前，我们一家驶入奥德萨山谷的时候，父亲的西亚特爆胎了。我想我应该要向母亲询问意外发生的确切位置。但是，我再也不能向她提问了，要不然她肯定会为我答疑解惑。她已经往生了。我再一次意识到，事情永远如此了。

　　事实上，母亲晚年时已不再记得任何事情，包括她的丈夫。她把精力集中在那些对自己而言有生命的人、事、物上。就这样，她关注勃拉姆斯和维瓦尔第，正是这些孩子赋予生命和时间至高的头衔，以及我和弟弟都无法触及的宝座。首先，她敬仰丈夫；接着，她崇拜儿子；再来，她钟爱孙子。她明白如何在无限的生命中延长和扩展自己存在的要素。母亲即是如此，生无原罪。她生于自然。那么，她不带任何记忆，只有大自然的这份馈赠。从这个点来看，她也会宠爱勃拉姆斯和维瓦尔第的儿女，如同一棵高大的树，隐形般地耸立在子孙身旁。我了解母亲，她会永远热血沸腾，无止无尽。无限的母亲，即是此时此刻。她本能的力量导向我的存在，而体内的母亲则转化为我的孩子。她借着我的孩子们现身，在他们呱呱坠地的时候，再一次宣告自己的存在。

我应该要问谁西亚特 850 爆胎的位置？它是在那条笔直小径的哪个路段爆胎的？要问父亲吗？他可是那天开车的人。

我不曾告诉勃拉姆斯和维瓦尔第我选择夏天到奥德萨度假三天的原因——想回忆起四十六年前轮胎爆胎的地方。当我把车子戛然停在通往奥德萨的小径上，也就是从托尔拉（Torla）小镇开始，我就不停地寻找某个东西。儿子们一定很讶异吧？笔直的小径依旧，没有被拓宽或改造，和之前一模一样。或许，未来的五十年内会规划九到十次重新铺路，但仅此而已。狭窄的小道，两边是高耸的树林。在小径的某一侧有一家历史悠久的酒店。在一个高温难耐的夏日，我曾经打算入住该酒店，不过他们的客房已经全被订满。尽管如此，这不会让人觉得扫兴，景色依旧秀丽。

那家酒店坐落在这条公路上的尊荣之处，与半个世纪前一样，它依旧是这里的地标。我记得当时年幼的我先是观察破裂的轮胎，而后泄气般地顶着地面的样子。突然，酒店在我的眼前乍现，仿佛它是凭空而生的。接着，父亲担忧的神情映入眼帘，他望着车轮，打开引擎盖，打算要更换轮胎。

第一次，我意识到生命和时间的流逝。

我依稀记得爆胎发生得危急，而当时到底是怎么解决的我就没有印象了。我清楚记得白色西亚特850以及事发位置。父亲喜欢奥德萨，因为在那里所有生命的慷慨激昂于山脉、树林及河川面前都显得一文不值。我拿着手电筒，凭着记忆寻找那个地方。勃拉姆斯和维瓦尔第不知道发生了什么事。车辆来来往往。我像猎狗一样沿路嗅闻，注视地上的石子。

这是奥德萨。

车轮就是在这里爆胎。我感受到父亲的存在。那时候他就是在这里取出后车厢里的备用轮胎。现在，他在我身旁。遇到爆胎的鸟事，当时年轻的他仍然微笑吹着口哨。这是他的王国，他的山谷，他的山脉。我从车里出来，眺望远山和突然映入眼帘的酒店。几天前我打电话订房，可是他们跟我说已经客满了。

然而，万物皆逝。

那么，我明白上帝并不存在。如果祂存在的话，那应该会赐给我们父子一间三人房，让我有足够的时间找到之前爆胎发生的地方。可是，没有房间，全数客满。

爆胎发生的瞬间，一切都是未来。

于现在而言，则一切都是过去。我在寻找爆胎发生之处，一切都已经随风而逝了，而其也是世界上最虚幻且荒谬的搜寻。不过，生命是荒诞不经的，而也正是如此，它才美丽动人。

奥德萨的山谷犹在，五千万年以来亘古不变，历久弥新。青山与第三纪形成时的轮廓一模一样。在经历了五千万年的孤独之后，于 1918 年 8 月 16 日被定为国家公园。登山者陆续爬上海拔三千三百五十五米的佩迪多山（Monte Perdido）。

高处渺无人烟。

143

父母亲没有一直爱我。他们非常爱年幼的我。但自从我离家后，他们开始离我远去。在我结婚后，他们就停止爱我了。换句话说，他们爱我的方式再也无迹可寻。

我给勃拉姆斯和维瓦尔第打电话，但他们没有接电话。我在浴室的镜子里看着长发的自己，一时兴起剪发的念头。以前，母亲也总是因为一时冲动而去理发店，冀望美发师能为她改变发型。不过，她总是不满意最后的设计。儿时的我常常陪她上理发店。那家店位于巴尔巴斯特罗镇，是一家在狭路上一楼的店面。店面的位置让我感到神奇，因为幼儿思维中不存在空间的变形概念，我不懂一楼公寓怎么会化作理发店。此外，店里面设有一间带旧水槽的厨房，里面摆满厨房用具、桌子和橱柜。在母亲剪头发的时候，有人会带我到一个小房间，那里的各种玩具激发我五味杂陈的情绪。一方面，我着迷，因为它们对我而言是新玩具；另一方面，我厌恶，因为已经有其他孩子玩过这些玩具了。

母亲在沮丧和悲伤的时候，会把焦点放在自己的头发上面。她揽镜自照，嫌弃自己倒胃口的发型。接着，她会上理发店。不过，她从不满意结果。她试图从美发师中找寻一种赦免，一种自我提升，一种失落的喜悦。她换了上千次美发师，渴望找到一名理想的美发师。终其一生，她都在找寻那个对的美发师，发掘她发丝的真理。真相是，她的头发已经老化，仅此而已。

世界上没有任何美发师能助她一臂之力。

如果她现在复活了，她一定会去理发店。即使她以尸体的形式重生，以没有肉体与皮肤的骨架重生，她也会这么做。

而现在她身处世界末日的理发店。

144

父亲常年重视仪容打扮，他甚至不愿意在刮风的时候踏出家门，因为他的发型会被吹乱。

有一次，他意识到自己体重增加的时候，时不时地问我们："我是不是胖了？"他在征求我们的评判。他很贪吃。饮食和世界筑起一道特殊的关系：从世界获取食物。

食色性也。两者可以兼备，因为它们都燃烧身体。而每个人在追求的不过是饱食暖衣罢了。

他经常在梳头上耗时巨大。他必须集中心力地梳理，因为这是一项复杂的活。他发挥十八般武艺，只为了梳出一个令自己满意的发型。我盯着他瞧，仿佛是一尊佛像或是一个史前英雄在梳理头发。

我记得那把梳子，上面覆盖着深色物质，堆积一层油垢。这些油脂从白色变成黄色，最后变成盥洗袋里有机物质的污染源。它也是父亲男性身份的象征，暗示他已经归巢，已经在家。

他所处的西班牙社会阶层是一个谬误。一方面，他不断幻想侯爵身份的生活，另一方面，在死气沉沉的鬓发和账单之间游移。最后，他老是在周日要美发师来家里替他理发。

他不想动身去理发店。

我以为这是件再正常不过的事情，但实际上这是一个不寻常的事件。一位美发师在周日登门服务。那是我父亲的奢侈享受。他付给那个上门服务的理发师多少钱？

我喜欢父亲抗拒去理发店的行为，因为母亲走遍了世界上所有的理发店。

唯一让人不安的是他要美发师到付服务。他为什么要这么做？他从未踏进理发店。他既不涉足理发店，也不涉足教堂。除非他去参加某人的葬礼。然后他会刻意晚到，尽可能避免进入教堂，而只是站在大门旁，在洗礼池旁，在冷水旁边，以免疯癫而无能的人类之神瞥见他。

他不会来参加我的葬礼，他也无法参加我的葬礼。对我来说，不露面象征着生命意义的蒸发，天涯海角的一切都将随之陨落。我应该克服阴影，死里复活，就像人家说耶稣基督所做的那样，现身在自己的葬礼并开口说些什么。说几句话，就像在美国葬礼上一样。

我头痛欲裂，止痛药确实有止痛的功效，不过现在效果越来越薄弱了。药效不足。

母亲的头痛和肝痉挛的往事使全家人津津乐道。

她曾经痛苦地哀号，要求服用吗啡。

母亲的肝痉挛使我联想到一段该死的回忆：1968年、1969年或1970年的时候，我牵着父亲的手。那是我最钟爱的世界：和父亲一起逛大街。一个七岁男孩，以自己的父亲为荣，因为我知道他是个高大、英俊且优雅的男人。我们父子在大街上漫步，经过一位曼妙女子的身边。我们停下脚步。这两个男女相互凝视。气氛一度凝结。突然两张脸迸出笑意。我从下方看着他们，就像观察上部气流的运动一般。父亲没有向她问好，她也没有向父亲问好。

父亲看着我，浅笑着说道："要是我没有和你妈妈结婚的话，你刚刚看到的那个女人可能就是你的妈妈。"

145

　　我们连接不同的世代。我认识了一些活到 1975 年、1976 年或 1977 年才与世长辞的人。这些人也是过去几十年的连接者，他们同样不知道该如何与那些曾经认识，又眼睁睁地看着他们死亡的人共处。那些人大约在 1945 年、1946 年或 1947 年去世。再来，活到 1945 年的人则与 1912 年、1913 年或 1914 年的人连接，连接链延伸。到了 2051 年、2052 年或 2053 年的时候，会有后人记得我是某个时代的见证者，应该是 2014 年或 2015 年吧。这种联系伴随着忧郁和不确定性；后者的产生是由于你对生活本质缺乏了解。这就是为什么我们会留下各种物质：房屋、照片、石头、雕像、街道等之类。精神观念是有毒的忧愁，而反物质的球体正在炽热地燃烧。另一方面，物质仍然可以保存知识。

　　我们连接时代，而我们的身体好像是一种信息。

　　我们的身体是信息，也是从一个时代传递到另一个时代的共同线索。

　　物质仍然保留空间，将旧时光嵌入空间之中。因此，这也是我第十一次认错，我不该火化父母亲的遗骸。墓葬无法悼念时间，但它是一个确切的空间，一个骨头的空间。

　　骨骼无比重要，它们是顽强的物质。

现在我的脑子里浮现那个西班牙语短句，一句再传统不过的话："他没有葬身之处。"这个意义非凡的短语定义了一个时代——我的时代，房地产投机的伟大时代。而历史学家将在百年后研究我们的生活方式。

拥有一个空间是很重要的，一个可以倒头就死的地方。父亲总是窝在家里的老旧沙发里，待在一个角落看电视。那是一个复杂的角落，与世间万物有千丝万缕的联系。

他不坐在沙发正中央，而是在角落里，仿佛正在寻找一个庇护所，一间书房。空无一物的房间，只有眼前的电视机。他几乎坐在沙发的最末端，等同于沙发的悬崖边，等待跌一跤。这个坠落将会使他不再可见。

为什么他不坐在沙发中央呢？

我从未见过父亲躺在地板上，而他们总是看到我趴在地上的丑态。他们看我瘫在地板或者垫子上面。有一次我正要进门，踩到门垫的时候，猛然摔了一跤。几乎就要入门了。我不小心把尿撒在垫子上面。差一点点我就可以保住颜面，可是我却恰恰在门外摔了个狗吃屎。只差一米我就进家门了。

我也到达了那个地方：靠在扶手上的座位、椅子、沙发的角落，扶手好像是栅栏。电视机前面的沙发。父亲从电视机里了解到其他人的生活，例如那些选择运动和活动的人。

他们是正在改变世界的人类，或者也许是他们正在尝试改变。他们出现在电视上。我认为父亲不曾羡慕他在电视上看到的那些人。我不认为他会渴求他们的生活、工作或知名度。他与贪婪背道而驰，我也有这个意向。但是，他好奇地看着他们，好像电视的播出在分散他对万物可怖的注意力。

我是逃兵，父亲也是。在余生的几年里，他目睹自己的叛逃，试图找出自己遗弃的东西。而现在，同样的情况发生在我的身上——我不知道自己逃离了什么。卡夫卡所有的作品都追求同一个东西：我从什么脱身？我从哪里来？我现在去哪里？

父亲试图从电视上挖掘出他逃离的原因。他认为那些出现在电视上的人不是逃兵。如果他能厘清那些人是为谁而服务，也许他会找出自己叛逃的根源。他从电视上细察、跟踪、瞥见了一些信息。如同一名祭司在祭坛上看电视，他在电视上看到了生活中邪恶的复杂性。

他在电视上看到的世界一片漆黑。

凌晨时分，拉尼亚斯大道被寂寞笼罩。父亲会在我的电视机屏幕上现身，那是一台便宜的小型二十一英寸 LG 电视。年迈的父亲在屏幕上滔滔不绝。

绿色长袍，眼镜，坐在椅子的角落，占用最小的空间。不见踪影。他看电视的时候对其他一切充耳不闻，没有听我们说话，也没有听电视在说什么。我实在不明白他在听什么。

如果他不听我们说话，也没有在听电视上的人物说话，那他到底在听谁说话？

他不想上床睡觉。他只想继续看电视。如果他盯着电视看，那么就表示日子继续前行。

我喜欢在他旁边看电视。我们花了四十多年的时间一起看电视。

与所爱之人在一起进行的最好活动即是：一起看电视。就像看到宇宙一样，通过电视机看世界是生命赐给我们的礼物。如果你想要的话，我可以送你一点。微乎其微的量，我们可以运用这种体察方式。原本我们应该要手牵着手，可是却把时光都虚耗在影像上面。

数以百计的节目，包括连续剧、电影、新闻、纪录片、竞赛、辩论和信息等，一年、五年或几十年稍纵即逝。

一切尚存，存在在电视上。

好像我们通过屏幕观看世界。我们是审查员。父亲是师傅，而我是学徒。父子俩看着生命、大海、星辰、山脉、瀑布、鲸鱼、大象和风雪。

奥德萨。

146

　　现在我守护拉尼亚斯大道的公寓。我专注地看着家用电话上面堆积的灰尘，那是母亲死后我从家里带到公寓来的电话。我拿起话筒，手上满布灰尘。所有按键都被灰尘覆盖。这是我从未使用过的电话。我使用我在万得城超市（Media Markt）购买的无绳电话，它的说明书蒙上一层灰，被放置在书架上。书架里面也满是灰尘。对我而言，这部座机电话像是一个雕刻作品，是我对母亲的回忆。她以前总是用这个电话打给我。她可以牢牢地记住许多电话号码。我们老是玩一个游戏。父亲对她进行测试，问她电话号码，她全都记得一清二楚。她把电话记住之后，就用我面前这台布满灰尘的设备拨打出去。继承电话座机是件怪事。现在，我的耳边响起一个声音："拉尼亚斯是座小教堂。你之前在墙上挂上叔叔拍的照片和字画。你还没聊聊那个叔叔呢！你父亲的弟弟。反之，你已经提过母亲的弟弟蒙特威尔第。现在你谈谈父亲的弟弟吧，他叫拉赫曼尼诺夫（Rachmaninov），姑且称他作拉赫曼（Rachma）。"

　　拉赫曼是父亲胡安·塞巴斯蒂安的弟弟。他是画家。在拉尼亚斯的公寓，我有两幅他在1950年代后期绘制的画作。拉赫曼在1958年为芭蕾舞者画像。

　　画作的底部注记了一个日期。我总是盯着那个日期，上面还有拉赫曼落款的红色签名。在那个日期，不但我尚未降生，父亲也还没遇见母亲。我想象1958年的父亲和他的弟弟。当时父亲二十八岁，拉赫曼二十四岁。拉赫曼画这幅画时，没有任何与未来联结的迹象。他们同住在母亲家，也就是我的祖母家。不曾有人告诉我有关那个房子或那段时间的故事。但是，这一定是段惬意的时光。我知道房子的模样，有人曾经跟我说过。不是他们说的。不是我的父亲。现在，我看到那间屋子，还有他们两兄弟的床铺。

我拆掉了先母的公寓，拯救这幅1958年的舞伶画作。我作古之后，拉赫曼的舞伶将会开启另一段旅程。最终，它会流落到古董店，也许会有买家上门。现在拉赫曼的舞伶已经起身。她已经有将近六十年一动也不动，长年在同一堵墙上。当我离开这个世界时，对勃拉姆斯和维瓦尔第而言，这幅画将一文不值。

只有我明白拉赫曼的舞伶的意义。我今生都不常见到拉赫曼，因为他住在加利西亚（Galicia）。他被公司派驻到加利西亚。

父亲和他是同行，他们都是推销员，为同一家加泰罗尼亚公司服务。

他们代表公司在不同的地区工作。巴赫穿梭在阿拉贡，而拉赫曼则在加利西亚。

加泰罗尼亚的资产阶级富起来了。父亲和叔叔则在城镇间奔波（一个在阿拉贡的村镇，另一个在加利西亚的村镇）。他们跟当地的裁缝师兜售萨瓦德尔（Sabadell）和巴塞罗那的布料。所有的富人都住在巴塞罗那，巴赫和拉赫曼为这些人工作，赚取佣金，荒谬的佣金啊。这项产业不在阿拉贡，也不在加利西亚，而是在巴塞罗那。

他们的老板都已经死了，他们老板的老板也是。巴赫和拉赫曼的名字不会出现在文件中，所有的一切都一刀两断。那时候，纺织公司的秘书好几次给父亲打电话，要他上工。那个秘书应该也不在了吧，她的子孙永远也不会知道自己的祖母从事什么工作，从公司给谁打电话。

我们不知道这些已故者认识哪些其他已故的人。

两兄弟不再碰头了。瓦格纳也不曾为让他们再次见面而做什么努力。我在2002年去了一趟加利西亚，还给叔叔打了电话。他马上叫出我的小名，好像我还是个孩子一样，可是我是不惑之年了。我听不太明白拉赫曼的讲话，他仓促的说话方式使我想起了蒙特威尔第。

在那场杂乱无章的对谈中，拉赫曼滔滔不绝，而我则一声也没吭。叔叔不让我答话，他也没有说到任何重要的内容，只是扯些无关紧要的事情。他已经三十年没有看过我了。我这个该死的人为什么要打电话给他？他哥哥的长子给他打电话，他哥哥也是长子。

长子身份的荣耀，堆砌出这个世界的一砖一瓦。

我发现我的家族是空虚一场。无人幸存。拉赫曼曾对我说："你去看看你的堂弟吧。"当时我从蓬特韦德拉（Ponte-vedra）打电话给远在卢戈（Lugo）的叔叔。而我的堂弟在孔巴罗（Combarro）。

有一段时间，父亲聊到孔巴罗的时候，我的脑海里不断浮现在那个沿海小城镇的美好记忆。回想起我六七岁的童年，狭窄的街道、粮仓、大海、蓬特韦德拉的河口、气味以及加利西亚河口处大海的浓烈气息。

父亲与拉赫曼曾经在孔巴罗度过一段温馨的时光。他们在当地的酒吧喝上几杯。1960 年代末，混沌的时代。尽管拉赫曼人缘不错，可是他离开巴尔巴斯特罗已有半世纪之久，并且早已在三年前离世，所以他在加利西亚和巴尔巴斯特罗的朋友都已把他遗忘了。

的确，在巴尔巴斯特罗有关拉赫曼的回忆慢慢淡去，不过仍然有一些居民记得他。很少，非常少。因为他们都走了。

但是在 2002 年那个夏天，我给他打电话。

147

"我无法跟你吐露太多——有个声音说——因为你的通话内容就是不折不扣的悲伤。是的，拉赫曼掩饰得天衣无缝，但这并不是说你的致电毫无意义。你想了解叔叔，你已经三十年未见过他了。2002 年你给他打电话。自 1972 年以来，你就没有跟他说过话。天哪，你已经三十年没见他了。他还记得自己从 1972 年之后就没有再见过你吗？事态严重的是，通话的时候也代表你可能永远不会再见到他了。但是，如果你不再见他，那是因为你父亲的弟弟不再存活于世；因此拉赫曼知道你在提问一个亡者。你的所作所为即是询问死者。你的问题总是千篇一律：你为什么死了？通常，你把这个疑问抛向行将就木之人，或者已经死掉的人。你喜欢说西班牙语，你热爱用西班牙语交谈，因为这个语言帮助你和死者对谈。你标记音节，高喊出音节，以便吸引人们的注意力。为什么你死了？为什么你与我们同在？为什么我无法再打电话给你？这些都是你的疑问。那么，拉赫曼对你的来电喜不自禁，而这使你沮丧难受。拉赫曼的声音在你的童年中回荡。你的儿时有一段黑暗的插曲，不曾说出口的感谢，这些是你真真切切想要和拉赫曼交谈的原因。"

148

1972年左右，拉赫曼离开卢戈到巴尔巴斯特罗，他想要回到自己的家乡。他在1960年代初期离开巴尔巴斯特罗，七十年代又再回到那里。他开一辆新买的西姆卡（Simca）1200返乡。当时两兄弟都正值事业巅峰期。

1970年胡安·塞巴斯蒂安购买了一辆西亚特124。同时，拉赫曼购买了西姆卡1200。这两辆车的发动机排量相同。兄弟俩思绪活跃，青春有干劲。他们参加一个赛车比赛，我想获胜者是拉赫曼。没错，比赛内容是一段从巴尔巴斯特罗到卡斯特洪（Castejón）小镇的竞速，十五公里的路程。现在，那条路线已经不存在了，因为多年前新的高速公路早已竣工，沿途也不再经过卡斯特洪。拉赫曼想跟他的哥哥证明西姆卡跑得比西亚特快。父亲曾经购买过几台西亚特，一辈子只开这个品牌的车走遍西班牙的大江南北。通过西亚特，他表现对西班牙的忠心不贰。这种忠诚使人动容。电影《老爷车》（*Gran Torino*）里面，克林特·伊斯特伍德（Clint Eastwood）展现对福特汽车的忠诚，也是对美国的忠诚。我以此为傲，父亲对西亚特的态度正确无误，他从来没想过要买雷诺或西姆卡。事实上，对他而言，西亚特就是汽车的同义词。也正是如此，他不理解拉赫曼的赛车比赛，也不了解拉赫曼的车。他觉得，没有西亚特的拉赫曼仿佛不再是西班牙人。

我的祖父，我不知道他是谁，他叫什么名字，或者他何时出生与何时去世。他应该渴望见到两个情怀高尚的兄弟，但是他死了，被葬在巴尔巴斯特罗公墓的一处无名墓穴。

祖父是一座飘移不定的墓穴。我甚至也不知道祖母被葬在何处。现在已经没有墓地，只有城市。祖父如何看待他的孩子？他为儿子们骄傲？他生前是否会亲吻他们呢？他们之于祖父，是否如同勃拉姆斯和维瓦尔第之于我一样，让祖父感到满足？我对勃拉姆斯和维瓦尔第的爱会不会像祖父对巴赫和拉赫曼的爱一样随风而逝？我无力解救祖父，也无法创造他。我甚至不知道他在哪一年死去。他是谁？他会爱我吗？小时候，他曾经握住过我的手吗？不过，他既没有看到我出生，也没有想过这件事。我认为，关于家族的一切都源于超自然的纯洁，不曾对我造成影响，不会使人触动，也不会使人猜疑。因为对我而言，有关巴赫、瓦格纳、蒙特和拉赫曼的记忆已属异常。记忆中的心跳声来自暗黑的愉悦。一无所有：没有手表，没有戒指，没有笔，没有照片。

我不知道拉赫曼葬身何处。一天，堂弟打电话告知我，拉赫曼享寿七十四岁，比胡安·塞巴斯蒂安少一年。他们有三十多年没有碰头，可是他们依然相爱。拉赫曼觉得巴赫个性刻板。是的，父亲严守道德规范，可是也因为这样，他好好地活着，严谨的态度是他生命的方针。拉赫曼可就不同了，他很快染上了加利西亚的说话口音。

他们相亲相爱，却互不相见。他们是兄弟。父亲把这份情谊放在心里。拉赫曼永存于他的心中，只是他从来不说而已。我知道他很爱叔叔，只是不说。

拉赫曼成为加利西亚人。好像他出生在加利西亚，但事实上他是巴尔巴斯特罗人。拉赫曼与胡安·塞巴斯蒂安截然不同。从一开始，胡安·塞巴斯蒂安个头高，拉赫曼瘦巴巴的，所以赢得许多人的偏爱。最关键的是，拉赫曼的离婚让大家跌破眼镜。父亲从没提过拉赫曼的离婚，他对此不做任何评论。拉赫曼的生活充满各种情绪。他还中过彩票呢。我认为 1970 年代中期的中奖金额有三百万比塞塔之多。他换了辆车，淘汰了西姆卡 1200，买了一辆克莱斯勒（Chrysler）180。新车的确代表一大进步。之后，他们兄弟间发生了一些事。我不知道是什么情况，也没有人清楚。或许什么都没有发生，而是他们决定每年分开庆生，或者有其他类似的事情。后来，听闻拉赫曼染上了酒瘾。想象一下，离婚男人的日子应该是怎么样的？我幻想，他应该独居在卢戈，公寓坐落在一条狭窄的巷道中。每逢夜幕低垂，他便到家楼下的酒吧喝白兰地，和服务员聊天打发时间。为什么我会这样捏造出他的生活呢？我应该是从 1980 年代就开始酝酿这个想象吧。我认为，长时间的婚姻生活并不适合人性。我很欣慰拉赫曼早就发现这个问题。我猜想应该是这样，人之所以会长期地接受婚姻，是因为他已不再信仰青春。

我认为拉赫曼离婚后会变为另一个男人。好吧，我知道，那时他抗拒长期婚姻背后所象征的现实伦理，那是一场梦魇，一种身陷囹圄。当然也有在婚姻中处之泰然的人，他们脸上挂着由衷的笑意。我不认同长期的婚姻关系，当然，这个结论有点夸大不实，可是放弃热情也是一种对合理牺牲的夸张化。人类学家说一夫一妻制并不符合天性。这个制度的背后尽是无止境的男女背叛和痛苦误解。

或许是教会的资本主义发明了长期的婚姻关系。

不确定。

我刚在拉尼亚斯大道的公寓醒来，这里有生命的同伴之光。光线是个主角，有人告诉我："我是光，你是光的孩子，看看我如何赋予一切平衡性，因为万事万物都是因光线而存在的。"

我凝视天空。

拉赫曼为我开了一条大道。似乎上帝亲自通过父母亲的兄弟给我捎来了信息。

蒙特威尔第说："灾难、孤独和失败。"

拉赫曼说："离婚、克莱斯勒 180 和加利西亚。"

这两种信息都是好的，因为生命在其中燃烧，我们为其奉献。一个人唯一可以犯的罪就是停止奉献给生命。这并非滔天大罪，而只是小失误罢了。

149

　　一个人可能最终会迷恋上自己的生活。那就是此时此刻发生在我身上的事情，这已经发生在我身上几个月了。我的灵魂回到了坠入爱河的陶醉区域。你一出生就烂醉如泥。我无法想象与自己和解。也许那是拉赫曼的发现：相比与家人共处，他一个人活得更好。因为最终会击败你的可能只有寂寞。或者，最后你会发现，唯一不会伤害你的人就是你自己。

　　也许这是身份的卓越表现：只要自己一个人，一切都足够了。如果你办一个聚会，来了一名非常重要的客人，那个人就是你自己。如果你结婚了，你会深爱你的伴侣，你的另一半就是你自己。如果你死后复活，见到上帝，你一定会感到迷惑不解，因为你看到的是你自己的脸。最好笑的是，我是正在胡扯这些幻想的家伙。而我正是那个无法独处一刻钟的人，搭出租车的十五分钟也无法忍受。

150

我从拉尼亚斯开车去马德里。这是一场夜间旅行。今天是耶稣受难日。晚间八点我出发之时，恰好西班牙所有的游行队伍都上街了。我从不曾在汽车上度过耶稣受难日。对我而言，这是一种释放，好像我抛开西班牙的历史一般。整个西班牙都在祈祷，而我正驾车从萨拉戈萨去往马德里。车速加快。路上空无一人。

我怀着一个幻想，我一定要实现它。某个平安夜的晚上九点，电视上播放国王发言的时候，我一定要驾车上路，不停地行驶在高速公路和西班牙国道上，直到半夜十二点或一点才罢休。三个小时辉煌的寂静，使西班牙的大地重归自然。

我把念头转到拉赫曼身上。巴赫死后，堂弟送花去葬礼。拉赫曼死后，我没有送花过去。因为我不参加葬礼，也不送花。我总是背弃自己的义务，总是让家人失望，总是有罪过。

胡安·塞巴斯蒂安死后，拉赫曼与我聊天。那是他的哥哥。那是一场轻描淡写的谈话。他从年轻时就探听一个年轻的鬼，然后他告诉他自己生命中最重要的人如何变成了鬼。他总是叫我马诺利托（Manolito）。

真是美不胜收。只有那个马诺利托才是另一个死人。

但是，我们再也无话可说了，因为有一段时间我们都付出代价。我们为不忠于家庭的想法付出了代价。家庭赋予地球上的人类重力。

没有家人的话，你只是一条孤独的狗。有人会虐待孤独的狗，随意将它们挂在道路的废墙边。在那里，它们被挂在那里，所有摇摇晃晃的墙壁上都出现了光束，而它们为寂寞树立了一个坏榜样。

我不再满足于任何人的陪伴。我爱人类，但我不想和他们在一起。好像我已经发现了拉赫曼星座。就像我已经明白孤独是物理和物质的法则，它和使人坠入爱河的法则一样。这是山区的规则。奥德萨定律。峰顶上的雾气。绵延不绝的山丘。

151

1970 年夏天早晨：拉赫曼和巴赫沿着加利西亚孔巴罗附近的拉兰札达（La Lanzada）海滩散步。风、光、海和沙交织而成的无际空间。这是天堂，但这只是我的记忆。大海看向兄弟俩。海洋是我的祖父，他看着你们，他将波浪推送给你们，还有风、寂静、孤独、感激以及热情。

两个伟大的兄弟，同样是西班牙北部土地的传承，可是却又如此不同。拉兰札达这段八公里长的海滩涌进我的心中。

我的脑海里浮现出那张照片：他们两个人沿着海滩漫步，一边是蔚蓝的大海，另一边是高挂的艳阳。

即使是史上最不受欢迎的阶级也召唤传奇般的命运，他们也想说好话，吟几句诗。

稍晚，他们兄弟俩去了渔夫的酒吧，吃了蜘蛛蟹、其他蟹和虾，喝了阿尔巴里尼奥（albariño）的葡萄酒。拉赫曼遇见一个美女，并把她娶进门。之前，他去加利西亚工作，在那里娶了一位加利西亚女人。这是一名充满异国风情的红发美女。我对他的婚姻一无所知，但我想父亲应该略知一二，不过他知道什么已经无从得知。我对年轻的巴赫、拉赫曼和他们的女人一无所知。我想象他们与朋友共进晚餐、欢笑、青春、旅行、聚会、跳舞，还有当下的虚无。

派对、舞蹈和晚宴，以及我们四个人。

自从 1972 年拉赫曼开着西姆卡 1200 出现在巴尔巴斯特罗，我开始表现出对他的敬爱。他很高兴再次与亲朋好友相会。他坚持要给侄子送礼。其实，我不知道拉赫曼一辈子见过我多少次：应该不会很多次，幸运的话，有个七八次吧。有一次很关键。拉赫曼和我去了一个百货公司——罗伯托（Roberto）百货，它以前位于巴尔巴斯特罗的市中心，现在依旧在那里。拉赫曼想给我买个好玩具。我感到既高兴又困惑，因为不是圣诞节，可是他要给我三王节的礼物。

玩具商店的经理是一个二十多岁的家伙，他负责给我介绍玩具。拉赫曼将我托付给店员，与此同时，他自个儿去跟一位老朋友打招呼，宣告他已在巴尔巴斯特罗。因此，我有时间慢慢选择最喜欢的礼物。

玩具经理个头很高，大汗淋漓，话不多，肥胖，皮肤白皙。他拉着我的手到地下室，那里存放了很多玩具。他给我看了一些。

突然，触电了，就像当时和神父 G 在一起一样。

他汗涔涔的手抚摸我的身体，貌似是爱抚。他摸摸我，拍拍我，还想亲吻我的嘴。我感到羞愧，失去理智的羞愧。罪恶感。

但是这次不同了。我把这件事告诉了拉赫曼，因为我不知道该如何告诉父亲。但对拉赫曼吐露实情很容易，或者说他会观察，他会猜测，我只需要给他确认的回复。拉赫曼气急败坏地要找出那个家伙，想撕碎他的脸。

他想杀了那个男人。

我不曾感到如此被保护。

面对死亡之谜的时候，我马上会寻求这种保护。

那家伙是个混蛋。

拉赫曼替我撑腰，去除我的罪恶感。不是我的错。错不在我的信念在人生中支持过我很多次。拉赫曼以自己的举止态度宣告我的无罪，保护我到最后。我牢记他言行举止间的力量，因此我在与老板谈话时，总能够坚忍不拔，我不担心地球上的任何权力，不在意后果，也无须担心，因为拉赫曼会守护我。要捍卫某人，你必须先确定自己。拉赫曼提供的这种信心是巴赫所无法提供的。自信心是身心的宝藏。拉赫曼拥有这个特点，我期望勃拉姆斯和维瓦尔第能够继承它，因为自信心就在我们的血液之中。

谢谢你，拉赫曼。你的音符再次在我疲惫的心灵响起。

四十五年后的这个耶稣受难日之夜，你对我一生的护卫又回到了我身边。

最终，错不在我。

152

　　我在巴尔巴斯特罗的自动取款机取款。机器给我发了新钞，没有半点皱褶，光滑、平整、细薄且锋利。它们刚从印刷机里出来，然后离开造币厂。父亲喜欢新纸币。我希望父亲现在能知道我依旧记得那件往事，还有各个细节。当他去银行取款时（在自动取款机出现前的几年），他向柜员索要新钞。柜员表情惊讶，但仍接受了他的请求。突然，一个声音告诉我："父亲正在尝试与你沟通，他正在通过这些钞票与你对话。你还记得他的微笑。那些一百或五百比塞塔的新纸币。他喜欢没有皱褶的钞票。新钞似乎更有价值。微笑，你的微笑出现在纸币中。"我像父亲一样喜欢新钞。这样，似乎有人为你特制钞票，有人考虑你，有人担心你想在钱包里放的是几张精美的明信片，上面有名人的图画和面孔，而不是一种叫钱的低俗工具。这就是父亲想要新钞的原因。

　　我不爱钱。

　　我想要全新的明信片。

　　所以我也想要新纸币。我不会花掉钞票，而是要体验西班牙写明信片给你的感觉。它给你发了一封祝贺信，一封爱心电报。

　　出于十九世纪造币厂的新制纸币。

这些纸币尚未染上任何悲惨的毛病。从来没有人痛苦地摸过它们。它们同样不曾羞辱过任何人，不曾被当作武器展示在任何人面前，不曾被用来买东西。它们没有被人触碰过，无论是可怜虫、腐败者、凶手、贱民、战败者、老人还是可憎的人。

它们就像天堂里的孩子。

那就是我父亲想要的。

这就是他想要新纸币的原因。

你看，到现在我还记得。你为我所做的事如此神圣。我看到你为我所做的是血脉相承的生命。我记得一清二楚，通通都保存在我的心中。我们在一起的四十三年生活。那四十三年来发生了什么？

153

1970 年代，母亲患有肝绞痛，曾服用吗啡。但从未有人解释过这些绞痛是从何而来。家庭是种不明的疾病絮语。

她有喝酒的习惯吗？没有，完全没有。但是我不知道，全然不知。爱引领我前进。爱的迷茫。

她五十岁之后戒掉酒精，也不再对吗啡有需求。

政府可以使毒品合法化，可是国家坚持认为，公民要经历孤独的痛苦，独自生活和死亡。

父亲孤零零地去世。

母亲孤零零地去世。

死亡是自然界最大的复仇，医院的病房破坏所有人类的条约，包括亲情、家庭、药物和人的尊严。此外，死亡也召唤另一个死者的窃笑声，旧的尸体嘲笑新的尸体。

父母亲没有相机。父亲几乎不拍照。母亲讨厌拍照，因为她很不上相。她一直不喜欢拍照。我也同样不喜欢人家给我拍照。母亲和我都不希望自己被摊在阳光下。有时候我想拍张照片，不过如果有拍的话，我会撕碎相片，永远不会留下痕迹。

我留下几张不重要的、卷曲的或破碎的照片。母亲不敢完全摧毁它们，她敢做的是把它们藏起来，等它们自己飞走。不过，我找到了这张照片：

我不想撕毁这张照片。有人拍了照，并把它送给母亲留作纪念。照片中的男童让我们辨认出其年代。它是在一间巴尔巴斯特罗的老戏院拍的——阿尔亨斯电影院。因为铝土病的缘故，戏院的建筑早在十多年前就被拆除，现在已经不在了。这个线索与照片的年代无关。孩子身后的海报可以为年代做证，那是1964年西班牙的老电影《雄鸽》（*Los palomas*）。演员格拉西塔·莫拉莱斯（Gracita Morales）和何塞·路易斯·洛佩斯·瓦兹奎兹（José Luis López Vázquez）主演，可想而知，他们都不在了。

　　照片中的男孩没有握紧掌心，手看起来像铜质假体。

　　母亲讨厌回忆。这种仇恨既是本能，也是细微的感受。她鄙视回忆，因为往事使她厌恶和尴尬。

　　故意使然，她认为遗忘一切即是对死亡的抗争。

　　照片里的男孩对世界做了什么？他到一个叫作西班牙的国家。

　　我吃着饼干，看着那个恶魔孩子的照片。我想到了饥饿，饥饿的侵袭。母亲曾说过喂养儿时的我是一种折磨。没错，这是千真万确的。玛丽亚·卡拉斯阿姨也说过一样的话。我常常不吃饭，她们要费劲地安抚我吃饭。当时我还几乎濒临饿死。我希望可以保持营养不良的习惯，如此一来，现在我也不用面对那么多亡者，听死者的靡靡之音。我小时候就明白自己的所作所为，我不希望任何东西进入我的身体，没有任何东西侵入我体内，我不希望我的器官、血液、肉被染上任何瑕疵。我知道自己在做什么。我不希望任何东西进入身体，不想要任何东西侵入体内。我不希望无瑕的器官、血液和肉体被污染。我不希望生命被胃、肝和肾所影响。我想回到原本的地方，我想回到母亲那里。

他们不得不把未满三岁的我送进诊所，因为我滴水未沾、粒米不进。现在，讽刺的是，焦虑驱使我进食。我整天都在计算自己吃的东西，测量卡路里。进食的人寻求生命的再生。食物是维持生命机器运作的守则，但机器会老化，燃料耗费在不再运转的身体上。饥肠辘辘的长者，他的身体不再运作，所以食物都浪费掉了，好似燃烧石油的汽车，或者高耗油但低性能的汽车。

老人即是高耗油但低性能的汽车。老化的定义。

卡拉斯和瓦格纳两姐妹的关系非常特殊，她们有默契且熟悉。卡拉斯个性单纯善良，但那种善良并没有获得瓦格纳的肯定。卡拉斯比瓦格纳大八岁。她们一起长大，彼此了解。

现在我甚至不知道她们谁先撒手人寰。

是卡拉斯吗？是的，瓦格纳没有去她的葬礼，我也没有。

瓦格纳和我都没有参加卡拉斯的葬礼。

我跟母亲一模一样，好像是一个模子刻出来的。

154

以后，我见到父母的灵魂的时候，我希望能听到他们跟我说："我们几乎不记得你。"

未来，勃拉姆斯和维瓦尔第看到我的时候，脑袋里面也浮现同样的话："我们几乎不记得你。"

母亲临终前的几年，她的身体肿胀。父亲去世前的几年，他面黄肌瘦，说是一个气球和一根木桩也不为过。

我刚在拉尼亚斯大道的公寓醒来。今天一整日都无事可做。独居的人容易忽略自己的卫生间。我没有延续父母亲的卫生间风格。我们以前怎么会在那个迷你浴缸里洗澡？除了这个，那时候还有另外的灾难：管道的水量越来越稀疏，最后只剩下一滴水。

钙化的管道需要改造。终其一生，母亲都在羡慕别人的房子。这个改造工程的费用和租金一样高，所以房东断然拒绝改造的提议。他充其量只想要母亲离开，因为她付的租金是以前的价格，租金费用相对低廉得多。

从 1960 年以来，她就一直住在那里。

房东女儿想赚更多的钱，房子是她父亲的。房东心脏病发，死的时候，女儿还小。母亲目睹房东家里的人陆续离世的境况。她见到房子的建造者死了。这个人盖完房子后，投身于租房生意，改做房东。他跟母亲的关系融洽，母亲也很敬仰他。她见到房东的遗孀死了。这个寡妇继承先夫原本的收租生意。只可惜，她无缘看到房东的女儿离开，反倒是他女儿看着我母亲死了。

不是你看到别人死，就是别人看到你亡。

母亲以前习惯只喝水，不太吃东西。她不明白为什么明明她没有吃什么，却还是一直发胖。

恶魔孩子以前不吃饭，可是长大成人之后却一直吃，通过进食对世上的声音充耳不闻，那是生物的噪声。生物腐烂时会制造噪声。

父亲吃饭总是很急，狼吞虎咽。这是一种野蛮的、遗传的、世袭的饮食欲望，用以缅怀西班牙内战时饥荒征服地球的记忆，用以纪念普世的焦虑、道德和存在的原则。父亲吃饭急而猛。所以这个恶魔孩子不吃饭，因为他不想成为另外一个男人。那个男人饥不择食，与食物关系不良，只想从其他生物汲取饱足感。

155

　　父亲的去世等同于某种体态的不见踪影，或者某些肢体动作和瞳色的消失。我将不会再见到手、手臂、外表、嘴唇和腿的某种表现形式。如果我遗忘了他，我也会忘记那些手势。对不保存视频或录像的人来说，死亡会体现得更加完美和有效。

　　这个消失充满活力。如果有我父亲的视频，我就会记得他的样态，可是我没有。他从不愿意保留影像，因为他知道这一刻将会来临，重大的时间点，生命的最后一天。我们将不会发现任何痕迹，足以记录自己曾经来世界走一遭的那一刻。

　　这是伟大的道别，说再见的成长。我再也见不到他了，我像是在说咒语一般反复呢喃。道别的重要性在那里显现。信仰自然而然地产生，信仰自然而然地产生了，摆在眼前的常理，你不可能接受无法再见到他的事实。如果我伸出手，就会碰到他的光。

　　他不动。

　　他在那里，看我。

156

以前，我曾经在电梯里遇到父亲好几次。他打扮得体，身着西装。尽管他没有淋浴，但他看起来还是干干净净的。我这里说的是 1978 年或 1979 年的时候。有一次，我不知道他在电梯里。电梯门一开，他恰好在里面。看到我吓一跳的样子，他一边拉上电梯的门，一边呵呵笑起来。好像他早就准备好要在那里突然现身一样，仿佛他是哈姆雷特的父亲。

父亲很适合在老电梯里，实木制，带有大片玻璃。他看起来像一名在带门棺材里面的侯爵。我见证了那栋房子的电梯变迁。这是巴尔巴斯特罗首栋带电梯的建筑，因此在 1960 年代的时候人们称其为"电梯屋"。当时甚至还配有一个门卫，叫作曼露埃拉（Manuela）。她工作时间不长，和母亲的关系不好。曼露埃拉有一个小房间，这个空间在电梯整修后消失不见了。原本她常常待在那个小房间。她非常好客，可是母亲说她是女巫。我也害怕她，总是想她去了太空，而她藏身的小房间被新的电梯吞噬了。可是，现在她活生生地站在我的眼前：一个老太太，戴眼镜，扎包头，瘦小驼背。她突然现身，抱怨垃圾，和我的母亲争执。与此同时，我记得她的开朗性格。乐观的门卫可以活跃整个屋子的氛围，象征建筑物的预期寿命，包括混凝土、支柱、隔板、楼梯、门面、平台、灯泡和邻居的门牌等。事实上，这是一栋专门用来出租的房子，因为居民总是过客。由于工作调派的原因，他们仅在巴尔巴斯特罗待上几年的时间，接着，他们到其他城市。父母亲与邻居结交，维持友好的关系，但是邻居们后来陆续离开，一个一个不见踪迹。也许他们找到了更好的工作或在公司晋升了，也或者他们搬迁到更大的城市。

只有瓦格纳和胡安·塞巴斯蒂安像幸存者一样，继续在空无一人的楼梯，谱写老曲。至于门卫曼露埃拉，我不知道她来自哪里或者去哪里。她是否有家庭，还是她已是化作灵魂。

157

他们两个人都还年轻，正准备从黑暗中召唤我。我不是。我从来就不是。然而，万事万物在数百万年以前就已经预料到了。我们都预见了。我在时间中遨游，看看胡安·塞巴斯蒂安如何爱抚和亲吻瓦格纳。我在那里，等待被召唤。

我的诞生源于他们的快乐，爱的忧郁来自精神的贪得无厌。

我看见房间了。1961年的秋天，正值十一月中旬，天还不冷。街上的景色宜人。他们打开卧室的阳台，月光洒进来。他们好年轻，非常年轻，相信永恒不朽。就在那里，赤裸裸的两个人，敞开的阳台。

胡安·塞巴斯蒂安说："天有点凉。"他盯着瓦格纳的胴体，这时我已经在她的子宫里了。瓦格纳按了电灯开关，床头灯投射出昏暗的光线。房里洋溢着幸福。墙壁、窗帘和床单都在吟唱。夜晚高歌。1962年的新年，瓦格纳怀孕了。但是她没有感觉到有生命朝自己靠近。我也不知道自己会是什么生物。在十一月的某个晚上，胡安·塞巴斯蒂安在瓦格纳的体内召唤我之后，他走到屋子的小阳台。这里将是我的家。塞巴斯蒂安望向黑夜，一个充满魔咒的夜晚。他再看看带有电梯的新房，电梯中的木头散发着清漆的气味。未铺好的街道。一切都是崭新的，木制的百叶窗、瓷砖和墙壁。完整合上的房门，五十年后也不会有人再关上，因为它们会破损，会从框架上脱落。我从来没有见过那间公寓新的样子，我只看到它的破败。但是在受孕的那晚，房子是崭新的，刚刚完工，闻起来很清新。

你无法唤醒死者，因为他们在歇息。

但是 1961 年 11 月的那个夜晚，它将存在并继续存在。所有的一切可以在我的身上体现：那晚的爱情，现代化的公寓，粉刷一新的墙壁，崭新的家具，爱人的年轻双手、亲吻、期盼的未来还有身体的力量。

1961 年 11 月，伟大的夜，安静，温和，甜美。不朽的夜晚，依旧生生不息。你不会离开。和我舞一首爱之曲吧。

· 余韵:

家和历史

火葬场

我问那两个家伙有关火化炉的事情，

2005 年 12 月 18 日傍晚，

蒙松公路，尽管你不知道蒙松位于何处，

那是个迷失在大漠里的小村庄。

飓风在高空肆虐，席卷过荒芜的大地，

如同一位新嫁娘，洒落在路上的月光，

一片死寂。

蒙松和巴尔巴斯特罗，我永远的归宿。

有人要我从门孔窥去，目光所及是一副棺材，

炽烈地燃烧，

擘裂，棺木化作一团火红。

温度计刻在八百度。

我想象父亲在那个盒子里的处境。

猛火的盒子，战栗的情绪。

愤恨的情绪已消失殆尽。

蛰伏在心底多年的怨气。

那我的爱意呢？是什么？你再清楚不过了，

伟大的死者大人，你引导

政治犯通往贪婪、

永恒不变，

贪心不足，啊，粗鄙

我热血沸腾。

上帝的爱，啊，低俗。

您在大漠之中拾起那名男子。

或者您不要带走他。我怎么会在意

于此酩酊之夜您冷冰冰地现身，

无论过去和未来我都会抗拒或者拥戴您。

两者皆同，多伟大啊，大同小异。

自始至终，如出一辙，不同凡响。

爱恨同源，一模一样；亲吻和臀部，

一模一样；花样年华中灿烂的性爱、

肉体的腐烂和衰老，

一模一样，其形伟矣。

男人说道："火化炉用汽油发热。"

我们盯着炉子看，

时值隆冬之夜，

火苗蹿烧，

直向十二月酷寒的天空狂飙，

空旷的蒙松，

毗邻巴尔巴斯特罗，冰封的大地，

零下三度的气温，

女巫、吸血鬼，以及和我相似的人类，

"全都上来了"，男人再度吐出这句话。

外形臃肿且沉稳的男人，

即使天寒地冻，他依旧衣衫单薄，

油腻的肚腩几乎袒露，

"还要两三个小时，端看死者的重量"，

他口里称其为死者，不过心里想的应该是死尸或脏尸袋吧。

他接着说："之前我们曾经烧过一个重一百二十公斤的男人，

耗时许多。"

他补充道："我感觉，非常久。"

我说："我的父亲只有七十公斤。"

他说："好的，那应该不会花这么多时间"，

棺材已经烧成灰烬了。

隔天，我们和弟弟一同回到火化场，

他们给我们一个骨灰坛。那是我们之前挑的廉价罐子，

不过它外观看起来至少值六千欧元，

那个男人如此评论。

他仪式般地道出："我们不过是如此罢了。"

字里行间透露着想化身为人类的激动，殊不知

无论是他还是我们都不知道什么是人类。

他把装在蓝色袋子的骨灰坛交给我们。

我试想，他肥胖的身体，

需要多少时间，

才能在火化炉焚烧殆尽呢。仿若我耳边响起他苦笑的回答：

"比你父亲还要久得很呢。"

我跟他说："要烧最久的人肯定是我，

因为我的心

已经是团实心石，我的肉是块生钢铁

而我的灵魂则为

三百万度的血火山，

我只要碰到那个炉子就可以将其击破。

相信我，我肯定能将它歼灭，

要不然我就在不远处暴毙而亡。"

在这里，蒙松的旷野，

区间的路上，

远方的巴尔巴斯特罗，天地昏暝，

现在是零下四度了。

您领了父亲的骨灰就离开吧。

是的，我要走了，期盼我能同父亲一样被烧毁，

期盼可以灭了

我内心神灵的

手、舌或肝。

这个生生不息的生命意识

无法救赎；

没有节制的善与恶，

都存于上帝之中。

无可救药的我。

期盼八百度高温的炉子能够烧尽我的身躯。

焚烧十亿度高温，

非人类的肉体。

期盼有一把火可以消灭现在的我。

因为我不在乎自己是好或坏。

消灭，消灭，消灭我吧，那就是奇迹。

您领了父亲的骨灰就离开吧。

别再回头，我向您乞求，

为了您的父亲再次乞求。他是个善人，

而我不知道您是怎么样的人。别再回来了，

我乞求您。拜托，您别看着我。求求您。

父亲曾经有一台白色的西亚特 124，他驾车到莱里达，

拜访莱里达和特鲁埃尔的裁缝师，

与裁缝师们在萨拉戈萨用餐，

可是现在到处都找不到裁缝师了。

他再次说道。

爸爸，我好孤单。

爸爸，我要何去何从。

无法再见到你如同什么也看不到了。

你在哪里？和上帝同在吗？

我孑然一身，在这里，在这片土地上。

爸爸，儿子孤零零的。

笨蛋，你不要耻笑我。

啊，该死的，你一直与我同在，

不曾从火焰里移开。

今年我做了很多旅行，非常非常多。

世上大大小小的城镇、令人印象深刻的酒店、

当然也包括肮脏和不值得一提的宾馆、

大街小巷、银行、飞机、

所有的谈笑风生，你都在场，

完美得好似重要、普通却闪耀的记忆，

完美得如怜悯心、同情心和愉悦感，

完美得如奇迹、权力和生命。

肖　像

啊，如此奋勇！

——霍赫·曼里奎

巨大的头颅，有如朝阳。
展开的双手，有如苍穹。

高雅而古典
尊荣的上校，
挫败的军队。

赤色肌肤与雪白发色

他永远不会名声大噪，
也不会有钱有势。

他仅有一辆车，报废的车。

身长一米八。

活得像西班牙从不存在，
历史和世界。

恶也不存在。

他喜欢韦斯卡恬静的村庄和
庄严的山脉。

在化作
名为维纳斯的人类以前，
它是片寂静的宇宙。

在化作
儿时记忆中最高挑的男人以前，
他是个陌生人。

真理的主人，把他带远。

死去的人们等待我们的死亡。

为谜样的你干杯。

西班牙史

我的父亲是个穷人，
赤贫如洗，
父亲的父亲，
与我都是穷人。

我们从不知何为拥有，
也不知，若他人并非穷人，
为何我们是。

我们一无所有，
一贫如洗，
三人都如此。

终其一生，
眼睁睁地看着他人致富。

在这里，一无所有抹杀你的满腔热血，
在西班牙，你永远无法摆脱穷人的气息，
最后，你的贫穷，

成了罪过，一切都是道德的艺术。

父亲的父亲，
我的父亲，
与我，
贫穷且罪恶。

川流不息

我们看见了已有五十三年历史的劳斯莱斯，带有白色的车轮
（横亘着半世纪　行驶了几千公里）
出现在萨拉戈萨亚克都街区酒吧的电视里。
我手持一杯冰镇的白葡萄酒，
而西班牙酷热炎炎，
地中海的酒店大多整洁干净，
配有女侍者的套间门户大开，等待着
七十万英国人，
一百万德国人，四十万法国人，
十万瑞士人和十万比利时人的到来。
我们手持白葡萄酒，
伸长脖子，看向电视。

英国的伊莎贝拉二世没有来；伊莎贝拉二世
只会参加法国国王的婚礼，
然而，法国没有国王，伊莎贝拉二世
永居王宫，享受顶礼膜拜。
伊莎贝拉二世的臣民，
醉心于西班牙的阳光

与廉价啤酒，

在面朝大海的露台

展示英国国旗。

那些迟暮的王宫

来自历史中最锈迹斑斑的角落，

于 2004 年 5 月 22 日出现在西班牙的电视中，

北欧的、遥远的、繁荣的且寒冷的国家，远离永不枯竭的心。

罗乌科·巴雷拉唱着弥撒。

法兰西共和国的总统没有来。

大主教们身着双色服饰，其乐融融。

上帝的名讳多次被高声呼喊。

人们虔诚地呼唤上帝，呼唤祂，如同呼唤权力、财富、

复活节、断头台、牢狱和奴隶制。

世界共主的美国，

不愿出席这个省教区的微小仪式。

蓝色的大伞。

为了替你修容梳妆，脱毛，修剪指甲，

人们在早晨六点起床。

多么幸福啊。

丰盛的早餐，银制的餐具，

上等的葡萄酒与野蛮的殖民地。

偌大的淋浴间、套房、瑞士巧克力、

金制的鞋履、铂金的内裤和

鲜榨的橙汁。

纸醉金迷，服务周到，总是有人为你开门。

永不落下的微笑。

保持微笑的专家，

那个微笑代表着史上最荒唐的工作。

微笑？为什么？

乌布拉尔、加拉、博塞、A、J与阿亚拉，

进入阿尔穆德娜大教堂，

他们得到犒赏，精挑细选的宾客，

右手边，是西班牙智慧的领军人物，

西班牙崛起与进步的代表。

伟大的崛起，伟大的进步。

一百九十个被处以火刑的人，向他们致敬，

荒谬残疾、戈雅风格的、

再普通不过而拥护君主制度的黎民，

劳斯莱斯在他们面前驶过。

前任首相饮用里奥哈94珍藏酒，

所有西班牙前首相身着大礼服，共处一室，

他们的夫人身居次位，

永远在羽翼下，受煎熬，被混淆，

但仍为能到那处而倍感愉悦，

那处如此遥远，空气似黄金，只手可遮天，

那是所有西班牙人都想去的地方，

民主合法性是黑夜的曙光。

彩虹般的宽边帽，头顶上的盖头，

在阴沉天幕下的盖头。

何塞·马里亚·阿斯纳尔，乔迪·普约尔

和费利佩·冈萨雷斯重聚一堂。

三人对目之所见心生满意，绝佳的作品，

佛朗哥的承袭，欧洲人的、父辈般的手，

置于我们的脑袋之上。

佛朗哥的承袭，安放于衣橱之中，

引起嫉妒的喧嚣，沾染上白色樟脑丸气味的

佛朗哥时期的披巾。

胡安·卡洛斯一世肩负起西班牙，

除却他，还有谁能一肩担起西班牙，

肩负起西班牙的历史和尾指上教宗的教徽？

萨帕特罗与他的松索莱斯同在一处，

她微笑着，令人陶醉，

是波德莱尔和胡里奥·罗梅罗会喜欢的模样。

松索莱斯就像是德拉克洛瓦画笔下的人物：

解剖的《自由引导人民》，

华丽的宽边帽，

政治性的仪式，

枯燥的历史，

下垂的乳房。

社会主义者，自由主义者与教皇极权主义者共处一地，

左派与右派亦然，

宾客名单达到饱和，

所有人都在追寻相同之物，寻找像松索莱斯的德拉克洛瓦的画作，

寻找西班牙的新王后，

在办事处的人员表中，在令众人骄傲的人中，

在乘专机周游世界的旅程中，

在世俗的财富中。

无神论者皈依于宽边帽的光辉下，

信徒拥有着无神论者的钱包。

权力在任何时候都与其本质相同。

人类历史在任何时候都与从前无别。

时间总是无异。

西班牙的本质，这广袤世界的本质重复上演。

我们在亚克都，在起重机与超市的边上喝着酒，

我们欢欣愉悦，只因能喝上

在壁挂污渍的高脚杯中的冰镇葡萄酒，我们欢欣

因为能负担得起这杯酒，还能再支付得起两杯酒。

约旦王后拉尼娅的面容苍白。

宾客川流不息。

马德里，2004 年 5 月 22 日

韦斯卡，1969

父亲将我带至韦斯卡，
本省首府。

他喜欢我的陪伴。

那里有他的顾客。

韦斯卡是一个小城，
熟人遍布。

小城中有父亲最偏爱的去处，
一家酒吧，一个商店，一间糕点铺，
可如今皆荡然无存。

城市也会消逝，
伴随着那些消逝的事物。

我仍记得门廊边微笑着的人们，
与此人问好，又与那人致意。

那年，

他三十九岁，

而我七岁，

我们携手前行，

他有时看向我，

轻柔地呼唤我名字，

我们与他们交错而过：牧师，军人，

被科索阿尔托惊吓到的女人，

老旧的巴士，

摩托，

洒满阳光的街道，

1979 年的 9 月。

坎布里尔斯

1975 年夏

敞篷的奔驰，车灯若虎眼的宝马、
标致、阿尔法·罗密欧、欧宝、大众。

那是在 1975 年的夏天，在坎布里尔斯的
旅游小镇，在塔拉戈娜的海滨
——阳光正好，地中海是我们的天堂——
在临海的长条形停车场。
身穿泳衣的男孩
向保时捷的时速表张望：210，230，250，270，290。

父亲的车至多能达到 160 公里每小时。
它是全新的，且曾是最好最快的，
父亲这样说。

这令他陷入悲伤。

那个高挑出众的人，是从哪里来？

他们似乎比我们更加幸福。

370

何物从旁经过。何物出现裂缝。

他无法将那些汽车驱赶出脑海，

那与众不同的样式，非同寻常的商标，

难以言喻的，

巨大的车轮，

恒星般的里程表。

他刚刚看见一辆红色的宝马，将脸靠近

车窗：200，220，240，260，280 公里每小时。

他想象着以 280 千米的时速变幻的世界

露出少年神祇般的微笑。

即便是在地中海，在水中央畅游时，

他仍旧想着那神秘的汽车工业，

想着那些物质的炙热形态。

于是，孩子知道了物质是光明的精神。

启动引擎的喜悦，

气缸，珍贵木材制成的方向盘，

车轮与其军事精神。

他整个假期都在观察

——以愚蠢的沉迷

与意料之外的羞耻感——

那些欧洲旅客的汽车。

那里，在那些车中，有令人痛苦的奥秘，

有贫穷的形态，

还有命运。

1980

每日清晨我对镜自照，即便天色未明，

也在电灯下，

对着逼仄浴室的镜面自照，

我五十有一，孤身一人，

我看见你，

同为五十一岁的你，

在 1980 年的冬季。

我看见你在早晨七点将公文包

与样品放入你的西亚特 1430 的后车厢。

也许我的车会比你的更好。

西方汽车工业向下层阶级

低价出售某种有六个挡位

且带有空调的车型。

然而，工资没有变化。

然而，国家仍然如旧。

我看见镜中熟悉的面孔，令人窒息的清晨，

低贱的工作，

微薄的佣金，

为了赚取佣金而餐风宿雨的一生，

而这份工作于你毫无补益，

全无补益。

我尝试写作，而你是

寂寂无名的推销员，

我们别无二致。

在西班牙最著名的教堂中，属于我们的祈祷室在何处，

是在莱昂的教堂里，

塞维利亚的教堂里，

布尔戈斯的教堂里，

马德里的教堂里，

还是在圣地亚哥—德孔波斯特拉的教堂里？

我们被裹在青铜像中

侧脸刻有伤痕的面孔又在何处？

你，跑遍阿拉贡的村镇，

向生活在这条件恶劣、老旧且残缺的西班牙的

贫困村镇里

淡漠的，无望的，贫穷的裁缝们

使尽浑身解数推销加泰罗尼亚的纺织品，

那些富裕的加泰罗尼亚公司的纺织品

——加泰罗尼亚的，繁荣的

且有着国际业务的公司的纺织品。

你的加泰罗尼亚老板们，

挣得金钵满盆，

而你一无所得。

我们同时剃胡须，你在 1980 年，

我在 2013 年，剃须业有一些新变化，

若你想喷些古龙水，

就挥洒在头发上。

我们同时出门，登上

各自的汽车，

我的车中能播放音乐，而你的只能收听广播，

你的西亚特 1430，也许这是唯一的不同，

卢·李德与约翰尼·卡什用他们的歌曲帮助我，

可无人向你伸出援手。

你在七十五岁时死去。

我将在五分钟内死去。

不，我不想在镜子的另一头看见你。

我无法忍受你烈焰般的眼神，
你的眼神充斥最严厉的谴责。

可口可乐

请你将可口可乐喝完，
分毫不剩地喝完。
包括柠檬、冰块与最后一滴可口可乐。

冰块
与玻璃杯碰撞，丁零作响，
一饮而尽，
因为无人会来，
直到我将冰块
用牙齿咬碎，
令水中的倒影消失。

我曾与父亲一同喝可口可乐
在四十多年以前。

昨天，我与儿子一同喝可口可乐。

今日，我独自饮用可口可乐。

请你将它喝完，分毫不剩地喝完。

丹尼尔

我们在同一个家中酣眠，
你睡在你的小房间中，
我睡在我的小房间中，
但我的房间略大于你的，
这是一种特权。

你就在薄墙的另一侧，这个认知令我内心平静。

今天你赖床了，
于是你上学迟到。

你错过了一个小时的课程，
你不知道我有多为此遗憾。

人类法则十分古板——我了解它，
但你应该学会与之共处，
就像我曾做的那样。

我曾思考你的未来。

我愿付出生命为你的将来保驾护航，

让你不受灾祸，

不历苦痛，远离恶意。

我将你房间的窗户打开，环视你的物品，这让我大受震撼。

我深爱你的所有物品。

我热爱你的词句，它精悍，优美，谦恭，

这是一个善良灵魂所作的词句。

我热爱挂在我衣橱中的你的衣物，

你的咖啡色夹克，

是我所喜爱的。

你的身体所展现的脆弱令我害怕，

但同时也令我愉悦。

你整日戴着耳机，对我的话充耳不闻。

你为手机而活，

对我来说，

而我为你而活。

我热衷于为你准备精致的三明治。

我认为你午间会感到饥饿。

我看穿你的脆弱，这令我备受折磨。

我在你体内化作灰烬，
你的新生命预示着
曾伤害我的
所有事物的灭亡。

爸 爸

别再喝了，爸爸，拜托了。

你的双眸依旧湛蓝，但是你的肝脏已经损坏。

妈妈不知道我来寻你。

酒吧的人不信任你。

他们要报警，

但在那之前，出于同情，

他们通知了我。

爸爸，请回应我，爸爸。

你已经数月不曾工作。

人们不爱你，已无人爱你。

若要寻死，请离我们远些，爸爸。

我们从不为你骄傲，爸爸。

拜托了，若要寻死，请离我们远些。

这是你欠我们的。

你总是心情糟糕。

我们几乎将你遗忘，可是酒吧的人给我们打电话。

请离我们远些，这是你欠我们的。

这是我对你唯一的请求。

974310439

将我带到世间的人，今日离开了这世间。
她曾无时无刻不给我打电话，只为知道我的消息。

我待她极差，我们互相薄待。
虽然我们深爱彼此；你对我的生活知之甚少。
在最后的时光里，我向你隐瞒了我的潦倒窘迫。
无论是关于婚姻，还是任何方面，
你知道一切，因为，最终，你知道了一切。
你看见我狂饮烈酒，
你鲜少见我如此饥渴，那种渴慕让你陌生，
你受到惊吓，你心生恐惧。

再无人着魔似的给我打电话，只了解
我是否还活着，谁还在乎我的死活；
我告诉你：无人在乎。

因此最大的秘密是：
我无依无靠，
我卑躬屈膝

为了斩首，

为了与这具身体告别的欲望，

与冠以我的名字，却仅是社会性、居民性的存在，告别，

冠以我们的名字。

我将永远不会再看到

我的手机屏幕中有

你的电话号码；你，曾抱怨自己没有手机，

抱怨我不送你一只手机，

我对你发誓，若你不知道如何使用它，

你会将它从窗户丢掷而出，

与我今晚因极端的谵妄将会对我的手机所做的无异。

因为这是一个将五十年时光

封锁其中的电话号码：9-7-4-3-1，

0-4-3-9。

记下它，

若你有足够勇气，记下它，你将得到回答。

得到所有宏大奥秘的回答：时间与虚无，

最骇人的天际飓风的

赤红怒火，

荒芜与苍白的虚无变为

一只黑色的手。

于你而言我在何处都无妨：无论在美国还是在东方，

你打电话，你总是打电话给你的孩子，

因为于你而言我是天神，一个不受常理约束的天神，

强大且神圣，是唯一一个完美且能干的人，

你的孩子总是超脱于法则，总是掌控一切，

因为你赞许我做过的一切事情，

其道义并不出自这个世界。

请你们理解。

你，爱我直到绝望。

你，为我与我那充满争议的黑暗生活挥洒热血，

我的生活充满了礼拜仪式　而你不知其含义，

但你做得很好，无须了解任何事，就像我做的那样好。

而在这方面的知识，

我直至最后，

才与最博学的人无异。

如今，我再一次在去往火葬场的路上，

就像我曾经在一首同主题的诗中写的一样，

那首诗写的是你的丈夫，我的父亲，

我们也将他火化，

焚化炉达到了将近一千度的高温。

我伟大的父亲，你爱的那个人——谁也说不准原因——

在 1959 年，

除了我，还有谁会在乎鬼魂，

我总是如此深爱你们　我将会爱你们直到这世界的最后一刻。

我在你神圣的冰冷前额印上一个吻。

那是一个周日，

早晨，

2014 年 5 月 24 日，

雨天，

在一个出乎意料的寒春，

同时，一台复杂的机器将你那低廉的棺木引入

——你看，我们如此贫穷——最后的烈火中，弟弟与我

将你送入烈火。

我感受到，自己衰老且毫无生机的双唇间，

你衰败且毫无生机的前额，

但我双唇的感知能力依旧健全；

你的双唇，

幸运地，失去了感知能力。

我从未想过最后的感觉是这样的：

你让我对你的死亡充满了嫉妒与贪婪，

觊觎你的死亡，

因为你留我在此，

全然的孤寂。

第一次，

在我们漫长的亲情史，

永恒的仅此一次。

我记得那些女人们

想要与我共度春宵，

做爱做的事，

那些毁了我的人生，

我只想要

永远和你在一起。

天啊，妈妈，我从不知道自己如此爱你。

你明白这点，因为你对万事都很灵通。

太好了！一切都终结在

春天罪恶的午后，

世界开始的源头，

对你而言，这是世界的终结之处，

对我而言，不是开始也不是结束，

而是无意识的恒久不变。

太好了！万能的宁静，就在这里，巴尔巴斯特罗，我们母子世世代代长居之处。

这里，巴尔巴斯特罗，属于我们的地方，
如此紧密：一切都在这里发生，在每条巷道。

我都记得，也将永远记得。

最后，我爱你。

我不曾爱上任何人：她们都是你的赝品罢了。

啊，我怎么忘了，你当时理当留下些什么，
作为你的安葬费用，
你不懂我的日子过得多凄惨，我有多贫困，
你明白自己之前多么挥霍奢侈吧。
这个所谓
最廉价的棺木
出自葬礼甜蜜的绅士之口。

太好了！美极了！我有多爱你？
或是，曾经多爱你，现在已经不清楚了，谁在乎呢，
当然西班牙史也不会将其记上一笔，
我们的祖国，如果你早就知其名姓，
庄严的历史虚无，而爸爸、你和我都身在其中。

译后记

  《奥德萨》可谓西班牙当代自传体小说的代表作品之一，它翔实地记载了数十年来国家、社会和家庭流变的历史。作者曼努埃尔·比拉斯（Manuel Vilas），1962 年出生于阿拉贡（Aragón）自治区韦斯卡省（Huesca）的小镇——巴尔巴斯特罗（Barbastro）。2018 年他凭借作品《奥德萨》获得法国费米娜（Premio Femina）外国小说奖。同年，《奥德萨》被《国家报》（*El País*）评为 2018 年最好的五十本西班牙语图书（包括译作在内），并且高居榜首。2019 年，其《喜悦》（暂译）入围西班牙行星奖（Premio Planeta de Novela）决赛。目前他是《先锋报》（*La Vanguardia*）、《国家报》和《ABC 报》等报纸文化版面的特约专栏作家。

  本书分为两个部分，第一部分是小说的主体，共有一百五十七章，第二部分是十一首诗作。作者通过数个以音乐家为名的人物来称呼亲人和友人，例如：小儿子维瓦尔第（Antonio Lucio Vivaldi）、大儿子勃拉姆斯（Johannes Brahms）、父亲巴赫（Juan Sebastián Bach）、母亲瓦格纳（Wilhelm Richard

Wagner)、舅舅亨德尔（Georg Friedrich Händel）和家乡的友人朱塞佩・威尔第（Giuseppe Fortunino Francesco Verdi），他们共同谱写出篇篇死亡和爱的乐章。

比拉斯邀请读者与他"合谋"谱曲。作者是小说的主角，也是故事的叙述者。他向读者讲述自己从小到大与亲人共度的悲喜，而读者也能直觉式地检视自己和至亲之间的关系。本人身兼译者和读者，冀望将作者和读者间流动的艺术直觉，赤裸裸地传达给《奥德萨》的汉语读者们。以下，我想谈一谈在翻译这本厚达四百多页的作品之际，由译者和读者的二元视角所谱写的三重奏：死亡的序曲、爱的终曲和数字的复调。

死亡的序曲

"死亡"是哲学中常被探讨的问题，也是横贯本书情节的符号。"千古艰难惟一死"。对多数人而言，死亡是生命中最大的威吓。尽管不是自己的死亡，至亲的离开往往会成为人生中不可磨灭的悲痛与遗憾。

面对死亡的议题，主角的矛盾心态令人匪夷所思。他时而怀着敬畏之心表示，"死亡应是万事万物的广袤和基础"，或者"谈论死者是一种极为不敬的行为"；但他又会语带轻蔑地说道："死亡没有任何趣味可言，甚至还有点过时。对死亡的渴望完全不符合潮流。"抑或事不关己地质疑死者："你为什么死了？"他面对亲人接二连三的死亡表现出异常冷淡的态度，其与中国儒家"事死如事生，事亡如事存"的精神似乎背道而驰。在中西哲思拉扯之际，译作工程贯穿死亡的记忆，层层推进，"死亡"的翻译细节值得玩味。

在语言的使用上，译文力求和原文对等，但并不排除用字的多元选择。西语原文里描述死亡事实的时候，多使用动词 *morirse* 或名词 *la muerte* 来呈现，然而译文尽量刻意丰富多样地表达"死亡"的含义，使用"死亡""走了""离世""逝世""丧命""合眼""断气""撒手人寰""两脚一蹬""两脚一伸"等字词来诠释。如此，译文不仅体现"死亡"一词在汉语中的弹性，同时也削弱纯粹直译致使译文衍生的肃穆风格。

爱的终曲

比拉斯以时间和空间作为该部自传体小说的经纬，痛苦和死亡的纪实满布其中，化为跳动的音符，谱为一曲生命之"爱"的乐章。西语的 *amor* 和汉语的"爱"都有无限的诠释性，不容易用语言具象化。译者尽力将原作字里行间相互唱和的情怀——*Philia*（友爱）、*Eros*（情爱）和 *Agape*（博爱），呈现在汉语译作中。

作品的前半部分弥漫着痛苦阴郁的基调。在翻译的过程中，译者因阅读内容——至亲的死亡，体味作者冷眼旁观的态度，甚或情节笼罩的抑郁情绪，频频悲从中来，时而泣不成声，久久无法自已。所幸，作品后半部分总算雨过天晴，响起抚慰人心的旋律。如海德格尔（Martin Heidegger, 1889—1976）所言，死亡依旧是人的未来能确定的唯一事实，但它不再仅被理解为人生的终结，而被定义成生命的歇息。

作者的思绪回到年轻的父母——相爱的伴侣享受新婚时光。这段文字呼应作者于第一章开始埋下的伏笔——"没有人懂得什么是爱"，还有文中不断高声疾呼"爱的奥秘""血亲的爱""渴求的爱""我爱你"。答案在故事的结尾不言而喻。

> 所有的一切可以在我的身上体现：那晚的爱情，现代化的公寓，粉刷一新的墙壁，崭新的家具，爱人的年轻双手、亲吻、期盼的未来还有身体的力量。1961 年 11 月，伟大的夜，安静，温和，甜美。不朽的夜晚，依旧生生不息。你不会离开。和我舞一首爱之曲吧。

这段文字柔美的回忆，描述作者在经历各种人生的磨难之后，感受到的不是"人去空流水，花飞半掩门"的孤寂，而是满溢内心的感激之情，恰恰呼应了题记里比奥莱塔·帕拉（Violeta Parra）的《感谢生命之歌》："感谢生命，予我丰足。赠我欢笑和泪水。如此我能明辨幸福和苦难。"

数字的复调

许多作者都习惯将时光流逝与流水连结起来，那么，比拉斯一定是喜欢用"数字"作为时光流逝的隐喻。他在小说首句说道："多盼望人们的苦痛可以用数字来衡量。""数字"是痛苦之外的关键词，也是时间流逝的证据。文中一再吟唱各种数字的复调，有的巨细靡遗，有的模糊不清。如此，一方面，译文需要彰显数字的意指或所指；另一方面，需要实现数字格式的统一性和美观性。

以时间的数字翻译为例，从作者述说故事的那一刻起，数字即在时间轴线上漫游。首先，一跃而至 2015 年 5 月 9 日作者动笔写下："痛苦是黄色的"；接着，作者的思绪回溯至一年前日期已不可考的离婚事件；然后，再从七十年代起祖父母、双亲、阿姨、舅舅、学生等的相继离世，诱发作者回忆自己和他们的人生。繁复的数字注记是小说的风格。有时候原文会交代精确的时间，例如，"1 月 1 日""2015 年 4 月 23 日"，译文用阿拉伯数字依模画样即可。可是多数的时候，原文仅是约略地点出时间，译文就无法避免像是"1958 年 4 月的某个周六下午""二十二三岁"或者"二十世纪七八十年代"等汉语和阿拉伯数字夹杂或较冗长的汉字表达。面对各种数字的翻译，译者和编辑已经尽力考量其逻辑性，反复斟酌使用汉字或阿拉伯数字的合宜性，虽然无法达到百分之百完美，但我们力求尽善尽美，试图实现译文整体的一致与和谐。

超越时空的阅读体验

《奥德萨》是比拉斯在国内问世的首部译作，阅读本书使身为读者的我们能够在过去、现在、未来三个时间向度中不断穿梭，让自己的生命不再只是活在当下那些片段、刹那生灵的过程而已。正如博尔赫斯所言："我是由时间建构的实体。时光如河水，将我卷入其中。而我即是这条河。"法国作家纪德曾为水果品味的方式分类："有些水果可以在露台上大快朵颐；有些水果适合面朝大海，在余晖中享用；有些水果可以妆点在冰激凌上面，再浇上甜酒来品尝。"这部作品也有多样的品阅方式，无论读者身处在群山环绕的奥德萨，雄伟庄严的北京城，风情万种的上海，静谧温婉的苏杭，抑或仅是街巷的一隅，都能够聆听到《奥德萨》字里行间属于自己的人生乐章。

最后，我同样想借爱之名来为《奥德萨》的译作作结，伏案已久的成品终于问世，诚心感谢每一位提供帮助的人。愿所有读者都能够在该书的品阅中获得慰藉和愉悦。

张雅惠　厦门·逍遥居

2021 年夏

（京权）图字：01-2021-3728

图书在版编目（CIP）数据

奥德萨／（西）曼努埃尔·比拉斯著；张雅惠译 . -- 北京：作家出版社，2022.1

ISBN 978 - 7 - 5212 - 1492 - 5

Ⅰ . ①奥… Ⅱ . ①曼… ②张… Ⅲ . ①自传体小说 – 西班牙 – 现代 Ⅳ . ①I551.45

中国版本图书馆 CIP 数据核字（2021）第 136415 号

奥德萨

作　　者：（西）曼努埃尔·比拉斯
译　　者：张雅惠
责任编辑：赵　超
特约编辑：赵文文
装帧设计：吴元瑛
出版发行：作家出版社有限公司
社　　址：北京农展馆南里 10 号　　邮　　编：100125
电话传真：86 - 10 - 65067186（发行中心及邮购部）
　　　　　　86 - 10 - 65004079（总编室）
E - mail: zuojia@zuojia. net. cn
http: // www. ZUOJIACHUBANSHE. com
印　　刷：北京盛通印刷股份有限公司
成品尺寸：135 × 195
字　　数：259 千
印　　张：12.5
版　　次：2022 年 1 月第 1 版
印　　次：2022 年 1 月第 1 次印刷
ISBN 978 - 7 - 5212 - 1492 - 5
定　　价：59.00 元